María

고려대학교 청소년문학시리즈 027

María

호르헤 이삭스

송병선 옮김

마리아

KOREA
UNIVERSITY
PRESS
고려대학교
출판문화원

차 례

1

고향집을 떠났을 때만 해도 나는 여전히 철없는 소년이었다. 나는 보고타에 수년 전에 세워진 당시 전국 명문 사학 중의 하나였던 로렌소 마리아 예라스 학교에서 공부하기 위해 집을 떠났었다. 떠나기 전날 밤 저녁 식사를 마친 후, 여동생이 방에 들어와 흐느낌으로 목이 메어 다정한 말 한 마디 하지 못한 채 내 머리카락을 잘랐다. 그녀가 나간 후 내 목에는 그녀의 눈물방울이 떨어져 있었다.

그날 밤 나는 울면서 잠을 청했고, 꿈속에서 나중에 내가 겪을 막연한 슬픈 감정과 비슷한 것이 나를 뒤덮고 있다는 사실을 깨달았다. 어린 내게서 자른 머리카락과 평생 동안 죽음과 싸워야 할 만큼 고귀한 사랑으로 내 영혼이 배회하는 꿈을 꾸었던 것이다. 더군다나 내 영혼이 방황하던 장소는 내가 가장 행복한 시간을 보낸 곳이었다.

다음 날 아침 아버지는 눈물로 범벅이 된 내 머리를 쓰다듬던 어머니의 팔을 거두었다. 내 여동생들은 눈물로 얼룩진 키스로 작별을 고했다. 마리아는 얌전히 자기 순서를 기다렸다가 더듬거리면서 작별의 말을 했다. 그러고는 생애 처음으로 슬픈 감정에 북받쳐 얼어붙은 내 얼굴에 자신의 빨개진 얼굴을 갖다 대면서 작별했다.

잠시 후 나는 내 시선을 의도적으로 피하는 아버지를 따라 길을 나섰다. 나의 마지막 흐느낌은 자갈 가득 깔린 오솔길을 걷는 말발굽 소리에 묻혀 사라졌다. 우리 오른편으로 사발레타 평원이 펼쳐져 있었다. 그곳을 흐르는 물소리가 점점 더 작아졌다. 아버지와 나는 집에서 항상 나그네들을 바라보았던 언덕 오솔길로 돌아섰다. 그 순간 나는 내가 그토록 사랑했던 사람 중의 한 명을 찾으려고 집 쪽으로 눈을 돌렸다. 어머니 방의 창문을 뒤덮고 있던 덩굴나무 아래에 마리아는 우두커니 서 있었다.

2

6년이 지난 화창한 8월 말에 나는 드디어 고향으로 돌아올 수 있었다. 고향 생각으로 내 가슴은 미어질 것 같았다. 이것은 보고타에서 돌아오는 내 여행의 마지막 여정이었다. 그래서 나는 여름의 향긋한 아침을 마음껏 즐겼다. 하늘은 새파랗고, 동쪽의 산봉우리에는 아직도 그늘이 드리운 채 사랑의 숨결에 흩어진 발레리나의 두건처럼 황금빛 구름이 두둥실 떠다녔다. 남쪽으로는 밤새 먼 산들을 가렸던 안개가 흐르고 있었다. 나는 푸른 잔디로 뒤덮인 평원을 가로질렀다. 그 평원에는 조그만 냇물이 흐르고 있었고, 그 냇물은 내가 소 떼를 몰고 다닐 때 우리의 길을 가로막곤 했었다. 바로 이곳에서 소 떼는 풀도 뜯지 않은 채, 잎이 무성한 무화과나무와 꽃이 만발한 오렌지 나무로 둥그렇게 뒤덮인 오솔길이나 작은 연못 속으로 들어가곤 했었다.

나는 해묵은 작은 연못가의 나무 잎사귀가 드리운 장소를 뚫어지게 바라보았다. 낯선 사람들은 절대 알아볼 수 없는 그곳은 바로 나의 참된 사람들과 진정한 친구들이 있는 곳이었다. 그 순간 감정이 복받쳐 올랐다. 아마 U 씨의 피아노 아리아도 내 마음을 이 정도로 감동시킬 수는 없었을 것이다. 내가 들이마시는 향긋한 공기는 화사한 여인의 옷과 같았고, 이름 없는 산새들의 노랫소리는 내 마음에 달콤한 하모니를 선사했다.

난 이런 자연의 아름다움 앞에 할 말을 잊었다. 나는 이런 것을 마음속에 고이 간직하고 있었다. 보고타의 친구들이 감탄해 마지않았던 내 시의 몇 소절들은 희미하나마 이런 자연의 뉘앙스를 노래하고 있었다. 휘황찬란한 햇빛과 짜릿한 멜로디와 수천 가지 향내가 어우러지고, 매혹적인 여인의 옷차림이 속삭이는 무도회장에서 우리가 열여덟 살에 꿈꾸었던 한 여인을 만날 때, 그녀의 피하는 시선은 우리의 가슴을 불태우고, 그녀의 달콤한 목소리를 듣는 순간 우리는 할 말을 잊으며, 그녀의 꽃은 알 수 없는 향내를 남긴다. 그 순간 우리는 행복에 도취되어 무아지경에 빠져든다. 그러면 우리의 목소리는 힘을 잃고, 우리의 귀는 그녀의 목소리를 제대로 듣지 못하고, 우리의 시선은 그녀를 더 이상 쫓을 수 없다. 하지만 제정신이 들면 잠시 후 그녀를 떠올리게 된다. 그러면 세상 사람들이 믿는 이상형의 그녀와 그녀의 억양과 눈빛을 되새기면서, 카펫 위를 거닐던 그녀의 걸음을 흉내 내면서 노래를 흥얼거린다. 카우카*의 하늘과 평야, 그리고 지평선과 산봉우리를 쳐다보는 사람들은 십중팔구 넋을 잃는다. 하지만 이런 멋진 창조로 생긴 자연의 위대한 아름다움은 보는 동시에 노래할 수 있는 것이 아니다. 이것은 불충분한 기억에 의해 자연의 아름다움이 우리의 영혼과 합쳐질 때에 비로소 가능하다.

해가 지기 전에 나는 산기슭 저쪽으로 우리 집을 희미하게 볼 수 있었다. 집에 가까이 가면서 나는 학수고대하는 시선으로 오렌지 나무와 버드나무 숲을 보았다. 그 숲 사이로 방 안의 불빛이 스쳐 지나갔다.

마침내 나는 내가 자랐던 과수원의 향내를 다시 맡을 수 있었다. 내가 탄 말은 이미 조그만 돌이 깔린 정원 길을 불똥을 튀기며 달려가고 있었다. 나는 그때 형언할 수 없는

* 1867년에 분할된 콜롬비아의 8개 주州 중에서 가장 큰 지역으로 현재 초코, 바예, 카우카 주를 포함한다. 이 지역에는 이 소설의 무대가 되는 칼리라는 도시가 위치한다. (주는 모두 옮긴이 주이다.)

외침을 들었다. 그것은 다름 아닌 어머니의 목소리였다. 어머니가 나를 온 가슴으로 안자, 내 눈은 감격으로 가득 찼다. 그것은 아름답기 그지없는 처녀지의 자연조차도 감동시키는 최고의 기쁨이었다.

내가 어린 소녀로만 보았던 여동생들은 이미 성숙하게 자라 있었다. 그녀들은 내게 차례로 인사를 했는데, 그중에서도 마리아는 내 옆에 서서 긴 속눈썹의 커다란 눈으로 나를 바라보았다. 내가 팔로 어깨를 감싸자, 그녀의 얼굴은 이내 새빨개졌다. 그리고 어머니가 쓰다듬자, 그녀의 눈은 눈물을 그친 아이의 눈처럼 촉촉이 젖어 있었다.

3

우리는 저녁 여덟 시에 식당으로 갔다. 그 식당은 집의 동쪽 편에 그림같이 있었다. 거기는 산봉우리가 하늘의 별과 접해 있는 것처럼 보이는 곳이었다. 산에서 불어오는 산들바람은 꽃향기를 모으며 정원을 스쳐 지나가면서 우리를 에워싼 장미 울타리와 장난치고 있었다. 바람 소리 때문에 냇물 소리는 잠시 들리지 않았다. 이런 자연은 친한 손님을 접대하기라도 하듯이 밤의 아름다움을 한껏 과시하는 것 같았다.

아버지는 식탁의 상석에 앉았고, 나를 당신의 오른편에 앉게 하셨다. 어머니는 평소대로 아버지의 왼편에 앉으셨고, 여동생들과 아이들은 자리 구별 없이 섞여 앉았다. 마리아는 내 맞은편에 앉았다.

내가 없는 동안 머리가 하얗게 세어 버린 아버지는 만족스런 표정으로 나를 쳐다보았으며, 또한 다른 사람의 입술에서는 찾아볼 수 없는 달콤하면서도 동시에 짓궂은 모호한 미소를 지었다. 아버지는 말을 많이 하지 않으셨는데, 이것은 그 순간이 그의 생애에서 가장 행복한 순간 중의 하나였기 때문이다.

여동생들은 자기들이 손수 만든 간식과 크림을 맛보라고 권했으며, 내가 농담을 건네면 얼굴을 붉히곤 했다. 마리아는 자기의 눈과 내 눈이 마주치는 것을 계속해서 피했지만, 두세 번에 걸쳐 마주친 그녀의 눈빛에서 나는 여인의 아름다움과 지혜를 찬미할 수 있었다. 어느 순간 마리아의 빨갛고 촉촉한 매력적인 입술은 예쁜 치열을 드러내면서 완전히 대칭된 활 모양을 이루고 있음을 보여 주었다. 내 여동생들처럼 그녀는 숱 많은 진한 갈색 머리카락을 두 갈래로 땋고 있었다. 그중의 한쪽 머리카락에는 카네이션 꽃을 달았고, 파란색의 가볍고 얇은 모슬린 웃옷과 자줏빛의 얇은 무명 바지를 입고 있었다. 그녀가 머리카락을 어깨 뒤로 넘길 때, 나는 그녀의 보드라운 팔 안쪽 살을 감상할 수 있었다. 그녀의 손은 왕비의 손처럼 섬세하고 잘 가꾸어져 있었다.

저녁이 끝난 후 하인들이 식탁을 치웠다. 그러자 어떤 하인이 주님의 기도를 시작했으며, 우리는 기도의 나머지 부분을 암송했다. 그러고는 부모님과 비밀스런 대화를 나누었다.

마리아는 자기 무릎 위에서 잠자던 어린아이를 팔로 안았고, 여동생들은 각자 자기들 방으로 갔다. 여동생들도 마리아를 무척이나 사랑했고, 그녀의 애정을 서로 독차지하려고 다투곤 했다. 여동생들이 거실에서 나가려고 하자, 아버지는 딸들에게 일일이 작별의 키스를 해 주었다.

여동생들과 이제는 조금 덜 수줍어하는 마리아는 자기들이 정성껏 단장한 방을 내가 어떻게 생각하는지 알고 싶어했다. 내 방은 본채 맞은편의 복도 끝에 있었고, 탁자 높이의 창문은 복도 안쪽으로 나 있었다. 우리가 방에 들어가자 문이 활짝 열렸고, 활짝 핀 장미 한 다발이 탁자를 치장하고 있는 것이 눈에 들어왔다. 이미 그 탁자에는 백합과 카네이션, 그리고 강가에서 갓 따 온 자줏빛 나팔꽃이 파란 도자기 꽃병에 꽂혀 있었다. 침실 커튼은 얇고 하얀 천이었고, 장밋빛의 두꺼운 끈으로 기둥에 매여 있었다. 또한 침대 머리맡에서는 어머니의 세심한 배려를 엿볼 수 있었다. 그곳에는 내가 어렸을 때 기도실에서 썼던 성모상이 걸려 있었다. 그리고 지도 몇 개와 의자, 장롱과 목욕 세트가 내 방을 가득 채우고 있었다.

"참 예쁜 꽃이네요!"

나는 정원에서 따 온 꽃들이 꽃병에 꽂혀 탁자를 장식하고 있음을 알고 이렇게 소리쳤다.

그러자 어머니가 대답했다.

"네가 얼마나 꽃을 좋아했는지 마리아가 기억하더구나."

난 고맙다고 말하기 위해 마리아에게 눈을 돌렸다. 그녀의 눈은 내 시선과 마주치려고 애쓰는 것 같았다. 나는 이렇게 말했다.

"마리아. 이 꽃들을 보관해 줘. 잠자는 침실에 꽃은 해롭거든."

그러자 마리아는 대답했다.

"정말이에요? 그럼 내일 아침에 다시 새 꽃을 꽂아 놓을게요."

이 얼마나 아름답고 감미로운 목소리인가!

"그렇게 꽃이 많아?"

"예, 아주 많아요. 매일 새 꽃을 꽂아 줄게요."

어머니가 잘 자라고 나를 포옹하자, 여동생 엠마는 내게 손을 내밀어 악수를 했다. 마리아는 손은 내밀지 않고, 자기가 어렸을 때 내게 웃던 것처럼 살며시 미소를 지었다. 보조개가 있는 볼에 새겨진 이 미소는 내가 어릴 적에 사랑했던 소녀의 바로 그것이었다.

4

어릴 적에 하인 페드로의 환상적인 동화를 들으며 잠들었던 것처럼 나는 평화롭고 편안하게 잠을 잤다. 그리고 마리아가 탁자의 꽃을 바꾸러 드나들 때 파란 꽃무늬가 새겨진 부푼 모슬린 치마가 침실의 커튼을 스치는 꿈을 꾸었다.

내가 잠에서 깨어났을 때는 이미 새들이 오렌지 나무와 복숭아 꽃나무 잎사귀 속에서 노닐고 날아다니면서 즐거운 노래를 부르고 있었다. 내가 방문을 빠끔히 열자, 레몬꽃 향기가 내 방을 가득 채웠다. 바로 그때 내 귀에 마리아의 달콤한 목소리가 들려왔다. 어린 소녀의 목소리였지만 사랑과 열정의 가락에 자신을 바칠 수 있는 그런 목소리였다. 꿈속에서 얼마나 이런 목소리가 내 영혼에 메아리치며 울려 퍼졌고, 또 내 눈은 8월의 그날 아침 그녀를 그토록 아름답게 보았던 과수원을 찾아 얼마나 헛되이 헤매었던가!

나는 간단히 옷을 입은 후에 창문을 열어 내 동생 엠마와 함께 정원을 거닐고 있는 마리아를 멀찍이 바라보았다.

그녀는 어제보다 더 짙은 옷을 입었으며, 치마 위에는 허리까지 내려오는 긴 띠처럼 자줏빛 숄을 늘어뜨리고 있었다. 두 갈래로 가른 그녀의 긴 머리는 어깨와 가슴을 반 정도 덮고 있었다. 그녀와 내 동생은 맨발이었다. 팔에는 아주 하얀 도자기 그릇을 안고 있었는데, 전날 활짝 핀 장미들 중에서 시든 꽃들을 솎아 내고 있었다. 그녀는 내 동생과 웃으면서 아주 싱싱한 장미 속에 자신의 뺨을 파묻었다. 그 순간 엠마가 나를 쳐다보았고, 마리아도 내가 쳐다보고 있다는 사실을 깨달았다. 마리아는 나를 쳐다보지도 않은 채 무릎을 굽혀 벌거벗은 자기 발을 감추었다. 그러고는 숄을 허리에서 풀어 어깨를 덮으면서, 마치 꽃과 함께 장난하는 것처럼 행동했다.

점심이 지난 후 어머니는 나를 재봉실로 불렀다. 엠마와 마리아는 어머니 옆에 있었다. 마리아는 나를 보자 갑자기 얼굴을 붉혔다. 아마도 아침에 내가 했던 갑작스런 행동으로 놀랐던 것을 기억하는 듯했다.

어머니는 날 보고자 했고 끊임없이 내 이야기를 듣고 싶어 했다. 이것을 이미 넌지시 눈치를 챈 엠마는 보고타에 대해 수많은 것을 물어보았다. 내게 화려하고 휘황찬란한 무도회와 귀부인들의 아름다운 의상과 당시 상류 사회의 가장 아름다운 여인들이 어떤지 설명해 달라고 졸랐다. 어머니와 마리아, 그리고 내 여동생은 자신들의 일에서 한눈을 팔지 않은 채 계속해서 내 이야기를 들었다. 마리아는 무의식적으로 가끔씩 나를 쳐다보았다. 아마도 의자에 앉아 있는 내 동생이 눈치채지 못하게 일부러 그렇게 하는 것 같았다. 마리아가 뜨개질에 대해 어머니께 물어보려고 자리에서 일어나자, 나는 아주 아름다운 신발을 신은 그녀의 발을 볼 수 있었다. 그녀는 사뿐히 걸었으며, 유대인 특유의 긍지를 지니고 있었다. 또한 가톨릭 신앙을 지닌 처녀의 조신함도 보여 주고 있었다. 어머니는 집안에 있는 여자들에게 당시 그들이 거의 모르고 있었던 문법과 지리를 가르쳐 주라고 내게 말했다. 그러자 마리아의 눈이 반짝였다. 나는 각자의 지식 정도를 측정할 수 있도록 6일이나 8일 후부터 수업을 시작하는 것이 좋을 것 같다고 했고, 어머니는 이런 내 의견에 동의했다.

몇 시간이 지난 후 나는 목욕물이 준비되었다는 연락을

받고 욕탕으로 갔다. 잘 익은 과일과 함께 잎이 무성한 커다란 오렌지 나무가 반짝이는 돌로 만든 욕탕의 덮개를 이루고 있었다. 물속에는 많은 돌이 깔려 있었으며, 오렌지 나무를 드리운 욕탕은 마치 향긋한 동양의 욕탕처럼, 마리아가 아침에 주운 꽃들로 가득 향기를 풍겼다.

5

사흘이 지난 후 아버지는 바예 지방에 있는 농장으로 가자고 했고, 나는 기꺼이 좋다고 대답하면서 그를 기쁘게 했다. 난 사실 아버지의 사업에 관심이 많았다. 어머니는 우리들에게 너무 오래 있지 말고 금방 돌아오라고 신신당부했고, 여동생들은 슬픈 빛을 감추지 못했다. 마리아는 어머니와 여동생들처럼 이번 주 내로 돌아오라고 당부하지는 않았지만, 내 여행 가방을 싸면서 아쉽다는 듯이 줄곧 나를 쳐다보았다.

내가 이곳에 없는 동안 아버지는 놀라울 정도로 자신의 재산을 불렸다. 더운 지방에 위치한 아버지의 농장은 비싸고 질 좋은 설탕 공장과 그 공장에 원료를 제공하기 위한 널찍한 사탕수수 농장, 소와 말을 사육하는 큰 목장과 화려한 주택으로 구성되어 있었다. 노예들은 단정히 옷을 입고 있었고 몹시 만족해하는 표정이었다. 또한 자기 주인들에게 잘 복종했으며 매우 다정했다. 거기서 나는 내가 어릴 적에 울창한 숲에서 살쾡이와 도요새를 잡기 위해 덫을 놓는 방법을 가르쳐 준 사람들을 만났고, 그들은 나를 기쁘게 맞이했다. 하지만 나는 그 사람들 중에서 가장 친한 친구이자 나를 길러 준 페드로의 얼굴을 찾을 수가 없었다. 내가 보고타로 떠나던 날 그는 말을 태워 주면서 눈물을 흘리며 이렇게 말했었다.

"도련님. 이제 더 이상 도련님을 보지 못하고 죽을 것만 같아요."

이렇게 그는 자기가 심장병으로 곧 생을 마감할 것이라는 사실을 예감했었다. 아버지는 농장에서 권위적인 주인의 태도를 취하지 않았다. 대신에 그는 자기 노예들을 다정하게 대해 주었으며, 그들의 자녀들을 귀여워하면서 가족적인 분위기를 유지하려고 애썼다.

해가 진 어느 날 저녁에 농장 지배인인 이히니오와 아버지와 나는 사탕수수 농장에서 설탕 공장으로 돌아오고 있었다. 아버지와 이히니오는 그동안의 일과 앞으로 해야 할 일에 대해 의견을 주고받았다. 그렇게 그들이 대화하는 동안 나는 어린 시절을 떠올렸다. 숲에는 벌목된 지 얼마 되지 않아 풍기는 특이한 향내와 한창 제철을 맞은 버드나무 향기가 어우러져 있었다. 그리고 인근의 구아바* 숲에서 들리는 앵무새의 아우성 소리와 멀리서 울려 퍼지는 어느 목동의 뿔피리 소리, 어깨에 연장을 걸머진 채 일에서 돌아오는 노예들의 피리 소리, 그리고 바람에 흔들리는 사탕수수 밭에 비친 빨간 저녁노을 등이 내 머릿속을 스쳐 지나갔다.

오는 도중에 우리는 흑인 노예 무리를 만났다. 그런데 아버지는 그중에서 가장 근사하게 생긴 젊은 흑인에게 물었다.

"브루노, 사흘 후에 있을 결혼식 준비는 다 되었나?"

---

* 난석류의 열대 과일로 주로 주스를 해서 마신다.

"예, 주인님."

갈대로 만든 모자를 벗고 삽자루에 손을 댄 채 브루노가 대답했다. 그러자 아버지가 다시 물었다.

"누가 증인인가?"

"돌로레스 부인과 안셀모 씨입니다."

"좋아. 그런데 레미히아와 넌 고해 성사를 보았겠지? 그리고 내가 보낸 돈으로 너와 신부가 필요한 것은 모두 준비했겠지?"

"그렇습니다, 주인님."

"그리고 더 필요한 것은 없나?"

"그렇습니다."

"이히니오가 준비해 놓은 방은 맘에 들던가?"

"예, 주인님."

"아! 내 정신 좀 보게나. 피로연이 빠졌군."

그러자 브루노는 흰 이빨을 드러내면서 살며시 미소지었다.

"그래, 모든 참석자들이 흡족할 수 있도록 피로연을 준비해 주게나."

아버지는 이렇게 이히니오에게 덧붙였다. 그러자 브루노가 물었다.

"결혼식을 보지 않고 가십니까?"

나는 대답했다.

"아니야. 당연히 우리가 하객이 되어야지."

토요일 새벽에 브루노와 레미히아는 결혼식을 올렸다. 저녁 일곱 시경에 나와 아버지는 일찍부터 울려 퍼지기 시작한 피로연에 참석하기 위해 말에 올라탔다. 우리가 도착하자 노예 십장인 훌리안이 나와 우리가 타고 온 말의 고삐를 잡으면서 우리를 반갑게 맞이했다. 그는 일요일에만 입는 외출복을 입고 있었다. 그래서 화사해 보였고 허리에는 마체테*를 차고 있었다. 우리가 예전에 살았던 응접실은 피로연의 무도회장으로 쓸 수 있도록 모든 가구들이 치워져 있었다. 단지 임시로 만든 북과 탬버린만이 응접실을 장식하고 있었다. 하지만 흑인들의 멋진 목소리가 밤부코**를 노래했고, 그 노래 속에서 나는 흑인들의 기쁨과 슬픔

* 풀을 베는 칼 모양의 낫.

** 콜롬비아의 네이바 지방을 중심으로 널리 퍼진 민요의 일종.

이 그들의 화음과 매우 멋지게 어우러지고 있음을 알았다. 그들이 부르는 노래 가사는 단순하기 그지없었지만, 아무리 잘난 체하는 문화인이라 하더라도 밤부코의 원색적인 리듬에 도취되지 않을 수가 없을 정도였다. 우리는 승마용 가죽 바지를 입고 모자를 쓴 채 응접실로 향했다.

바로 그때 응접실에서 레미히아와 브루노가 함께 춤을 추었다. 레마히아는 핑크색 레이스가 달린 흰 블라우스를 입고 있었으며, 루비색의 붉은 귀걸이와 목걸이를 하고 우아하게 춤을 추고 있었다. 브루노는 판초를 어깨에 걸친 채 흰 셔츠를 입고 있었으며, 허리에는 조그만 칼을 차고 날렵한 솜씨로 발장단을 맞추었다.

이 춤이 끝나자 악사들은 아주 아름다운 선율의 밤부코 음악을 연주했다. 훌리안이 주인의 도착을 알렸기 때문이었다. 자기 남편과 십장이 연출하는 분위기에 고조되어 레미히아는 우리 아버지와 춤을 추었다. 그러나 그녀는 아버지를 제대로 쳐다보지도 못했을 뿐만 아니라, 그녀의 춤 동작도 매우 형식적이었다. 한 시간 후 우리는 우리 거처로 되돌아왔다.

아버지는 내가 농장에서 한 행동을 보고 몹시 만족스러워하셨다. 게다가 내가 아버지 곁에 있으면서 아버지의 일을 돕고 싶다고 말하자, 아버지는 기분 좋다는 듯이 미소를 지으면서 내게 공부를 하러 떠나야 한다고 말씀하셨다. 이렇게 말할 때의 아버지 얼굴은 사사로운 감정에 얽매이지 않는 엄숙한 표정이었다. 이런 표정은 그가 절대로 번복하지 않겠다는 굳은 결정을 내릴 때 항상 그의 얼굴에 나타나곤 했던 모습이었다. 이 모든 것은 우리가 집으로 돌아오는 날 저녁에 일어났다. 그때는 이미 날이 어둑어둑해지기 시작할 무렵이었다. 그러나 어두워지지 않았더라도 아버지는 내가 그의 이야기를 듣자 감정의 변화를 겪고 있다는 사실을 눈치 채셨을 것이다. 이 순간 이런 소식이 나와 마리아 사이를 갈라놓지 않는 것이었다면, 나는 진정으로 행복하게 마리아를 만났을 것이다.

6

지난 나흘 동안 마리아에게 무슨 일이 일어났을까?

내가 마리아에게 인사하러 가까이 갔을 때, 그녀는 응접실 탁자에 램프를 놓으려 하고 있었다. 나는 말에서 내릴 때 계단으로 마중 나온 가족들 가운데 그녀가 보이지 않아 이상하게 생각했다. 그런데 나는 램프를 놓는 그녀의 손이 떨리고 있음을 알았고, 그래서 그녀를 도와주었다. 나는 생각보다 훨씬 긴장한 것 같았다. 내가 보기에 마리아는 그동안 좀 더 창백해진 것 같았고, 눈 주위에는 보일락 말락 한 희미한 그림자가 드리워 있었다. 이 흔적은 주의 깊게 살펴보지 않으면 느낄 수 없었다. 그녀는 내가 자기를 살펴볼 수 없도록 램프 불빛을 피했다. 그리고 그 순간 그녀는 자기를 부르는 어머니를 향해 고개를 돌렸다. 그러자 나는 그녀의 머리에 꽂혀 있던 카네이션이 시들었음을 알았다. 그 카네이션은 내가 바예 지방으로 가기 전날에 준 것이 틀림없었다. 내가 여동생들에게 준 것과 마찬가지로 마리아는 환하게 빛나는 십자 목걸이를 검은색 끈에 매어 목에 걸고 있었다.

마리아는 나와 어머니가 앉은 의자 사이에 조용히 앉아 있었다. 나보고 공부하러 떠나라는 아버지의 결정이 뇌리를 떠나지 않아서 나는 그녀에게 슬픈 표정을 지었다. 그러자 그녀는 내게 작은 목소리로 말했다.

"여행 도중에 무슨 좋지 않은 일이라도 있었어요?"

그래서 나는 이렇게 대답했다.

"아니야, 마리아. 우리는 산책도 많이 했고 또……"

더 이야기하려고 했지만 그녀의 진실한 목소리와 눈동자에 비친 순진한 눈빛 때문에 나는 더 이상 그녀를 쳐다볼 수 없었다. 그래서 응접실을 나와 내 방으로 달려와 문을 닫았다. 방에는 마리아가 꽂아 놓은 꽃이 있었다. 나는 그 꽃들에 마구 키스했고, 단정히 꽂혀 있던 꽃들은 이내 엉망이 되어 버렸다. 그리고 그 꽃 속에서 마리아의 향내를 찾기 위해 모든 꽃의 향기를 한꺼번에 맡으려고 했다. 그런 다음에 그 꽃 속에 파묻혀 엉엉 울었다. 만일 당신의 청춘이 이런 일도 없이 지나가 버리고 이렇게 행복에 겨워 울어 보지 않았다면, 아마도 나이가 들면 절망에 젖어 울게 될 것이다. 더 이상 진정한 사랑은 찾아오지 않을 테니까.

첫사랑! 이는 사랑 받고 싶은 고상한 자존심일 것이다.

이것은 우리가 사랑하는 여인에게 바치는 달콤한 희생이며, 눈물로 산 행복이다. 그리고 이 모든 것은 축복으로 보상받는 법이다. 이런 사랑은 미래의 시간을 향내로 가득 차게 해 주고, 과거를 사라지지 않게 하며, 환멸에 시들지 않고 우리의 영혼 속에 영원히 고이 간직될 꽃이다. 또한 인간의 질투에 흥분하지 않은 유일한 보배이고, 하늘이 내려 준 달콤한 기쁨이며…… 마리아! 마리아! 내 너를 얼마나 사랑했는가! 그리고 앞으로도 얼마나 사랑할 것인가!

7

아버지가 어렸을 때부터 무척이나 사랑했던 사촌인 살로몬이 아내를 잃은 지 얼마 되지 않았을 때, 아버지는 서인도 제도 지역으로 마지막 여행을 떠났다. 그들은 아주 젊었을 때 남아메리카로 이주해 왔는데, 이 여행 도중에 아버지는 스페인 사람의 딸과 사랑에 빠졌다. 이 스페인 사람은 해군 소령으로 수년 동안 용감하게 복무하다가 퇴역한 장교였다. 그리고 1819년에 스페인 궁정의 대의명분을 위해 다시금 전쟁에 참여했다가 1820년 5월 20일에 콜롬비아 북부에 있는 마하괄에서 체포되어 총살되었다.

우리 아버지가 사랑한 이 규수의 어머니는 자기 딸을 주는 조건으로 아버지에게 유대교를 포기할 것을 요구했다. 아버지는 스무 살 때에 기독교인으로 개종했다. 살로몬은 그때 세례를 받지 않았지만 가톨릭을 몹시도 좋아했다. 아버지는 개종을 함으로써 원하는 아내를 얻었지만, 살로몬은 개종을 하게 되면 자메이카에서 사랑한 여인과 결혼을 할 수 없었기 때문에 개종하지 못했던 것이다. 이후 수년간 그들은 헤어져 있다가 다시 만났다. 그 당시 살로몬은 아내를 잃고 홀몸이 되어 있었다. 그의 아내 사라는 세 살 먹은 어린 소녀를 남기고 세상을 떠났다. 우리 아버지는 자기 사촌이 정신적, 육체적으로 몹시 고통을 받고 있다는 사실을 알고 기독교인의 자비로 그를 위로했다. 아버지는 살로몬에게 그의 딸을 우리 집에서 교육시킬 수 있도록 해달라고 부탁했고, 또 그 아이를 독실한 가톨릭 신도로 만들겠다고 제안했다. 살로몬은 그 제안을 수락하면서 다음과 같이 말했다.

"나는 내 영혼을 구제하고 육체적으로도 회복할 수 있게 인도 여행을 떠나려고 했어. 하지만 딸 때문에 그렇게 할 수 없었지. 내 딸은 사라가 죽은 이후에 나의 유일한 위안처였어. 하지만 네가 원한다면 네 딸이 되게 해 줄 용의도 있어. 가톨릭 인들은 선량하고 다정한 사람들이기 때문에 네 아내도 착한 어머니가 될 것을 의심치 않아. 예수님은 최악의 비탄에 잠긴 내게 평화와 위안을 주셨어. 그래서 내 딸을 유대교인으로 놔두면 불행이 닥칠 것 같아. 당분간 우리 친척들에게는 말하지 말아 줘. 하지만 네가 그곳에 도착한 후 만나는 첫 신부님에게 내 딸을 세례 받게 하고, 이름도 에스테르에서 마리아로 바꿔 줘."

슬픔에 잠긴 사촌 살로몬은 눈물을 흘리며 이렇게 간청했다.

며칠 후 아버지는 몬테고 만灣에 돛을 펄럭이고 있던 배로 갔다. 누에바 그라나다 왕국*으로 가는 날렵하게 생긴 범선은 긴 여정을 시작하기 전에 마치 숲속의 학처럼 흰

* 현재의 콜롬비아, 에콰도르, 파나마, 베네수엘라를 포함하는 지역.

날개를 펄럭이고 있었다. 살로몬은 한 손으로 에스테르를 안고 또 다른 손으로는 딸의 여행 가방을 들고서 여행 준비를 마친 우리 아버지의 선실로 들어왔다. 이 소녀는 팔을 벌려 자기 오촌 당숙을 반갑게 맞이했고, 살로몬은 그녀를 자기 사촌에게 건네주면서 조그만 가방 위에 앉아 흐느끼기 시작했다. 세례 받기 이전에 눈물로 적셔진 그녀는 성스런 보물과도 같이 예뻤다. 아버지는 그런 사실을 익히 잘 알고 있었고, 결코 그것을 잊지 않았다. 살로몬은 그들을 갈라놓은 작은 나룻배로 건너뛰면서 목이 잠긴 목소리로 다음과 같이 약속했다.

"내 딸이 나를 위해 하는 기도와 내가 딸과 죽은 아내를 위해 드리는 기도는 십자가에 못 박힌 예수님에게까지 닿을 것이야."

아버지가 귀국했을 때, 나는 일곱 살이었다. 그때 나는 아버지가 여행에서 가져온 선물을 뒤로 한 채, 달콤하고 아름답게 미소 짓는 그 소녀만을 넋을 잃고 바라보았다.

우리 어머니는 그녀를 애정으로 감쌌고, 내 여동생들은 아버지가 어머니의 무릎에 에스테르를 놓으면서 "이 아이는 살로몬이 당신에게 보내는 그의 딸이라오"라고 말한 순간부터 상냥스럽게 그녀를 받아들였다. 에스테르는 감미롭고 매혹적인 스페인어 억양을 배우기 시작했고, 우리들은 그것을 흐뭇한 마음으로 바라보았다.

몇 년이 지난 어느 날 저녁, 나는 아버지의 침실에서 흐느끼는 소리를 들을 수 있었다. 아버지는 탁자 위에 팔로 턱을 고이고 있었고, 어머니는 울고 있었다. 마리아는 숙부와 숙모의 고통을 알지 못한 채 무덤덤하게 자기 머리를 어머니 무릎에 기대었다. 부모님들이 이런 모습을 보인 것은 다름 아닌 자메이카의 킹스턴에서 온 편지 때문이었다. 그 편지는 살로몬이 죽었다고 알리고 있었다. 난 단지 그날 오후에 아버지가 한 말만이 기억난다. "모든 사람들이 이별을 고하지도 못한 채 나를 두고 떠나가는데, 무엇 때문에 내가 조국으로 돌아가리." 젊고 혈기왕성할 때 횡단했던 대서양의 바람이 살로몬의 무덤에서 수년간 묵은 먼지와 시들의 꽃향기를 쓸어내리지 않았다면, 그의 재는 아마도 아직 이국땅에서 잠자고 있을 것이다.

그 당시 우리 가족을 알고 있는 사람들은 얼마 되지 않았다. 그들은 마리아가 우리 부모의 딸이 아니라는 사실을 알고 있었다. 하지만 마리아는 스페인어도 잘했고 다정했으며 영리했다. 우리 어머니가 나와 내 동생들과 함께 그녀의 머리를 쓰다듬으면, 아무도 거기에 부모 잃은 고아가 있으리라고는 상상도 못했을 정도였다.

그녀는 당시 일곱 살이었는데, 갈색의 흐트러진 긴 머리를 가냘픈 허리 위까지 드리웠고, 눈은 마치 무엇인가를 말하려는 듯했으며, 우리가 지니지 못한 우수에 젖은 말투로 말을 했다. 이것이 바로 내가 고향 집을 떠났을 때 보았던 그녀의 모습이었다. 그렇게 그날 아침에 마리아는 어머니의 창가에 있던 덩굴나무 밑에 서 있었다.

8

그날 저녁에 엠마가 내 방문을 두드렸다. 그러고는 저녁 식사를 하라고 말했다. 난 눈물 자국을 보이지 않으려고 급히 세수를 했고, 옷을 갈아입었다. 문을 늦게 열어 주는 것에 대해 변명하기 위해서였다.

식당에 마리아가 없는 것을 보고 나는 그녀가 평상시보다 일이 많아 늦는다고 생각했다. 아버지는 식당에 자리 하나가 빈 것을 보고 마리아에 대해 물어보았다. 그러자 엠마는 마리아가 오후에 두통을 느껴 이미 잠자리에 들었다고 설명했다. 나는 충격을 받지 않은 것처럼 보이려고 애를 썼다. 그 이유는 즐거운 분위기 속에서 저녁 식사를 마칠 수 있기를 바랐기 때문이다. 그래서 나는 내가 본 아버지 농장의 놀랄 만한 변화에 대해 열심히 말을 했다. 하지만 이 모든 것은 쓸모 없는 일이었다. 아버지는 나보다 더 피곤했는지 일찍 식당에서 나갔고, 엠마와 어머니는 어린 동생들을 잠자리에 눕히고 마리아가 어떤지 보기 위해 자리에서 일어났다.

엠마는 곧 식당으로 돌아왔지만, 식사가 끝난 이후의 대화 시간은 그리 길게 지속되지 않았다. 카드놀이를 하고 있던 펠리페와 엘로이사는 내 눈이 졸음으로 가득 찼다고 말했다. 펠리페는 어머니에게 내일 나와 산으로 산보 가고 싶다고 했지만 허락을 받지 못했다.

나는 내 방으로 돌아와 생각에 잠겼다. 그리고 마리아

가 왜 병이 났는지를 추측하기 시작했다. 내가 집에 도착한 후 어떤 태도로 방에서 나왔는지, 그리고 내가 그녀의 상냥하고 진정성 있는 목소리를 이성을 잃고 받아들인 것에 그 원인이 있는 것은 아닌지를 곰곰이 생각했다. 이렇게 나는 마리아가 앓은 병의 원인이 무엇인지 대충 짐작하고자 했다. 그리고 그녀에게 용서를 빌 수만 있다면 내 목숨이 천 개라도 다 바치리라고 마음먹었다. 하지만 이렇게 생각하자 내 영혼은 점점 더 혼란스러워졌다. 난 마리아의 사랑을 의심했다. 내 마음은 이토록 희생을 아끼지 않는 마리아를 왜 믿지 못하는 것일까? 나는 내가 그토록 아름답고 순수한 여자를 소유하기에는 불충분한 남자라고 생각했다.

그녀의 사랑을 믿지 못하는 나는 그 원인이 내 자존심 때문이라고 그 탓을 돌렸다. 나는 혼란스러워지자 오히려 내가 여행을 떠나게 된다는 사실을 기뻐했다.

9

다음 날 나는 해가 뜰 무렵에 잠자리에서 일어났다. 동쪽에 그림처럼 떠오른 서광은 산 정상 위에서 멀어지면서 사라지기 시작한 구름 위로 황금색의 반원을 그렸다. 계곡의 푸른 초원과 잎이 푸르게 우거진 숲은 마치 푸른색 창문을 통해 보이는 듯했고, 그 속으로 흰 연기가 무럭무럭 피어나는 하얀 산장이 희미한 모습을 드러냈다. 서쪽 편으로 보이는 산은 짙은 파란색의 망토와 흡사했다. 내 창문 앞에 있던 장미 울타리와 과수원의 나뭇잎들은 자신들의 잎과 꽃을 반짝이고 있었지만, 그런 광택을 선사한 아침 이슬을 산들바람이 앗아 갈지도 모른다며 무서워하는 듯 떨고 있었다. 내게는 모든 것이 슬퍼 보였다.

나는 엽총을 들고 내 다리 뒤쪽에 웅크리고 앉아서 나를 뚫어져라 바라보고 있던 애견 마요에게 신호를 보냈다. 나는 돌담을 뛰어넘고서 산으로 향했다. 산속으로 들어갈 무렵, 나는 신선하고 동시에 무서운 산의 마지막 숨결을 느꼈다. 학들은 자신의 잠자리를 떠나 변덕스런 바람에 날려가는 끈처럼 둥그렇게 무리를 지어서 날았다. 수많은 앵무새 떼들은 대나무밭에서 기지개를 펴면서 인근 옥수수밭으로 가려고 준비했다. 큰부리새는 산속에서 슬픈 노래를 부르며 우리에게 다정히 인사했다.

나는 큰 삼나무로 만들어진 다리 중간에 섰다. 그 나무는 폭풍에 의해 쓰러졌었고 나는 이곳을 6년 전에 자주 지나다니곤 했다. 마요는 내가 막 건넌 강가에서 겁을 집어먹고 그대로 우두커니 서 있었다. 그리고 내 부추김에 못 이겨 다리를 건넜고, 즉시 호세 씨의 농장으로 길을 안내했다. 호세는 나보다 앞서 보고타에서 도착했고, 내가 도착한 날부터 나를 기다리고 있었다. 나는 가파른 언덕을 지나 최근에 베어 낸 마른나무들을 뛰어넘고서 채소를 심은 작은 평지에 도착했다. 거기에서 바라보니 푸른 언덕 속에 자리 잡은 조그만 집이 모습을 드러냈다. 멋진 색깔의 젖소들은 목장 문 앞에서 자기 새끼들을 찾느라 분주히 음메 소리를 냈다. 집안의 새들은 아침 식사를 받느라 야단법석이었다.

개들이 짖어 대면서 가장 먼저 내 도착을 알렸다. 그 소리에 겁먹은 마요는 서글픈 표정을 지으며 내게 다가왔다. 이 조그만 집은 아담하고 깨끗했다. 모두 시골집 같은 분위기였지만 매우 편안한 분위기로 단장되었고, 모든 것이 제자리에 잘 정돈되어 있었다.

집안 여자들은 평상시보다 아주 정성 들여 옷을 입은 것 같았다. 루이사와 트란시토는 자주색의 사라사 스커트와 까만 끈으로 꼰 레이스가 달린 하얀 셔츠를 입고 있었다. 그리고 레이스 밑으로는 로사리오와 오팔 색깔의 유리 목걸이가 걸려 있었다. 그녀들은 숱이 많았고 까만 머리를 어깨까지 드리웠으며, 그 머리카락은 맨발로 걸을 때마다 살랑거리며 흔들렸다. 그녀들은 내게 아주 수줍은 표정으로 이야기했다. 이것을 눈치챈 그녀의 아버지는 "바로 이 사람이 보고타에서 학교를 마치고 똑똑하고 멋진 사람이 되어 돌아 온 에프라인이야"라고 말하면서 분위기를 한층 북돋았다. 그러자 루이사와 트란시토는 생기를 되찾고는 생글거렸다. 우리는 어린 시절의 추억으로 되돌아가 우정을 되찾을 수 있었다. 나이를 먹으면서 호세 씨의 얼굴은 수염을 기르지 않았어도 성경에서 그리는 얼굴 형태를 그대로 간직했다. 그러니까 길고 흰 머리카락이 넓은 이마를 덮고 있었던 것이다. 그의 미소는 평온한 그의 심성을 대변하는 듯했다.

아내인 루이사는 오랜 세월을 살았지만 호세보다 더욱 세월의 흔적을 찾아보기 힘들었으며, 안티오키아* 식으로 옷을 입고 있었다.

그녀는 낙천적인 성격의 소유자였고, 그래서 자기 생활에 만족하고 있는 듯했다.

호세 씨는 나를 강으로 데려갔다. 나는 조그만 폭포가 떨어지는 맑고 투명한 물웅덩이에서 목욕했다. 그러는 동안 호세 씨는 자신의 농장과 사냥에 관한 이야기를 들려주었다. 거기에서 돌아오니 아주 먹음직스럽고 푸짐한 점심이 준비되어 있었다. 유리그릇에는 옥수수 수프가 담겨 있었다. 그리고 식기 세트는 푸른 테가 둘린 흰색 그릇 옆에 가지런히 놓여 있었다.

마요는 말 없는 시선을 보내며 내 발밑에 쭈그리고 앉았

* 콜롬비아의 메데인을 중심으로 한 지역으로 가톨릭 성향이 매우 강하며 보수적임.

다. 그래서 그런지 마요는 평소보다 더욱 점잖게 보였다. 호세 씨의 딸들은 조심스럽게 무엇이 부족한지 살피고 있었다. 그녀들이 내게 점심을 대접하는 동안, 호세 씨는 낚시 그물을 손질했다. 호세 씨의 딸들은 무척이나 아름답게 변해 있었고, 철부지 소녀에서 이제는 집안일을 돕는 어엿한 처녀로 자라나 있었다.

진하고 거품 많은 우유와 디저트를 먹은 후에 호세 씨와 나는 과수원과 풀밭을 거닐었다. 그는 파종에 관한 내 이론을 듣고 감탄해 마지않았다. 약 한 시간 후에 나는 호세 씨 식구들에게 작별을 고하기 위해 집으로 돌아갔다.

나는 보고타에서 가져온 칼을 호세 씨의 허리춤에 채워주었고, 트란시토와 루시아의 목에는 예쁜 로사리오를 걸어 주었다. 그리고 루이사의 손에는 그녀가 우리 어머니께 부탁했던 조그만 보석 상자를 쥐어 주었다. 나는 정오쯤 되어 호세의 집에서 나와 우리 집으로 되돌아왔다. 그건 호세 씨가 해를 보면서 어림짐작으로 잰 시간이었다.

10

천천히 되돌아오면서 나는 내 기억 속에 자리 잡은 마리아의 모습을 다시 떠올렸다. 적막과 고요한 숲과 꽃들, 그리고 잔잔한 개울물이 모두 그녀에 대해 이야기하는 것 같았다. 그런데 이 모든 것이 도대체 왜 마리아와 관계가 있다고 생각한 것일까? 축축한 그림자, 잎사귀를 흔드는 산들바람, 졸졸거리며 흐르는 시냇물 소리, 이 모든 것이 마치 에덴동산을 보는 것 같았다. 그러나 마리아는 그곳에 없었다. 그녀가 비록 나를 사랑하지 않더라도 나는 그녀를 단념할 수 없었다. 나는 호세 씨의 딸들이 선물한 야생 백합의 향기를 맡으면서, 내가 과연 마리아와 입맞춤할 수 있는 자격이 있는가를 생각했다. 이렇게 짧은 시간 동안 내가 전날 밤 곰곰이 새겨 두었던 영웅적인 의지는 순식간에 힘을 잃어버렸다.

집에 도착하자마자 나는 어머니의 재봉실로 향했다. 여동생들은 목욕을 가고 없었지만, 마리아는 어머니와 함께 있었다. 내게 인사를 한 후에 마리아는 하고 있던 뜨개질로 눈을 돌렸다. 어머니는 내가 무사히 돌아온 것에 대해 매우 기뻐하셨다. 내가 예정 시간보다 늦는 것에 놀란 어머니는 바로 얼마 전에 하인들을 보내 나를 찾아보도록 시켰던 것이다. 나는 호세 씨의 농장이 번창하고 있다고 과장하여 말하면서 호들갑을 떨었고, 마요는 내 옷에서 숲에서 묻은 풀을 훑아 냈다.

나는 엽총 위에 오른손을 올려놓았다. 그리고 왼손에는 백합 한 송이를 들었다. 마리아는 눈을 들어 백합을 뚫어지게 바라보았다. 나는 그녀가 그 꽃을 원하고 있다고 내심 믿었다. 그러나 어머니와 내가 밤에 결정한 사항 때문에 형언할 수 없는 두려움에 사로잡혀 그 백합을 감히 건네줄 수가 없었다. 오히려 나는 이 작은 백합 한 송이를 그녀의 빛나는 갈색 머리에 꽂으면 얼마나 아름다울 것인가를 상상하면서 혼자 즐거워했다.

이 꽃은 마리아에게 주어야만 했을 꽃이었다. 그녀가 매일 아침마다 내 탁자의 꽃병에 레몬꽃과 오랑캐꽃을 꽂아 놓았기 때문이다. 하지만 내가 방에 들어갔을 때, 거기에는 한 송이의 꽃도 꽂혀 있지 않았다. 만일 탁자 위에 살무사가 감겨 있었더라도, 내 느낌은 꽃이 없는 것과 전혀 다르지 않았을 것이리라.

백합 향기는 내 주위를 감도는 마리아의 영혼과 같았고, 이 영혼은 온 밤 내내 내 침대 옆에서 흔들리는 커튼과 같았다. 그녀를 위해 가져온 꽃으로 나는 무엇을 할 수 있을까? 마리아에게 섭섭하고 자존심 상한 마음을 느끼는 순간, 아름답고 매력적인 다른 여자가 그곳에 있었다면 나는 그녀에게 그 꽃을 바친 후 모든 사람에게 그 꽃을 보여 주고 그 꽃으로 아름다워지라고 말하고 싶었다.

나는 마지막으로 이런 환상과 작별을 고하기 위해 백합에 키스를 하고서 창문 밖으로 내던져 버렸다.

11

나는 식탁에서 보고타의 멋진 여인들에 관해 열심히 이야기하면서 기뻐 보이려고 무진 애를 썼다. 아버지는 내 이야기를 들으면서 즐거워했다. 엘로이사는 이런 식후의 대화가 계속되기를 은근히 바랐다. 마리아는 잠자코 앉아 있었는데, 그녀의 뺨은 가끔씩 창백해졌다. 마치 밤새 축제의 장을 장식한 장미가 원상 복구될 수 없는 것처럼, 그녀의 뺨에서는 더 이상 장밋빛을 찾아볼 수 없었다. 식후의 대화가 끝나 갈 무렵 마리아는 세 살짜리 내 동생이자 그녀의 응석받이인 후안의 머리카락을 만지작거렸다. 그녀는 식후의 대화가 끝날 때까지 앉아 있었고, 내가 일어나자마자 후안과 함께 정원으로 나갔다.

여덟 시경이 되자 집안 여자들은 평소대로 기도를 드린 후에 우리를 식당으로 불렀다. 식탁에 앉자마자 나는 마리아의 머리에 꽂힌 백합 한 송이를 보고 소스라치게 놀랐다. 그녀의 얼굴에는 고귀하고 순진하며 참을성 있는 아름다운 기품이 서려 있었다. 나는 그런 그녀의 숨겨진 면에 최면 걸린 사람처럼 한시도 그녀에게서 눈을 뗄 수 없었다. 마리아는 내가 꿈꾸어 온 바로 그런 여인이었다. 마리아는 그녀를 단념한 나라는 남자 앞에 새로운 여인으로 등장했던 것이다. 나는 이런 그녀를 제대로 쳐다볼 수 없었다.

마리아가 호세 씨와 그의 가족에 대해 묻자 나는 퉁명스럽게 대답했다. 아버지는 나의 그런 태도를 보고 당황하는 기색을 감추지 못했다. 그래서 마리아를 쳐다보며 웃으면서 말했다.

“아주 예쁜 백합을 머리에 꽂았구나. 난 그 꽃을 정원에서는 보지 못했는데……”

마리아는 당황함을 감추려 하면서 거의 들리지 않게 모기만 한 목소리로 대답했다.

“이런 백합은 산속에만 있어요.”

그러자 아버지가 물었다.

“그럼 누가 그 꽃을 네게 보냈니?”

그런 질문을 받자 마리아의 어쩔 줄 모르는 모습이 확연히 눈에 띄었다. 나는 그녀를 바라보았다. 그러자 마리아는 내 눈 속에서 기운을 찾은 듯이 자신 있게 대답했다.

“에프라인이 과수원에 몇 개를 버렸어요. 그런데 이렇게 예쁜 꽃이 마구 버려지는 것이 안타까워서 그중에 하나를 주었어요.”

그 말을 듣자 나는 이렇게 내심 말했다.

‘마리아, 만일 내가 그 꽃이 그토록 소중한 것인지 알았

더라면 잘 간직했을 텐데…… 하지만 난 내 탁자의 꽃병에 매일 꽂히는 꽃보다는 덜 아름다운 것 같았어.'

그녀는 내가 후회하고 있다는 사실을 눈치챘다. 그리고 눈으로 그런 사실을 알았다는 표정을 지었다. 그때 나는 내 심장의 고동 소리가 그녀에게 들릴까 봐 몹시 두려웠다.

그날 밤 모든 가족이 거실에서 물러나 침실로 돌아갈 때, 마리아는 우연히 내 곁에 있었다. 나는 한참이나 망설이던 끝에 마침내 내 감정을 표현했다.

"마리아, 사실 그 백합은 당신을 위해 가져온 꽃이었어. 그런데 오늘 아침에는 매일 볼 수 있었던 당신의 꽃을 볼 수가 없었어."

그녀가 미안하다며 머뭇거리자, 나는 응접실에서 그녀의 손을 잡았고, 내 의지와는 상관없이 움직이려는 그녀의 손을 꽉 움켜잡았다. 그녀는 말하려고 하다가 멈추었다. 그녀의 눈은 놀란 듯이 나를 바라보면서 애써 내 시선을 피했다. 마리아는 고민하듯이 또 다른 한 손을 이마로 가져갔고, 그 손에 머리를 기댄 채 그곳에 있던 쿠션에 얼굴을 묻었다. 마침내 그 순간 우리를 하나로 만든 정신과 육체적인 결합의 매듭을 풀려고 시도하면서 마리아는 일어섰다. 그리고 겨우 들을 수 있는 목소리로 조용히 말을 맺었다.

"그럼 매일 아침마다 가장 예쁜 꽃을 꽂아 놓을게요."

그 말을 하고서 마리아는 사라졌다.

마리아 같은 영혼은 사랑을 표현하는 세속적인 말을 모른다. 하지만 바람 부는 숲속의 양귀비처럼 그녀를 사랑하는 사람은 첫 감촉만으로도 자기의 영혼이 떨고 있음을 알게 된다.

난 지금까지 마리아에 대한 내 사랑을 고백했다. 꽃을 줍는 하녀처럼 자신을 굽히는 그녀의 태도는 나로 하여금 그녀에게 사랑을 고백하게 했다. 나는 기쁨에 넘쳐 그녀의 마지막 말을 마음속으로 되뇌었다.

'그럼 매일 아침마다 가장 예쁜 꽃을 꽂아 놓을게요.'

12

어두컴컴해진 산 위로 떠오른 커다란 보름달의 달빛을 받아 개울물이 반짝였다. 우수에 젖은 것 같은 달빛은 계곡 깊숙이 희미하게 산어귀를 비추었다. 나무와 풀들은 가장 은은하고 신비스런 향내를 마음껏 내뿜었다. 그 적막 속에서 들리는 물소리는 내 영혼을 즐겁게 해 주기에 충분했다.

나는 창가에 팔을 괴고서 사랑을 위해 자신의 자존심마저 버린 채 백합을 줍는 마리아를 떠올렸다. 이제 그녀의 가슴을 설레게 할 사람은 바로 나였다. 이제는 나도 내 사랑을 이야기할 수 있을 것이고, 또한 그녀가 내 인생의 최대 목표라고 여길 수 있을 것이다. 내게 내일이란 말은 우리였고 서로 사랑하고 있다고 말한 밤부터 불가사의한 말이 되어 버렸다. 이제 내 시선과 마주쳐도 그녀는 자기의 시선을 숨길 필요가 없을 것이고, 행복에 가득 차서 나를 자랑스러워하며 아름다워질 것이 틀림없었다.

마리아가 목욕을 마친 후 흐트러진 머리와 은은한 장밋빛 얼굴을 하고서 다음 날 모습을 드러냈을 때, 그 모습은 카우카의 7월의 여명도 비교할 수 없을 정도로 너무나 아름다웠다. 그리고 그녀의 다정스런 입술에는 마리아 같은 여자가 숨길 수 없던 순수한 행복의 웃음이 깃들어 있었다. 그녀를 항상 내 곁에 데리고 있고 싶다는 욕망은 이제 하나의 필요성으로 다가왔다. 이런 행운을 지니고 있는 것에 만족한 나는 우리 집을 천국으로 만들고 싶었다. 바로 이렇게 느끼고 있을 때 마리아와 여동생은 내 지도하에 약간의 기초 교육을 받고 싶다는 의견을 밝혔다. 나는 그녀들의 계획에 기꺼이 동의했고, 그날부터 당장 수업하기로 결정했다.

거실의 한쪽 구석은 공부방으로 바뀌었고, 나는 내 방에 걸려 있던 몇몇 지도를 가져왔다. 또한 아버지 방에서 있는지조차 기억에서 사라진 지구본의 먼지를 털어 냈으며, 문갑에 있는 장식들을 모두 치워 버리고 수업에 필요한 두 개의 책상을 만들었다. 우리는 함께 모여서 매일 두 시간씩 공부했다. 나는 지리에 관한 것과 세계사에 대한 약간의 지식을 가르쳤고, 특히 《기독교의 정수》*라는 책에 중점을 두어 공부시켰다. 그 당시 나는 마리아의 뛰어난 재능

* 1802년에 샤토브리앙이 가톨릭을 찬양하기 위해 출판한 책 .

을 평가할 수 있었다. 내가 한 모든 말은 그녀의 기억 속에 소멸되지 않은 채 낱낱이 기록되었고, 그녀의 이해력은 내 설명을 앞질러 갈 정도였다.

엠마는 마리아와 나의 순수한 사랑에 놀라움을 금치 못하면서도 기뻐했다. 사실 어떻게 내 가슴속에 스쳐 지나가는 감정을 수업 시간에 감출 수 있겠는가? 주어진 질문에 마리아가 대답하는 동안, 엠마는 내 시선이 그녀의 얼굴에 머물고 있는 것을 지켜보았음에 틀림없었다. 엠마는 내가 지도에서 어떤 지점을 가리켜 주기 위해 마리아의 손을 잡자, 마리아의 손이 떨리고 있다는 것도 눈치챘다. 엠마와 마리아가 내 의자 옆에 차례로 서 있을 때, 마리아는 내 책이나 지도에 있는 것을 좀 더 잘 보기 위해 고개를 숙였다. 그러면 그녀의 숨결이 내 머리카락을 스쳤고, 그녀가 머리카락을 어깨 위로 넘길 때는 나를 숨 막히게 만들었다. 그렇지만 엠마는 마리아가 감정을 흐트러뜨리지 않고 행동하는 것을 볼 수 있었다.

엠마는 여러 번 나와 공부하고 있다가 집안일을 해야만 했다. 그러면 내 여동생은 일을 마친 후에 항상 공부하러 되돌아왔다. 그럴 때면 내 가슴은 마구 뛰었다. 단아한 이마와 미소 짓는 입술의 마리아는 귀족처럼 곱상한 자기 손을 내 손에 갖다 댔다. 그러고는 마치 바이런의 이마를 쓰다듬듯이 나를 쓰다듬었다. 그녀의 말투는 독특한 억양 이외에도 천천히 말하는 특색이 있었고, 그래서 마치 달콤한 노래를 하는 것 같았다.

13

마리아의 상상력은 점차로 샤토브리앙의 책처럼 물들어 갔다. 신심이 돈독한 그녀는 책에서 가톨릭 신앙이 예견하는 아름다움을 발견하면서 몹시 기뻐했다. 그녀의 영혼은 내가 가장 소중히 여기는 색깔과 형태를 띠어 갔다. 하늘이 선사한 시적 영감이라는 것이 그것을 소유하고 있는 사람을 아름답게 만들었던 것이다. 또한 내가 사랑한 여인에게는 그때까지 내가 몰랐던 매혹적인 면을 얼굴에 비추게 했다. 순진무구하고 매력적인 그 여인의 영혼에 축복 받은 시인의 이런 영감이 더해지자, 그녀는 내 가슴의 먼 메아리처럼 울려 퍼졌다.

희미한 황금빛 섬광과 붉게 물든 구름으로 뒤덮인 저녁 하늘은 마리아처럼 예뻐 보였다. 마리아와 나, 그리고 내 동생은 절벽의 커다란 바위에 앉아 있었다. 거기에서는 시냇물이 흐르는 평야를 굽어볼 수 있었고, 또한 적막한 계곡은 우리의 발아래 펼쳐져 있었다. 그곳에서 나는《아탈라》*의 한 대목을 읽었다. 마리아와 내 동생은 눈도 한 번 깜짝이지 않은 채 내 입술로 읽어 내려가는 '눈물 짜내는' 시인의 울적한 심정을 듣고 있었다. 내 동생은 오른쪽 팔을 내 어깨에 걸친 채 머리를 갖다 대고서 내가 읽어 내려가는 대목을 읽었다. 마리아는 내 곁에 반쯤 꿇어앉은 자세로 내 얼굴에서 시선을 떼지 못한 채 눈물을 글썽였다.

내가 이 작품의 마지막 대목을 고조된 목소리로 읽었을 때는 이미 태양이 자취를 감춘 뒤였다. 엠마는 창백한 얼굴을 내 어깨에 기댔고, 마리아는 자기의 얼굴을 두 손으로 감쌌다. 나는 내 가슴을 찡하게 울렸던 샥타가 자신이

* 샤토브리앙의 작품.

사랑한 여인의 무덤 위에서 가슴이 찢어지는 듯이 이별하는 대목을 낭송했다. "이국땅에서 편히 잠 자거라, 불쌍한 여인이여! 당신의 사랑과 희생과 죽음으로 당신은 이 샥타에게도 버림받을 것이리라!" 마리아는 내 목소리를 듣지 않은 채 얼굴을 묻었고, 그 얼굴은 이내 굵은 눈물방울로 얼룩졌다. 그녀는 이 시인의 시처럼 아름다워 보였고, 그래서 나는 이 작가가 상상했던 사랑으로 그녀를 사랑했다. 우리는 조용히 천천히 일어나 집으로 향했다. 나와 마리아의 영혼은 이 책에 깊은 감동을 받았을 뿐만 아니라, 앞으로 이런 일이 일어날지도 모른다는 불안감을 떨쳐 버릴 수 없었다.

14

사흘이 지난 후 산에서 내려온 어느 날 오후, 나는 집 안 복도에서 마주친 하녀들의 얼굴에서 어떤 심상치 않은 일이 일어났음을 알았다. 내 여동생은 내게 마리아가 신경 쇠약 증세를 보였다고 귀띔해 주었다. 그리고 그녀가 혼수상태에 있다고 이야기하면서 내가 느낄 고통을 진정시키려고 애썼다.

나는 모든 주의 사항을 잊어버린 채 무작정 마리아의 방으로 들어갔다. 그녀를 살리기 위해서는 나의 온 가슴으로 안아 주어야 한다는 격한 흥분 상태로 정신없이 그녀의 침대로 다가갔다. 침대 바로 옆에는 아버지가 앉아 있었다. 그는 못마땅한 시선으로 나를 쳐다보았다. 그러고 나서 다시 마리아에게 눈을 돌렸다. 아마도 그는 이런 식으로 나를 책망하려는 것 같았다. 어머니도 그곳에 계셨다. 하지만 그녀는 내게 눈길조차 돌리지 않았다. 이것은 마리아를 향한 내 사랑을 알면서도 자기 아들이 사랑하는 여인을 가여워할 줄 아는 훌륭한 어머니의 태도였다.

나는 그녀의 병이 무엇인지 알아보려고 하지도 않은 채 잠자코 마리아만 바라보았다. 그녀는 잠자고 있었다. 아주 죽은 사람처럼 창백한 얼굴이 흐트러진 머리카락 사이로 반쯤 보였고, 탁자에는 내가 아침에 선물했던 꽃들이 으깨져 있었다. 식은땀을 흘리며 경련으로 떨고 있는 그녀의 이마는 참을 수 없는 고통을 받고 있음을 드러내고 있었다.

아버지는 내가 받는 모든 고통을 이해하면서 의자에서 일어나 그 방에서 나가려고 하셨다. 그리고 침대로 가까이 가서 마리아의 맥박을 짚으면서 말했다.

"다행히 큰 위험은 지나갔구나, 불쌍한 것 같으니. 네 어머니가 지녔던 것과 똑같은 병이구나."

마리아는 눈물을 흘리고 신음하면서 천천히 침대에서 일어나려고 했지만, 다시 침대에 누우면서 한숨만 내쉬었다. 아버지가 방에서 나가자 나는 침대 머리맡으로 가서 어머니와 엠마가 있다는 사실도 잊은 채 베개 위로 마리아의 손을 잡았다. 그리고 그때까지 참았던 눈물을 흘렸다. 나는 그때 이후 어떤 재앙이 일어날 것인지 생각했다. 마리아의 병은 그녀의 어머니가 앓았던 것과 똑같은 병이었다. 그녀의 어머니는 치료 불가능한 간질병 때문에 젊은 나이로 세상을 떠났던 것이었다.

나는 차갑게 축 처진 그녀의 손이 가늘게 떨리며 움직이고 있다는 것을 느꼈다. 마리아의 호흡은 어느 정도 회복되기 시작했고, 입술은 무엇인가 말하려고 애쓰고 있는 것 같았다. 그녀는 자신을 억누르는 그 무엇에서 탈출하기 위한 동작으로 고개를 좌우로 흔들었다. 잠시 휴식을 취한 후에 알아들을 수 없는 몇 마디를 중얼거렸는데, 나는 마침내 그 단어들 중에 내 이름이 들어 있다는 사실을 알았다. 나는 일어서서 그녀를 뚫어지게 바라보다가 내 손으로 그녀의 손을 힘껏 움켜잡았다. 그녀는 강한 햇빛 때문인지 천천히 눈을 떴고, 나를 알아보려고 노력하면서 시선을 내게 고정시켰다. 잠시 후 어느 정도 정신이 들자, 그녀는 자기 손을 내 손에서 떼어 놓으면서 "이게 뭐예요?"라고 말한 후에 "무슨 일이 있었어요?"라고 어머니에게 태연스럽게 물었다. 우리는 그녀를 안정시키려고 했다. 그러자 마리아는 근심스런 어조로 "난 사실 이것을 걱정하고 있었어요"라고 말했다.

그러고 나서 그녀는 몹시 고통스럽다는 듯이 괴로워했으며 아주 슬픈 표정을 지었다. 나는 그날 저녁 아버지가 지정한 시간에야 비로소 마리아를 다시 볼 수 있었다. 내가 헤어지려고 하자 마리아는 내 손을 잡고 "내일 봐요"라고 말했다. 밤이 너무 늦어 우리의 대화가 끊길 때면 그 다음 날 마무리를 짓자는 식으로 항상 말했던 것처럼, 그녀는 이 마지막 말을 강조했다.

15

내 방으로 향하는 복도로 나왔을 때, 정원의 버드나무는 강하게 휘몰아치는 북풍에 가지가 마구 흔들렸다. 과수원 쪽으로 가까이 가자 오렌지 숲 속에서 놀란 새들이 푸드덕거리면서 찢어지는 비명 소리를 질렀다. 빗줄기가 내 이마를 내리치는지도 모른 채, 나는 아버지가 말한 마리아의 병에 대해 생각했다. 얼마나 시간이 지났을까! 그때 새 한 마리가 날개로 내 이마를 스치고 지나갔다. 나는 즉시 숲 속으로 날아가고 있는 그 새를 쳐다보았다. 검은 새였다.

내 방은 쓸쓸했다. 창가의 장미는 겨울바람이 몰아치듯이 요동치고 있었다. 내 꽃병에는 마리아가 아침에 꽂아 놓은 백합이 이미 시들어 있었다. 그때 강한 돌풍이 불어와 내 램프의 불을 꺼 버렸다. 그 후 나는 오랫동안 굉음을 내뿜는 천둥소리를 들었다. 폭풍으로 흐느끼는 자연 안에서 내 영혼은 비탄에 잠겼다. 거실의 시계가 열두 시를 알렸다. 나는 내 방으로 누군가가 오고 있다는 것을 알았다. 이내 아버지가 나를 부르는 소리가 들렸다.

"일어나라. 마리아가 계속해서 몸이 좋지 않구나."

그녀는 계속 발작하고 있었다. 약 15분 후 나는 출발할 채비를 갖추었다. 아버지는 병에 걸린 마리아가 어떤 새로운 증상을 보이고 있는지 설명해 주었다. 그러는 동안 흑인 하인인 후안 앙헬은 놀란 내 짙은 밤색 말을 진정시켰다. 말에 올라타자, 말 장신구들이 정원의 자갈길 위에서 삐걱거렸고, 잠시 후 나는 번개 빛으로 환하게 밝혀진 오솔길을 따라 계곡의 평원으로 내려갔다.

나는 우리 농장에서 약 16킬로미터 떨어진 농장에서 때마침 휴가를 지내고 있던 마인 박사를 찾아 나선 것이었다.

그날 밤 내게 "내일 봐요"라고 침대에 누워 말한 마리아의 모습을 더 이상 볼 수 없을지도 모른다는 공포가 엄습했다. 하지만 그녀의 모습은 나와 함께 있었다. 나는 쉬지 않고 얼마나 더 가야 마인 박사의 농장에 도착할 것인지를 초조한 마음으로 계산했다. 말이 빠르게 달렸지만 이런 나의 초조함과 불안감을 하나도 감소시킬 수 없었다.

이제 평원은 사라지기 시작했고, 나는 폭풍을 헤치며 나아갔다. 가까이 있으리라 생각했던 숲은 가면 갈수록 멀어져 가는 것 같았다. 단지 무화과나무와 타닌 나무 사이로 흐느끼는 바람 소리와 피곤한 말이 내뿜는 콧김과 말발굽 소리만이 밤의 적막을 깼다. 저 멀리 M 씨 가족의 예쁜 집과 흰 예배당이 판야 나무 숲에 떠오른 달빛에 아련히 비쳤다. 아마이메 강은 밤새 내린 비로 물이 불어 흘러 내려가고 있었다. 내가 강가에 도착하기도 전부터 요란한 물소리가 멀리서부터 들려왔다.

달빛에 비친 강가의 나무들은 수위가 얼마나 올라가 있는지를 익히 짐작하게 해 주었다. 하지만 수위가 내려갈 때까지 무작정 기다릴 수는 없는 일이었다. 나는 한 시간 동안 11킬로미터를 달려왔고, 이제는 5킬로미터만 남아 있었다. 나는 박차를 말 옆구리에 놓았다. 그러자 말은 고개를 강물을 향해 돌렸고, 헉헉 숨을 내쉬면서 자기 발을 때리는 격렬한 물살을 헤아리고 있는 듯했다. 말은 다리를 강물에 담갔다. 하지만 급한 물살에 놀라 갑자기 뒷걸음질 쳤다. 나는 축축이 젖은 갈기를 쓰다듬고서 다시 강물에 들어가도록 채찍질을 했다. 그러자 말은 앞다리를 들었고, 나는 불어 오른 물속에서 길을 잃지 않도록 고삐를 완전히 풀었다. 말은 개울가로 약 15미터가량 올라가더니 돌이 있는 쪽으로 진로를 잡고서 물에 들어갔다. 물은 무릎까지 올라올 정도로 차 있었다. 하지만 일렁거리던 물은 곧 내 허리춤까지 차올랐다. 나는 한 손으로 말의 몸 중에서 유일하게 보이던 부분인 목을 손바닥으로 때렸고, 다른 한 손으로는 가장 짧은 길로 개울을 질러갈 수 있도록 유도했다. 그렇게 하지 않으면 물의 힘과 깊이 때문에 물살에 휩쓸려 건널 수가 없었기 때문이다. 다행히 이런 위험에서 벗어나자, 나는 말을 멈추고 말의 뱃대끈을 점검했다. 내 생각대로 뱃대끈 중의 하나가 풀려 있었다. 말은 걸음을 멈추자 갑자기 몸을 한 번 부르르 떨면서 물기를 떨어내고서 행진을 계속했다. 나는 P 씨의 산장을 지난 후 약 새벽 두 시경에 마인 박사가 있는 집 앞에 도착했다. 그리고 말에서 내렸다.

16

그날 오후에 마인 박사는 마리아를 거의 회복시켰다. 그리고 발작 증세에 대비한 처방을 일러 준 다음, 자주 들르겠다는 약속을 하고 떠났다. 나는 이제 더 이상 큰 위험은 없을 것이라는 말을 듣고 형언할 수 없는 안도의 한숨을 내쉬었다. 아버지가 의사를 배웅하러 나가자마자, 나는 마리아의 방으로 들어갔다. 마리아는 내 동생이 베개 위에 받쳐 준 거울을 쳐다보면서 머리를 땋고 있었다. 나를 보자 얼굴이 빨개져서 말했다.

"사실 이건 나 같은 환자가 하는 일이 아닌데…… 그렇죠? 지금은 좀 괜찮아졌어요. 다시는 어젯밤과 같은 위험한 일은 시키지 않을 거예요."

그 말을 듣자 나는 이렇게 대답했다.

"어젯밤에 그렇게 위험하지는 않았어."

"나 때문에 당신에게 무슨 일이 일어나지는 않을까 몹시 걱정했어요."

"16킬로미터 여행을 말하는 거야?"

"그곳으로 가는 도중에 당신은 물에 빠져 죽을 수도 있었어요. 박사님은 너무 놀란 나머지 진찰도 하시기 전에 그렇게 말씀하셨어요. 당신과 박사님이 이곳에 올 때, 수위가 내려갈 때까지 두 시간이나 기다렸다고 하셨어요."

"말을 탄 의사는 별 볼일 없던걸. 그의 말은 내 말과 비교도 안 돼."

"근처에 사는 사람이 오늘 아침에 당신의 짙은 갈색 말을 알아보고는 어젯밤에 말 탄 사람이 빠져 죽지 않은 것에 놀랐다고 하던데요. 이젠 정말 다시는 아프지 않을게요. 별일 없을 것이라고 박사님이 말씀하시지 않던가요?"

"응, 아무리 늦어도 앞으로 보름 동안 이틀에 한 번씩은 들르겠다고 약속하셨어."

"그럼 이제는 어젯밤에 했던 일을 다시 하지 않아도 되는 거죠? 만약 당신이 죽었더라면 나는……"

그러자 나는 이렇게 반문했다.

"아주 슬프게 울었겠지, 그렇지?"

마리아는 잠시 나를 쳐다본 후에 베개에 달린 레이스를 만지작거리면서 말했다.

"당신에게 할 말이 있어요. 아주 슬픈 말이에요. 너무 슬픈 거라…… 내 병의 원인에 관한 건데…… 어머니는 모두 알고 있어요. 그때 당신은 산에 있었어요. 나는 우리 아버지가 내가 평생 들어 보지도 못한 병으로 어머니가 돌아가셨다고 말하는 소리를 들었어요. 당신은 필히 성공해야 하고 난…… 내가 들은 말이 정말인지 모르겠어요. 아마도 난 당신 같은 사람을 갖기에는 부족한 존재인 것 같아요."

창백한 그녀의 뺨에서 눈물이 흘러내렸다. 그러나 마리아는 곧 눈물을 닦았다.

"그러지 말아, 마리아. 제발 부탁이야."

"난 그 사실을 알고 있었는데, 왜 떠올리지 못했을까요? 그랬다면……"

"제발 부탁인데 더 이상 그런 말은 하지 마."

그녀는 얼굴을 내 품 안에 묻고는 자기의 손으로 내 손을 꽉 쥐어 잡았다. 그때 방으로 오는 엠마의 옷자락 소리가 들렸다.

그날 저녁 시간에 나와 여동생들은 평소보다 늦는 부모

님들을 식당에서 기다렸다. 마침내 중요한 대화에 종지부를 찍는 이야기 소리가 거실에서 들려왔다. 당당해 보이는 아버지는 여태껏 그의 신경을 거슬렸던 싸움을 막 끝낸 것 같았다. 어머니는 창백해져 있었다. 그리고 평소와는 달리 전혀 침착해 보이려는 기색도 하지 않은 채 식탁에 앉으며 말했다.

"호세 씨가 오늘 우리 집에 온다는 사실을 네게 이야기 했어야 하는데, 깜빡 잊었구나. 너와 함께 사냥을 가기 위해 온다고 하더구나. 그런데 그의 딸이 결혼한다는 것이 사실이니?"

그 말이 끝나자 아버지가 건성으로 말했다.

"너에게 어떤 계획에 대해 이야기할 것 같더구나."

"아마 곰 사냥에 관한 것일 거예요."

나는 대략 추측하면서 이렇게 대답했다.

"뭐라고? 곰 사냥이라고? 네가 곰을 사냥해?"

"예, 아버지. 저는 그와 함께 그 멋진 사냥을 몇 번 한 적이 있어요."

"아마도 스페인에서는 너를 야만인으로 취급하지 않으

면, 영웅으로 대접하겠구나."

"그런데 곰 사냥은 하루 종일 쫓아다녀야만 하는 사슴 사냥보다 오히려 덜 위험해요. 사냥꾼에게 폭포와 거친 땅에서 난폭하게 쓰러지라고 요구하는 그런 사냥 대신에 곰 사냥은 약간의 날렵함과 정확한 조준만 필요하거든요."

아버지는 찡그렸던 얼굴을 펴면서 자메이카에서 어떻게 사슴 사냥을 하는지 이야기했다. 그리고 친척들도 취미로 사냥을 즐겼는데, 그중에서 사슴을 가장 정확하게 포획하고, 사슴 사냥을 가장 즐겨했던 사람이 바로 살로몬이라고, 웃으며 숨겨졌던 일화를 들려주었다.

식탁에서 일어나자 아버지는 내게 가까이 다가와서 이야기했다.

"네 어머니와 할 말이 있으니 내 방으로 건너오거라."

방으로 들어가자 어두컴컴한 방 한구석에 어머니가 앉아 계셨다.

"앉아라."

아버지는 금테의 안경 너머로 나를 보며 이렇게 말씀하셨다.

몇 분이 지나자 아버지는 책이 놓인 자리에 조심스럽게 장부를 내려놓으면서, 내가 앉은 의자로 가까이 다가왔다. 그러고는 조그만 소리로 이렇게 말했다.

"나는 네 어머니가 우리의 대화에 동석하길 바란다. 이것은 아주 중요한 사항을 다루는 문제인데, 어머니는 내 의견과 같기 때문이다."

아버지는 문을 절반쯤 닫고는 피우고 있던 시가를 끄면서 다음과 같이 말했다.

"이곳에서 네가 우리와 함께 지낸 지가 벌써 석 달이 지났다. 이제 두 달만 있으면 A 씨가 유럽 여행을 떠나는데, 너는 그분과 함께 유럽에 가야 한다. 난 네가 6년이나 떨어져 공부하다가 이곳으로 돌아와 우리와 함께 있는 것이 무척이나 기쁘다. 그렇지만 네가 우리에게 줄 수 있는 가장 큰 기쁨은 공부라는 사실을 숨길 수가 없다. 우리는 네 성격과 적성으로 볼 때, 공부를 통해 큰 성공을 거두리라 믿는다. 그래서 네게 희망을 걸고 있다. 네 형이 죽은 후에 우리는 너를 유일한 희망으로 삼고 있다는 것을 너는 명심해 주기 바란다."

아버지는 잠시 말을 끊었다가 계속했다.

"그런데 네 행동을 보니 바람직하지 않은 면이 있는 것 같다. 넌 지금 스무 살밖에 되지 않았다. 그 나이에 아무런 생각 없이 시작한 철부지 사랑은 우리의 모든 희망을 물거품으로 만들어 버릴 수도 있다는 것을 모르겠느냐? 네가 마리아를 사랑하고 있다는 사실은 오래전부터 알고 있었다. 나는 마리아를 거의 내 딸이나 다름없이 귀엽게 여기고 있기 때문에, 만약 네가 어느 정도 나이를 먹고 사회적 지위가 적절할 때 결혼을 생각한다면, 나는 반대할 의사가 전혀 없다. 그리고 마리아는 아직 너무 어리다. 하지만 내가 지금 말하려고 하는 것은 결혼의 장애가 되는 것이 무엇인가가 아니다. 나는 아마도 극복하기 어려운 무언가가 있다고 생각하기 때문에 이런 말을 하는 것이란다. 마리아는 지금 앓고 있는 병 때문에 너와 우리 가족을 불운으로 몰고 갈지도 모르는 운명이다. 마인 박사는 마리아가 그녀의 어머니가 앓았던 것과 똑같은 병을 앓고 있어서 젊은 나이로 세상을 떠날 것이라고 확신하더구나. 마인 박사는 어제 그녀가 받은 고통은 발작으로 인한 졸도 때문에 생긴 현상이고, 이 병은 점차 악화되어 최악의 상태인 간질병으로 진전될 것이라고 말하더구나. 넌 신중히 생각한 후에 이 질문에 대해 이성을 지닌 신사로서 대답해 주기 바란다. 이상한 감정에 휩쓸리지 말고 네 미래를 생각하면서 대답하도록 해라. 명망 높은 마인 박사의 의견이라는 것을 명심하고, 살로몬의 아내가 어떻게 죽었는지도 깊이 생각해 보기 바란다. 만일 우리가 네 결심에 동의한다면 오늘이라도 마리아와 결혼할 생각이 있느냐?"

나는 주저하지 않고 대답했다.

"예, 그렇습니다."

"그럼 모든 고통을 참아 낼 수 있겠느냐?"

"예. 모든 것을 참아 내겠습니다."

"난 단지 내 아들과 대화하는 것이 아니라, 내가 원하고 바라는 진정한 신사와 이야기하고 있다고 믿는다."

그 순간 어머니는 손수건으로 얼굴을 감쌌고, 아마도 내 단호한 결정에 눈물을 머금었을 아버지는 잠시 말을 잊었다.

"그럼 좋다. 난 너의 고귀한 결정을 존중한다. 그러나 너는 5년 안에는 마리아의 남편이 될 수 없다. 동의하겠느냐? 의사의 말에 따르면, 너를 어렸을 때부터 사랑한 그녀가 새롭게 느끼기 시작한 격한 감정 때문에 병이 났다고 하더구나. 즉, 너와 그녀의 사랑은 미리 조심하는 것이 좋을 것 같다. 그러니 지금부터는 마인 박사의 조언을 따르겠다고 약속해라. 넌 마리아에게 아무런 약속도 해서는 안 된다. 내가 말한 그 기간이 지나면 넌 마리아의 남편이 될 수 있을 것이다. 내가 보기에 이 방법만이 마리아를 구하고, 또한 너에게도 그녀를 잃는 비운을 피할 수 있는 것이라고 생각된다. 그리고 이 모든 조건은 다음과 같은 약속을 지켰을 때만 이루어질 수 있다. 마리아를 위협하는 질병에 관해 절대로 그 누구에게도 말하지 말고, 오늘밤에 있었던 우리의 약속은 마리아에게 절대 비밀로 해야 한다. 너는 네 결혼에 대한 내 약속을 믿어야 한다. 만일 네가 귀국한 후에도 그녀의 병이 낫지 않는다면, 적어도 몇 년간은 떨어져 있어야 하니까…… 나는 마리아와 너의 아버지로서 지금 너희들이 결합한다는 것은 승낙할 수 없다. 이렇게 번복할 수 없는 결정을 내린 것은 살로몬이 최근 3년간 상당한 액수의 돈을 벌었는데, 이것을 딸의 지참금으로 맡겨 두었기 때문만은 아니라는 사실을 밝혀 둔다. 그녀가 결혼하기 전에 죽는다면, 그 돈은 킹스턴에 있는 외할머니에게 가도록 되어 있다. 그러니 너는 내 말을 이해하리라 믿는다."

아버지는 잠시 방을 이쪽저쪽으로 오갔다. 나는 모든 이야기가 끝난 줄 알고 방에서 나가려고 일어섰다. 하지만 아버지는 의자에 앉더니 내게도 의자에 앉으라고 말했다. 그러고는 다시 말을 잇기 시작했다.

"내가 M 씨의 편지를 나흘 전에 받았는데, 마리아를 자기 아들인 카를로스와 혼인시키자는 의사를 밝히더구나."

나는 이 말을 듣자 몹시 놀랐다. 아버지는 싱긋 웃으면서 이렇게 말했다.

"M 씨는 자기 제안에 대한 승낙 여부를 결정해서 보름 내로 알려 달라고 하더구나. 그리고 그동안 내게 약속한 방문을 하겠다고 했다. 그러나 너와의 약속이 있기 때문에 이 일은 모두 쉽게 잘 매듭지어질 것이라고 믿는다. 그럼 잘 자거라."

아버지는 내 어깨에 손을 얹으며 다정스럽게 말했다.

"내일 곰 사냥하는 데 행운이 있길 빈다. 네가 죽인 곰 가죽을 내 침대 밑에 깔고 싶구나."

그러자 나는 대답했다.

"좋습니다."

어머니는 손을 내밀어 내 손을 잡으며 말했다.

"내일 저녁 식사는 집에서 하자꾸나. 몸조심해라."

마음속으로 수많은 감정이 교차되었다. 너무나 이상하고 힘든 상황이기에 이겨 내기가 힘들었다. 죽음으로 위협받는 마리아, 그녀 없는 동안에 이루어진 내 사랑의 약속, 내가 그녀를 덜 사랑해야 한다는 조건 아래서의 맺어짐 등 모든 것이 혼란스러웠다. 내가 나만의 미래를 위해 사랑의 강도를 줄여야 하고, 내 꿈속에서 사라져 가는 아름다운 여자처럼 그녀를 이 땅에서 사라지게 해야 하는 고통을 감수해야 하며, 이제는 특별한 일이 없으면 그녀의 눈앞에서 냉담해져야 한다니! 난 더 이상 감동적인 목소리로 그녀와 마음속의 비밀을 말할 수 없고, 내 입술은 마리아의 머리끝조차도 스칠 수 없다니…… 나와 죽음 사이에 있는 것이 내 사랑인가, 아니면 죽음의 여인인가! 그녀에게 다가서는 것은 그녀를 잃는 길이다.

흑인 하인인 후안 앙헬은 내 지시에 따라 동틀 무렵이 되자 나를 깨웠다.

"아침 날씨는 어때?"

"아주 안 좋아요. 곧 비가 내릴 것 같아요."

"그래, 그럼 산으로 가서 호세 씨에게 날 기다리지 말라고 전해 줘."

창문을 열자마자 나는 흑인 하인을 호세 씨에게 보낸 것을 후회했다. 하지만 앙헬은 밤부코 가락을 흥얼거리고 휘파람을 불면서 숲으로 막 들어간 후였다.

잠시 후 산은 막 비가 쏟아질 것 같은 두터운 회색 구름 속으로 모습을 감추었다. 반 시간 후 강 쪽의 산기슭으로 번개가 치며 천둥이 울리는 소리가 들렸다.

17

이런 일이 있고서 열흘이 지났다. 나는 아버지와의 약속을 지킬 자신이 없었다. 또한 카를로스의 청혼에 매우 걱정이 되었기 때문에 본채에서 떨어져 있으려고 온갖 핑계를 다 댔다. 나는 대부분의 시간을 방에 틀어박혀 보냈다. 그리고 책과 한 번도 쏘지 않은 엽총을 들고 나를 귀찮게 하는 마요를 데리고서 산책을 나가곤 했다. 하지만 제대로 책이 눈에 들어올 리가 없었다. 나는 깊은 슬픔에 잠겨 마요를 몇 시간씩 혼자 뛰어놀게 했다.

어느 날 아침 어머니가 방으로 들어와서 내가 아직 일어나지 않고 누워 있던 침대 머리맡에 앉으며 말했다.

"네가 하는 행동은 아버지가 요구한 것보다도 더 심한 것 같구나. 지금의 네 행동은 우리에게뿐만 아니라 마리아에게도 모진 행동이란다. 그녀는 네가 루이사 집에 그토록 자주 가는 것이 그 집에서 애정을 듬뿍 주고 있기 때문이라고 생각하더구나. 하지만 어제 오후에 왔던 브라울리오는 네가 닷새 전부터 그 집에 들르지 않았다고 말하더구나. 도대체 네가 억제할 수 없이 깊이 슬퍼하는 이유가 무엇이고, 마치 우리 모두에게 화난 것처럼 고독만을 찾으며 가족을 피하는 이유가 무엇이니?"

어머니의 눈은 눈물로 가득 차 있었다.

"어머니, 마리아가 카를로스의 청혼을 받아들일지 아닐지의 문제는 그녀의 완전한 자유의사에 따라 결정되어야 한다고 생각합니다. 나는 카를로스의 친구입니다. 그래서 그의 청혼이 받아들여질 것이라는 희망을 빼앗고 싶지는 않습니다."

나는 M 씨 가족의 청혼을 알게 된 날부터 나를 사로잡은 참을 수 없는 고통을 피하지 못했다. 그래서 그렇게 대답했다. 나는 마리아가 앓고 있는 병이 무엇인지에 대한 의사의 진단은 염두에도 없었다. 그리고 아무도 나를 그녀에게서 떼어 놓을 수는 없을 것이라고 굳게 믿고 있었다.

"어떻게 네가 그런 생각을 할 수 있니?"

어머니는 내 말에 너무 놀란 나머지 이렇게 말했다.

"마리아는 겨우 두 번 정도만 카를로스를 보았을 뿐이야. 한 번은 그가 우리 집에 놀러 와서 몇 시간 있었을 때이고, 또 한 번은 우리가 그의 집을 방문했을 때가 고작이야."

"어머니, 내 생각을 합리화하고 싶지는 않아요. 그녀의 의견을 듣는 것이 좋겠어요."

"넌 생각보다 참으로 모질고 못된 애구나. 언젠가는 네가 그렇게 행동한 것을 후회할 날이 있을 거다. 마리아는 자존심과 너의 무심한 행동 때문에 자기가 받고 있는 고통을 숨기고 있어. 그런데 네 얘기를 들으니 놀라지 않을 수 없구나. 나는 어제 마인 박사에게 들은 이야기를 네게 들려주면 너를 기쁘게 해 줄 수 있을 것이라고 생각했단다."

"뭐라고 했는데요?"

나는 침대에서 일어나면서 간청하듯이 어머니에게 물었다.

"이제야 물어보는 이유는 뭐냐?"

"마리아가 언제나 영원히 내 여동생으로만 존재해야 한다는 것은 아니겠죠?"

"넌 생각이 참 늦구나. 자기가 하고 싶은 대로 하는 것이 신사인 줄 아니? 아니야. 내 아들은 그렇지 않다고 믿고 싶구나. 그런데 네 여동생이라고! 넌 네 자신보다도 너를 더 잘 알고 있는 어머니와 이야기한다는 것을 잊었니? 나는 너와 마리아가 내 무릎 위에서 잠자고 있을 때부터 마리아가 너를 사랑하고 있다는 것을 알았단다. 나는 지금 가련

한 마리아가 고통을 숨기려고 애쓰는 모습에 탄복해서 너에게 그것을 말해 주려고 온 거란다."

"어머니. 저는 어머니가 기분 나빠할 일은 하나도 하지 않을 거예요. 어머니가 나무라는 행동을 고치려면 어떻게 해야 하는지 말씀해 주세요."

"그래야지. 넌 네 자신을 사랑하듯이 마리아를 사랑하지 않니?"

"예, 내 자신보다도 더 그녀를 사랑해요."

"물론 그럴 것이라고 나도 생각한다. 어제 마인 박사는 마리아의 병이 사라가 앓은 병이 아니라고 확신하시더구나."

"박사님이 그렇게 말씀하셨어요?"

"그래. 그 부분에 있어서 네 아버지는 몹시 안심을 하시더구나. 그래서 내가 너에게 그런 사실을 알도록 일러 주라고 하셨어."

"그럼 아버지는 예전처럼 마리아를 대하시겠네요?"

나는 흥분되어 이렇게 물었다.

"거의 그렇다고……

"마리아는 나를 용서하겠지요, 그렇죠? 박사님이 이제

는 어떤 종류의 위험도 없을 것이라고 하셨나요?"

나는 이렇게 물으면서 덧붙였다.

"그래도 마리아는 카를로스가 청혼했다는 사실을 알 필요가 있겠지요?"

어머니는 대답하기 전에 이상한 눈초리로 나를 쳐다보았다.

"숨길 필요가 없지 않겠니? 내가 들은 바에 의하면 M 씨 가족들이 내일 이곳에 올 예정이라고 하더구나. 그러니 오늘 오후에 이런 사실을 마리아에게 말해 주도록 해라. 그런데 네 아버지가 내린 지시 사항에 대해서 한 마디도 설명하지 않고 너의 냉담한 태도를 합당하게 설명할 수 있다고 생각하니? 그리고 비록 아버지가 네게 요구한 것을 마리아에게 이야기해 주더라도 네 행동을 변명할 수는 없을 것이다. 요즘 네 행동은 바로 네가 드러내지 말아야 할 자존심과 소심함의 소치였기 때문이다. 그래서 나는 마리아에게 네가 왜 그토록 슬퍼하는지를 진실로 말해 줄 수 없었단다."

"내가 참으로 경솔했던 것 같습니다. 마리아가 나를 어떻게 생각할까요?"

"너를 아주 혐오스럽고 경박한 사람이라고는 생각하지 않을 거야."

"어머니 말이 어느 정도는 일리가 있다고 생각해요. 오늘 우리가 나눈 이야기는 마리아에게 하지 말아 주세요. 내가 실수했고, 그래서 그녀보다는 내가 더 많은 고통을 받았을지도 몰라요. 이틀 내로 내 실수를 고치겠어요."

"좋아. 오늘 밖에 나갈 일이 있니?"

어머니는 방에서 나가려고 일어나며 물었다.

"예, 어머니."

"어디로 가니?"

"에미그디오가 환영 파티를 해 준다고 했어요. 꼭 가야 하는 약속이에요. 어제 제가 그의 아버지 농장 지배인에게 점심때에 기다리라는 메시지를 보냈거든요."

"그럼 일찍 돌아오겠구나."

"대략 네 시나 다섯 시 정도면……"

"그럼 저녁 식사는 집에서 하도록 해라."

"이젠 내 행동에 만족하세요?"

"물론이지."

어머니는 웃으며 대답하면서 이렇게 덧붙였다.

"그럼 저녁때 보자. 그 집 여자들에게 우리 집 안부를 전해 다오."

18

내가 막 떠나려고 할 때에 엠마가 내 방으로 들어왔다. 그녀는 내 얼굴에 미소가 깃든 것을 보고 놀라면서 물었다.

"어딜 그렇게 기분 좋게 나가요?"

"아무 데도 안 가면 오죽이나 좋겠니. 나만 보면 계속해서 나보고 변덕쟁이라고 놀리는 에미그디오를 만나러 가."

"뭐라고, 오빠가 변덕쟁이라고요!"

엠마가 웃으면서 소리쳤다.

"뭐 때문에 그렇게 웃니?"

"오빠 친구의 어처구니없는 말 때문에……"

"아니지. 넌 지금 다른 일 때문에 웃고 있는 거지?"

"맞아요."

엠마는 욕실 탁자에서 빗을 집고는 가까이 오면서 말했다.

"내가 머리를 빗겨 줄게요. 오빠는 오빠 친구의 여동생이 아주 예쁜 소녀라는 사실을 알고 있어요. 하지만 에프라인 씨가 요즘 안색이 좋지 않다는 것을 모르는 것 같군요. 부가* 사람들은 얼굴에 활기가 없는 남성의 미는 상상조차 못하거든요. 에미그디오의 여동생이 이런 사실을 모른다면……"

"너 오늘 말이 많구나."

"그랬나요? 하지만 오빠도 즐거운 표정이잖아요. 거울이나 쳐다보고 내가 머리를 잘 빗겨 주었는지 말해 줘요."

이때 나는 내 동생을 부르는 마리아의 목소리를 들었다.

"마리아가 너를 부르는구나."

"난 뭐 때문에 부르는지 알아요."

"무엇 때문인데?"

* 콜롬비아의 칼리 근처에 있는 마을.

"그녀가 해서는 안 될 일을 할 수 있도록 도와 달라는 것이에요."

"그게 뭔지 알 수 있을까?"

"말해 주는 데 어려울 것은 없지요. 바로 이 꽃을 바꾸고 싶어 해요. 그래서 새 꽃을 따러 가려고 날 기다리는 거예요."

그녀는 탁자 위에 있는 꽃병을 가리키며 말했다.

"만일 내가 마리아라면 난 여기에 꽃 한 송이도 다시는 꽂아 놓지 않을 텐데."

이때 방에서 나를 부르는 아버지의 목소리가 들려와 우리의 대화는 중단되었다. 하지만 그렇지 않았더라면 나는 어머니와의 대화에서 약속한 내용을 어겼을지도 모른다.

내가 아버지의 방으로 들어갔을 때 아버지는 창가에서 멋진 호주머니 시계를 보고 있었다. 그리고 이렇게 말했다.

"정말 멋진 물건이야. 적어도 30파운드는 나갈 것 같은데. 이게 바로 내가 런던에 부탁했던 그 시계다. 한번 보아라."

"지금 갖고 계신 것보다 훨씬 더 좋아 보이는데요."

나는 아버지의 새 시계를 보면서 말했다.

"그래도 지금 쓰는 시계도 시간만은 정확해. 네 시계가 너무 조그만 것 같으니 그 시계를 여동생에게 주고 이 시계를 갖도록 해라."

아버지는 내가 고맙다는 말을 할 시간도 주지 않고 다음과 같이 덧붙였다.

"에미그디오의 집으로 가니? 그 아버지에게 기네아 목장에서 함께 목초를 줄 수 있도록 준비해 달라고 전해라. 그의 소가 아마도 다음 달 보름 정도에 시장에 내놓을 수 있을 정도로 완벽한 것 같던데."

내 방으로 돌아온 나는 창문 밑 정원에서 엠마에게 카네이션과 마요라나 꽃 한 묶음을 건네주는 마리아를 보았다. 이 중에서 가장 아름다운 꽃은 그녀의 입술에 물고 있었다.

"안녕, 마리아"

나는 꽃을 받기 위해 서둘러 인사했다. 그녀는 너무나 놀란 나머지 순간적으로 얼굴이 하얘지면서 끊어질 것 같은 목소리로 대답했다. 바로 그때 입에 물고 있던 카네이션이 떨어졌다. 그러고 나서 손에 들고 있는 꽃을 내게 건네주었다. 그녀의 입술이 다시 발그레해졌다.

나는 꽃을 받으면서 말했다.

"이 모든 것을 입술에 물고 있던 카네이션과 맞바꿀 수 있을까?"

"내가 발로 밟았는데도 괜찮겠어요?"

그녀는 그 꽃을 줍기 위해 고개를 숙이면서 대답했다.

"밟은 것이라도 괜찮아."

그녀는 고개를 숙여 그 꽃을 주웠다. 그리고 나를 쳐다보지도 않은 채 건네주었다. 그러는 동안 엠마는 새 꽃을 꽂으면서 이런 우리를 보며 즐거워하는 듯했다. 나는 내가 원한 그 카네이션을 주는 마리아의 손을 꼭 잡으며 말했다.

"고마워. 오후에 만나."

그녀는 고개를 들어 나를 쳐다보았다. 그런 그녀의 얼굴에는 한 여인의 애정과 조심성이 담겨 있는 시선이 책망과 눈물로 조화된 매혹적인 표정과 어우러져 있었다.

19

약 6킬로미터 정도를 가자 나는 에미그디오 아버지의 농장 입구를 알리는 문에 들어설 수 있었다. 입구에는 이끼가 낀 조그만 절구통이 문 천정에 매달려 있었다. 그래서 이것을 보는 사람들에게 이 농장의 이상야릇한 분위기를 느낄 수 있게 해 주었다.

입구에서 조금 더 들어가자 갈기와 꼬리가 잘린 짐 끄는 말들이 먹이를 먹고 있었다. 에미그디오의 집은 코코 나무와 망고 나무로 둘러싸인 크고 오래된 집이었다. 그리고 크고 가득 찬 야자나무 숲 속으로 회색의 축 처진 지붕이 눈에 띄었다.

나는 가시 많은 테티야 나무로 둘러싸인 마당을 지나다가 허름한 계단 위의 큰 대나무 빗장에 걸려 넘어져 뒹굴었다. 이것을 보고 소스라치게 놀란 두 명의 흑인이 달려왔다. 한 명은 남자였고, 다른 하나는 여자였다. 이 흑인 부부는 자기 순번이 되어 농장으로 가고 있던 중이었다. 내가 본채에 도착하자 복도의 긴 의자에 쭈그리고 앉아 있던 개 두 마리가 무섭게 짖으면서 달려들었다. 난간에 걸린 해진 갈대로 만든 안장과 바구니를 보니 에미그디오가 보고타에서 자기 아버지의 고리타분한 농장 경영에 반대해 계획했던 모든 것을 그대로 실행하고 있다는 것을 충분히 알 수 있었다.

에미그디오는 아주 똑똑한 청년이었다. 내가 카우카로 돌아오기 일 년 전에 그의 아버지는 그를 훌륭한 중개상으로 만들기 위해 보고타로 공부를 시키러 보냈다. 당시 나와 살고 있었고 또한 알지 않아도 될 일을 너무 많이 알고 있었던 카를로스는 어디에선가 에미그디오를 만났다. 그리고 어느 일요일 아침에 그를 우리 방으로 데리고 왔다. 나는 문지방에 서 있던 에미그디오를 버럭 껴안았다. 그러자 그는 상상할 수도 없는 이상야릇한 표정을 지었다. 아마도 그는 카를로스와 함께 보고타에서 그가 묵고 있던 하숙집 주인의 딸인 미카엘리나와 함께 공부하는 학생이 해서는 안 될 일을 해서 몸을 상한 것 같았다.

나는 안채에서 그를 기다렸다. 그런데 그는 뒤쪽에 있는 정원의 울타리를 뛰어넘으면서 내게 소리쳤다.

"마침내 왔군. 난 네가 안 오는 줄 알았어. 앉아."

그는 정원에서 묻은 피를 닦기 위해 일어났다.

"무엇을 하고 있었어?"

나는 인사를 한 후에 이렇게 물었다.

"오늘이 소 잡는 날이야. 그래서 아버지는 일찍 목장으로 가셨고, 나는 흑인 노예들에게 밥을 주고 있었어. 이젠 다 끝났어. 우리 어머니가 너를 몹시 보고 싶어 하셨어. 네가 여기에 있다고 연락할게. 오늘은 계집년들이 나왔나 모르겠네. 젠장, 날이 갈수록 밖에는 안 나오고 방에만 처박혀 있으니 말이야! 초토!"

그가 소리쳐 부르자 잠시 후 상의를 벗은 흑인 노예가 나타났다. 그는 팔이 몹시 여위었는데 그 팔에는 상처가 가득했다.

"이 말에게 먹이를 주고 내 밤색 말도 좀 닦아 줘."

그는 내 말에 시선을 고정시키더니 나를 보면서 말했다.

"아주 멋진 짙은 밤색 말이네요!"

"저 아이는 어떻게 하다가 팔이 저 지경이 되었지?"

"사탕수수 압착기에 팔을 넣어서 저렇게 되었어. 참으

로 무식한 놈이야. 말을 돌보는 것 이외에는 전혀 쓸모없는 놈이지."

조금 있다가 하녀들이 점심을 차리기 시작했다. 나는 그때를 이용해 약 15분가량 에미그디오의 어머니 안드레아와 단둘이 이야기를 나누었다. 에미그디오는 식사하기 위해 흰 재킷으로 갈아입으러 갔다. 식당은 거실과 접해 있었는데, 거기에는 송아지 가죽으로 된 오래된 긴 의자와 에콰도르의 키토에서 가져온 성인 얼굴의 조각물들만이 색 바랜 흰 벽에 놓여 있었다. 그리고 과일과 석고 앵무새가 두 탁자를 장식하고 있었다.

사실대로 말하자면, 점심 식사는 그리 훌륭하지 않았다. 에미그디오의 여동생들과 어머니는 그런 사실을 알고 있는 듯했다. 향긋한 풀 냄새를 풍기는 옥수수 수프, 바나나 튀김, 잘게 자른 쇠고기와 옥수수로 만든 꽈배기, 그리고 마시는 초콜릿, 우유 빵과 오래된 멋진 은주전자에 담긴 끓인 물이 전부였다.

열한 시경에 나는 안드레아 부인과 작별했다. 소를 몰고 있는 카를로스의 아버지 이그나시오를 만나러 가면서 아마이메 강에서 수영하기로 약속했기 때문이다.

3킬로미터 정도 떨어진 목축지로 가면서 에미그디오는 나와 대화를 나누기 시작했다. 그는 카우카로 돌아오자, 카를로스와 다시 친구가 되었다. 그는 카를로스의 프러포즈에 대해 솔직한 심정을 털어놓았다.

"넌 어떻게 생각해?"

나는 대답을 하지 않으려고 교묘하게 그 질문을 피했다. 그는 이야기를 계속했다.

"거절할 이유가 없지 않니? 카를로스는 일도 열심히 하고, 여자와 노는 것을 그만두어야 한다는 사실도 깨달았으니까. 그는 아직도 내가 가축과 노예와 싸우는 것을 비웃지만, 그도 곧 나처럼 될 거야. 만난 적 있어?"

"아니."

"곧 보게 되겠지. 아직도 카를로스는 나를 태양이 뜨거울 때는 강에서 수영하지도 않고, 손도 더럽히지 않으며, 얼굴도 태우지 않으려고 말을 타지 않는다고 믿고 있을 거야. 하지만 어쨌거나 카를로스는 신사야. 네가 화내지 않는다면 카를로스에 대해 한 가지 말해 줄 것이 있어."

"그래, 뭔지 이야기해 봐."

"우아하고 고상하게 살고 있는 네 집에는 동화처럼 옥양목 치마 속에서 자란 한 소녀가 마치 축복 받은 물건처럼 대접받고 있다던데……"

그러고는 갑자기 너털웃음을 터뜨리면서 말했다.

"카를로스의 아버지 헤로니모 씨는 너무나 위선자야. 우리 아버지는 그와 토지 관련 소송을 벌이면서 더 이상 그의 얼굴도 보고 싶어 하지 않아. 우리가 카를로스와 다시 만나게 되면 밤에 산딸기 술을 마시면서 그를 추궁할 필요가 있어."

이야기를 나누는 동안 우리는 목축지에 도착했다. 소 떼가 일으킨 먼지가 자욱한 울타리에서 나는 이그나시오 씨가 내게 인사하러 오고 있다는 것을 알았다. 나는 이그나시오 씨에게 아버지가 함께 소먹이를 주었으면 좋겠다는 의견을 밝혔다고 전해 주었다.

"그래 좋아. 어린 송아지들은 지금 최상의 상태에 있네. 모두 우뚝 솟은 탑 같지 않나? 목장 안에 들어가서 좀 즐겨 보지 않겠나?"

나는 고맙지만 사양하겠다고 대답했다.

그 순간 울타리에 매인 채 누워 있는 소들에게 벌겋게 달아오른 낙인을 찍는 목동의 외침 소리가 들려왔다. "다음, 다음……" 이런 외침 다음에는 소들의 비명 소리가 이어졌고, 이그나시오 씨는 채찍 대신 사용하던 나무 막대기에 작은 칼로 하나씩 그 숫자를 표시했다. 낙인이 찍힌 소들은 격앙된 상태로 일어났다. 그래서 그런 위험을 사전에 방지하기 위해 이그나시오 씨는 내 작별 인사를 받자마자 인근 울타리로 달려갔다.

에미그디오가 데려간 강가는 한여름의 아마이메 강보다 수영하기에 더 좋은 장소였다.

바로 그때 에미그디오가 말했다.

"저 멀리에 네 옷을 걸어 놔. 그러지 않으면 수영한 후에 감기에 걸릴지도 모르거든."

수영하는 동안 아름다운 강변이 비밀을 털어놓게 하는지, 아니면 내가 내 친구에게 그렇게 하라고 암시를 하는 것인지는 모르지만, 어쨌거나 에미그디오는 미카엘리나의 기억을 잠시 더듬은 후에 자기가 어느 혼혈 여자와 사랑에 빠졌다고 고백했다. 그는 이 사실을 아버지에게 숨겨야만 했다. 그의 아버지는 그 여자가 자기들의 계급과 맞지 않으며, 따라서 그의 모든 미래를 망쳐 버릴 것이라고 생각했기 때문이다. 그리고 다음과 같이 그 이유를 달았다.

"내가 대접받는 대신에 대접해 주어야 할 여자와 결혼할 필요가 있을까? 아무리 신사라도 그런 기질의 여자를 데리고 무엇을 하겠어. 만약 소일라를 본다면, 너는 시라도 읊고 싶은 심정이 될 거야. 그녀의 눈은 보는 이의 눈을 멀게 하거든. 우아한 미소, 예쁘장한 발, 그리고 잘록한 허리……"

"네가 그녀와 결혼한다면, 네 아버지가 널 죽여 버리려고 할 텐데, 너는 그녀를 사랑하고 있다는 말이지."

"나는 무슨 일이 있어도 결혼하고 말 거야."

"그런 시골뜨기 처녀하고? 아버지의 허락도 없이? 이젠 너도 턱에 수염이 났으니 네가 하고 있는 일이 어떤 것인지는 알아야 돼. 카를로스는 이 모든 것을 알고 있니?"

"뭐라고? 그 놈은 부가를 자기 손바닥 들여다보듯이 훤히 다 알고 있고, 모든 것을 자기 마음대로 하는 놈이야. 다행히 소일라는 산파블로에 살고 있고, 부가에는 어쩌다 한 번씩만 가지."

"그래도 나한테는 소개시켜 줘야 해."

"넌 카를로스와는 다르잖아. 네가 원한다면, 언제라도 보여 주지."

세 시경에 나는 저녁 식사를 함께 할 수 없다면서 양해를 구하고 에미그디오와 헤어져 네 시쯤 집에 도착했다.

20

어머니와 엠마는 복도로 뛰어나와 나를 맞이했다. 아버지는 말을 타고 일을 보러 나가셨기 때문에 집에 없었다. 잠시 후 나를 부르는 소리가 들렸다. 나는 즉시 부엌으로 달려갔다. 거기에서 마리아를 만날 수 있으리라고 기대했다. 하지만 이런 내 희망은 물거품이 되었다. 어머니는 마치 내가 마리아에 관해 물어보기나 한 듯이 이렇게 말했다.

"내일 카를로스 가족이 오기 때문에 집안 여자들은 설탕

조림을 만드느라고 바쁘단다. 아마 지금쯤은 일이 끝났을 것이니 곧 이곳으로 올 거야."

내가 식탁에서 일어서려고 할 때 사탕수수를 짊어진 두 마리의 노새를 몰고 산으로 올라가던 호세 씨가 멀리 보이는 높은 곳에 서서 소리쳤다.

"잘 있었어? 그곳으로 돌아갈 수는 없을 것 같아. 밤도 어두워지고 노새도 몰고 가야 하니까 말이야. 거기에 메시지를 남겨 두었어. 내일 아침에 일찍 일어나도록 해."

"알았어요. 내일 아침에 일찍 갈게요. 모두에게 안부 전해 주세요."

"총알 갖고 오는 것 잊지 마."

호세 씨는 모자를 벗어 내게 인사하며 산 쪽으로 올라갔다.

나는 엽총을 준비해 놓기 위해 내 방으로 향했다. 사실 엽총을 손질하려는 이유도 있었지만, 그것은 마리아가 있지 않은 식당에서 더 이상 머물지 않기 위한 핑계에 불과했다.

내가 손에 탄창을 쥐고 있을 때 숟가락으로 커피 맛을 보면서 마리아가 내게 커피를 가져왔다. 그녀가 가까이 오는 것을 보자 나는 탄창을 떨어뜨렸다.

마리아는 나를 쳐다보지도 않고서 인사를 하더니 떨리는 손으로 계단 손잡이 쪽에 커피와 받침을 놓고는 잠시 겁먹은 표정으로 내 눈을 바라보았다. 그리고 흩어진 탄알을 줍기 위해 무릎을 굽혔다.

"그러지 마. 내가 주울게. 난 조그만 물건들을 찾는 데 소질이 있거든. 상자가 어디 있지?"

그녀는 탄창을 보자 집으려고 팔을 펼쳤다.

"전부 여기에 떨어져 있어요."

"꽉 차 있지는 않았어."

나는 그녀를 도와주면서 말했다.

"이게 내일 필요한 것들이죠?"

그녀는 불그스레한 손바닥으로 탄환을 집어 먼지를 털면서 말했다.

"왜 내일 이것들이 필요하다는 것이지?"

"사냥은 위험한 것이고, 실수로 총알 하나만 잘못 다루어도 끔찍한 일이 벌어지기 때문이에요. 이 탄창을 보니,

박사님이 영국제이며 매우 좋은 것이라고 하면서 선물한 바로 그것이네요."

"전부 다 알고 있네."

"내 생각에는 아마도 사냥을 가지 않는 게 좋을 것 같아요. 호세 씨가 메시지를 남겨 두었어요."

"내가 사냥 가지 않았으면 좋겠어?"

"내가 어떻게 감히 그런 것을 요구할 수 있겠어요?"

"그렇다고 못할 이유도 없잖아."

마리아는 나를 아무 말도 없이 나를 쳐다보았다.

"더 이상 떨어진 것은 없는 것 같아요. 그럼 이만 갈게요. 커피가 식었을 거예요."

마리아는 자기 주변의 바닥을 살피면서 말했다.

"한번 커피 맛 좀 봐."

"아직 엽총을 장전하지는 마세요. 커피가 아직은 괜찮을 것 같은데……"

마리아는 커피 잔을 만지작거리며 이렇게 덧붙였다.

"엽총을 보관하고 나서 커피를 마실게. 그러니 아직 가지 마."

나는 방에 들어갔다가 다시 나왔다.

"집 안에 할 일이 많이 있어요."

"그래, 디저트도 준비해야 하고 옷도 차려입어야 하니까. 그래서 갈 거야?"

그녀는 머리를 한쪽으로 기울이면서 어깨로 '당신이 원하는 대로 하겠어요'라는 의미 있는 표정을 지었다.

"내가 한 가지 설명해 주어야 할 것이 있는데 듣고 싶어?"

나는 그녀에게 가까이 가면서 말했다.

"가끔씩은 듣고 싶지 않은 말들이 있어요."

마리아는 탄창에서 뇌관 소리를 내며 대답했다.

"난 내가……"

"당신이 말하려는 것은 사실이에요."

"뭐가?"

"내가 당신 말을 들어야 하는데, 이번에는 그럴 수가 없어요."

"요즘 나를 많이 이상하게 생각했지?"

그녀는 대답하지 않고 탄창에 있는 글자를 읽었다.

“아무것도 말하지 않을게. 하지만 무슨 생각을 했나 말해 줘.”

“그럴 필요는 없을 것 같아요.”

“그러니까 내 사과도 받아들이지 않겠다는 말이지?”

“나는 왜 당신이 그런 행동을 했는지 알고 싶어요. 하지만 뚜렷한 동기가 없을 수도 있다는 데 더욱 큰 두려움을 느껴요. 난 항상 당신이 내가 알지 못하는 것을 지니고 있다고 생각했어요. 그런데 당신이 다시 편안해지고…… 그래서 나도 편안해졌어요.”

“당신은 나를 이렇게 다정하게 대해 주는데…… 나는 그런 걸 받을 자격이 없는 놈이야.”

“오히려 내가 그런걸요.”

“난 당신에게 못된 짓을 했어. 당신이 허락한다면 무릎을 꿇어 용서를 빌고 싶어.”

한참 전부터 그녀의 눈은 매우 아름답게 빛나고 있었다. 그때 그녀는 소리쳤다.

“아니에요! 나는 모든 것을 잊어버렸는데…… 모든 걸 말이에요! 하지만 한 가지 조건이 있어요.”

"말해 봐. 당신이 원하는 대로 모두 해 줄게."

"내가 마음에 안 들면 안 든다고 솔직히 사실대로 말해 주세요. 그럼 난 당신이 싫어하는 것을 하지도 않고 말하지도 않을게요. 너무 쉽나요?"

"나도 똑같은 것을 요구해야 하지 않을까?"

"아니에요. 난 당신에게 충고할 자격이 없어요. 당신의 생각대로 하는 편이 항상 더 나을 거예요. 게다가 당신은 내가 말하기도 전에 그런 것이 무엇인지 다 알잖아요."

나는 마리아의 말에 감격하여 조그만 소리로 이렇게 말했다.

"그럼 마리아는 내가 내 영혼을 다해 사랑하고 있다는 사실에 동의하면서 살아갈 수 있지?"

"예."

그녀는 조용히 대답했다. 그녀는 거실에 누군가 있으니 조용히 하라는 의미로 자기 손을 내 입술에 갖다 댔다.

"왜 그래?"

"후안이 부르는 소리가 들리지 않아요? 내가 없으면 마구 울거든요."

순간적으로 결정을 내리지 못하고 주저하며 서 있는 그녀의 미소에는 달콤함이 배어 있었고, 그녀의 눈에서는 사랑스러움을 엿볼 수 있었다. 이미 그녀는 내게서 떠났지만, 나는 아직도 무아지경에 빠져 그녀를 바라보고 있는 것 같았다.

21

다음 날 동녘이 밝아 올 무렵 나는 루이사 부인을 비롯해 그 집안 여자들에게 줄 어머니의 선물을 갖고 후안 앙헬과 함께 산길을 떠났다. 그리고 나이를 먹어 이런 종류의 탐험에는 가끔 말을 듣지 않지만, 충성심에는 변함없는 마요가 우리 뒤를 따랐다. 강에 놓인 다리를 지나자 우리를 마중 나온 호세 씨와 브라울리오를 만날 수 있었다. 브라울리오는 새끼 양을 잡아 가는 호랑이를 단 한 발의 총알로 죽여 버릴 수 있는 사냥 계획에 관해 이야기했다. 그는 강 어귀에 있는 호랑이의 은신처와 그 흔적을 뒤쫓고 있었다.

후안 앙헬은 상세한 계획을 듣자 식은땀을 흘리면서 가

지고 가던 꾸러미를 풀썩 내려놓았다. 그의 눈은 마치 누구를 죽이려는 계획을 듣는 것 같은 표정이었다. 호세 씨는 계속해서 공격 계획에 관해 설명했다.

"호랑이가 내 손아귀를 벗어날 수는 없을 거야. 네이바 사람 루카스가 말하는 대로 과연 그리 대단한지 한번 보자고. 티부르시오는 내가 알아서 할게. 큰 탄알 가져왔어?"

"예. 그리고 긴 엽총도 가져왔어요."

"오늘은 브라울리오의 날이야. 내가 너와 함께 곰의 머리를 조준해서 단 한 방에 곰의 눈을 맞추었다고 하니까 브라울리오가 오늘 너와 함께 한판 해보고 싶다고 했거든."

호세 씨는 껄껄 웃더니 자기 조카의 어깨를 쳤다.

"자, 시작하자고. 그리고 이 보따리는 검둥이 편에 우리 마누라에게 보내 버리지."

그는 후안 앙헬의 뒤에서 이렇게 말했다.

"마리아가 사촌에게 보내는 사탕 꾸러미인가?"

"아마 어머니가 루이사 부인에게 보낸 선물일 겁니다."

"그런데 마리아에게 무슨 일이 있었어? 어제 슬쩍 보았는데 카스티야의 환한 장미 봉오리 같았던 예전 모습과는 달리 윤기가 없던데."

"이젠 괜찮아요."

"그런데 넌 빨리 꺼지지 않고 뭣해, 이 검둥이야? 이 꾸러미를 들고 빨리 가거라. 그리고 얼른 돌아와야 돼. 늦게 여기서 어슬렁거리면 위험하니까."

호세 씨가 후안 앙헬에게 말했다. 그러자 이미 강 저쪽에 가 있던 브라울리오는 이렇게 덧붙였다.

"조심해서 가도록 해."

그러고는 이내 강을 건너 우리에게로 달려왔다.

브라울리오는 내 또래의 젊은이였는데, 두 달 전에 삼촌과 함께 일하기 위해 안티오키아에서 왔다. 그 후 그는 자기 사촌 여동생인 트란시토와 열렬한 사랑에 빠졌다. 그의 외모는 귀족과 같아서 트란시토의 관심을 끌기에 충분했다. 그의 얼굴에서 가장 멋진 것은 입이었다. 그의 여성적인 미소는 남성처럼 건장하게 생긴 얼굴 모습과 완전히 대조를 이루었다. 성격은 차분했고 외모는 멋졌으며, 지칠 줄 모르고 일하는 사람이었다. 그러니 호세 씨에게는 더 없이 귀중한 보물이었고, 트란시토의 남편감으로는 적격이었다.

루이사 부인과 딸들은 오두막집에서 언제나처럼 다정하게 웃으며 나를 맞이했다. 최근에 우리들이 자주 만나자, 호세 씨의 딸들은 나를 별로 수줍지 않게 대했다. 호세 씨는 우리의 사냥터, 즉 전쟁터에서는 내게 아버지 같은 권위를 행사했지만, 집에 돌아오는 즉시 그런 권위적인 태도를 버렸다.

"그래, 마침내 왔구나!"

나를 보자 루이사 부인은 손을 잡으며 거실로 데려갔다.

"이제 이레가 남았어! 우리는 하루하루를 손꼽아 세고 있어."

그 집 여자들은 약간 짓궂은 미소를 지으며 나를 바라보았다. 그런데 루이사 부인이 나를 가까이 쳐다보더니 이렇게 말했다.

"맙소사! 왜 이렇게 창백해? 이런 얼굴은 좋은 게 아닌데. 매일 우리 집에 와서 밥을 먹었으면, 통통해져 있었을 텐데."

그러자 나는 호세 씨의 딸들에게 물었다.

“내가 어떻게 보여요?”

트란시토가 대답했다.

“호호호. 어떻게 보이길 원하세요. 매일 방 안에만 있으면서 말이에요?”

그때 호세 씨가 끼어들면서 말했다.

“다 이유가 있겠지. 이곳에 오지 않은 건 다 이유가 있을 거야. 브라울리오, 우리와 함께 있을 수 있도록 결혼식에 에프라인을 초대할 거지?”

“언제가 큰 날이지요, 루이사 부인? 언제야 트란시토?”

트란시토는 수줍어하면서 자기 신랑감을 제대로 쳐다보지 못했다. 그러자 루이사 부인이 말했다.

“시간이 좀 걸릴 것 같아. 집도 깨끗이 칠해야 하고, 문도 달아야 하니까. 아마 과달루페 성녀일이 될 것 같아. 트란시토는 과달루페 성녀의 숭배자거든.”

그 말을 듣고 나는 이렇게 물었다.

“그게 언젠데요?”

“정말 그걸 모른단 말이에요? 12월 12일이에요. 당신을 증인으로 삼고 싶다는 말*을 하지 않던가요?"

"아니. 이런 좋은 소식을 이렇게 늦게 전해 주다니. 트란시토를 용서할 수 없는데……"

"나는 브라울리오에게 그런 사실을 당신에게 말해 주라고 했어요. 아버지께서 그렇게 하는 편이 더 나을 것이라고 하셨거든요."

"나를 증인으로 정한 것에 깊이 감사하고 있어. 이건 절대로 잊지 않을게."

브라울리오는 자기의 어여쁜 신부를 다정한 눈으로 쳐다보았다. 그러자 트란시토는 수줍어하면서 루이사 부인과 함께 점심을 차려야 한다며 서둘러 나갔다.

점심은 평상시처럼 푸짐했다. 그리고 사냥에 대한 원칙을 이야기했다. 열 시경** 루이사 부인이 준비해 준 도시락을 들고 루카스가 왔고, 호세 씨는 담배 가루를 큰 담배 지갑에 채우려고 이리저리 왔다 갔다 하고는 사냥길에 나섰

* 우리나라의 가톨릭 결혼식에서는 한 사람의 증인만을 채택하지만, 라틴아메리카에서는 각각 남녀 한명씩의 증인이 필요하다..
** 이 지역에서는 아침을 새벽 다섯 시경에 먹고, 점심을 오전 열 시경에 먹는다.

다. 우리는 모두 다섯 명이었다. 시골뜨기 검둥이 노예인 티부르시오, 인근 농장의 고용인인 루카스와 호세 씨, 브라울리오, 나였다. 모두들 엽총으로 무장했고, 호세 씨와 브라울리오는 손잡이가 달린 아주 예리한 창을 갖고 있었다.

그들은 쓸 만한 개는 한 마리도 남겨 두지 않고 동원했다. 개들은 두 마리씩 짝을 지어 기쁨을 이기지 못해 마구 짖어 대면서 우리의 원정에 흥을 돋우었다. 심지어는 주방장 마르타의 귀여움을 독차지하는 팔로모도 원정용 개 중의 하나로 선발되었다. 루이사 부인과 딸들은 몹시 불안해했다. 그중에서도 특히 트란시토는 자기 애인이 가장 위험한 역할을 맡을 것이라는 사실을 알았기 때문에 더욱 불안해했다.

우리는 좁고 꾸불꾸불한 길을 지나 북쪽으로 뻗은 강변을 따라 올라갔다. 약 2–3킬로미터 정도 걸은 후, 호세 씨는 넓은 강어귀에 서서 모래밭에 흩어져 있는 뼈다귀를 주의 깊게 살폈다. 전날 호랑이의 먹이가 되었던 새끼 양의 뼈였다. 브라울리오가 앞장섰고 나와 호세 씨는 강가 깊숙한 곳을 둘러보았다. 브라울리오는 약 80미터 정도 올라간 다음에 걸음을 멈추고는 우리에게 정지하라는 신호를 보냈다. 그리고 천천히 걸어 올라갔다. 잠시 후 그는 다시 걸음을 멈추고서 나무줄기에서 호랑이가 긁은 자국을 면밀히 살폈다.

"이쪽으로 나갔군. 아주 포식했군."

약 20미터 정도 들어가자 늪이 나타났다. 잠시 후 다시 강변 쪽으로 올라갔다. 조금 가자 강변에서 호랑이의 흔적이 또 나타났다. 이번에는 강 쪽으로 나 있는 발자국을 선명하게 볼 수 있었다. 거기에서 우리는 호랑이가 급류가 흐르는 강 저편으로 건너갔는지, 아니면 우리가 있는 강가 쪽으로 올라갔는지 판단해야만 했다.

브라울리오는 엽총을 어깨에 메고 창을 허리에 차고서 급류를 조심스럽게 건넜다. 그러는 동안 우리는 깊은 정적을 지켰으며, 개들을 짖어 대지 못하게 단속했다.

"아무 흔적도 없는데."

브라울리오는 모래와 잡초를 살펴보고서 말했다. 브라울리오는 바위 끝에 서서 우리에게 돌아오려고 했다. 바로 그때 그는 우리에게 조용히 하라는 신호를 손으로 보냈다.

그러고는 총을 가슴에 갖다 대고서 오른쪽 위에 있는 바위를 향해 천천히, 하지만 정확하게 총을 쏘았다.

"저기야!"

그는 강 쪽을 향해 바위에서 펄쩍 뛰면서 숲 저쪽을 가리켰지만 우리는 그곳을 제대로 볼 수 없었다.

"정신 똑바로 차리고 개들을 위로!"

개들은 무슨 상황이 일어났는지 잘 알고 있다는 듯이 그의 명령에 순순히 복종했다. 호세 씨는 우리를 도와 강을 건널 수 있도록 해 준 다음에 우리 오른쪽에 있는 사탕수수 밭으로 사라졌다.

"조용히!"

브라울리오가 다시 소리쳤다. 그리고 엽총을 장전했다. 그러고는 내게 말했다.

"여기에 있도록 해."

산기슭 저쪽에서 들려오는 개 짖는 소리로 보아 우리의 사냥감을 가까이 추적하고 있는 것 같았다. 그래서 그리 쉽게 호랑이가 도망칠 수 있으리라는 생각이 들지 않았다.

브라울리오는 호세 씨의 창을 잡고서 말했다.

"혹시 호랑이가 우리의 포위망을 뚫으면, 자기가 왔던 흔적을 따라 되돌아갈 테니 저쪽에 가서 지키고 있어요. 티부르시오와 함께 말이에요."

그리고 루카스를 돌아보면서 말했다.

"두 사람은 저 위에 있는 큰 바위로 올라가 있어."

그러고 난 후 달콤한 미소를 지으면서 자기 엽총을 장전했다.

"저 호랑이는 부상을 당했기 때문에 고양이 새끼나 다름없어."

그가 이 마지막 말을 하자, 우리는 뿔뿔이 흩어져 지정된 각자의 위치로 갔다.

호세 씨와 나, 티부르시오는 바위 위로 올라갔다. 그곳에서는 저쪽의 큰 바위에서 일어나는 일을 모두 관찰할 수 있었다. 벌써 여섯 마리의 개 중에서 두 마리가 죽어 있었다. 한 마리는 호랑이의 발에 할퀴여 창자를 드러낸 채 죽어 있었고, 다른 한 마리는 할퀴인 갈비뼈 사이로 창자를 내보이면서 바위 옆에서 신음 소리를 내고 있었다. 저 멀리 보이는 떡갈나무 숲 반대쪽에서 호랑이는 울부짖었다.

브라울리오와 루카스는 사탕수수밭에서 나와 커다란 바위 위에 섰다. 우리보다 그 맹수로부터 좀 더 멀리 떨어져 있는 것 같았다. 이렇게 우리와 사냥감은 삼각형을 이루었다. 우리 두 무리는 동시에 총을 발사할 준비를 했다.

"일제 사격!"

호세 씨가 소리 높이 외쳤다.

"안 돼, 개들이 있어!"

브라울리오가 외치고 나서 루카스를 혼자 두고 사라졌다.

난 그 일제 사격으로 모든 것이 끝나리라고 믿었다. 하지만 그렇게 되었다면 개도 몇 마리 정도는 죽었을 것이다. 그리고 만일 호랑이가 죽지 않는다면, 총알을 다시 장전하지 못한 우리를 해칠지도 모르는 상황이었다.

잠시 후 브라울리오의 머리가 보였다. 그는 맹수가 있는 뒤쪽 나무에서 약간 떨어져 있었다. 그는 오른손에 창을 들었고, 왼손으로는 시야를 가리는 넝쿨을 헤쳤다. 모두들 침묵을 지켰고, 개들도 우리 행동에 동조하는 듯했다. 마침내 호세 씨가 소리쳤다.

"물어라, 물어뜯어!"

이런 식으로 맹수에게 쉴 틈을 주지 않으면서 브라울리오에게 닥칠지도 모를 위험을 제거했다. 개들은 일제히 공격하기 시작했고, 그들 중 하나가 신음 소리도 내지 못한 채 죽었다.

호랑이는 무시무시한 울음소리를 내기 시작했다. 브라울리오는 떡갈나무 뒤로 창을 겨누었다. 그런데 맹수가 갑자기 브라울리오 쪽으로 방향을 틀었다. 그가 소리쳤다.

"사격! 사격!"

눈 깜짝할 사이에 호랑이는 바로 그가 창을 겨냥했던 장소로 오고 있었다.

호랑이는 그를 목표로 삼고 있었다. 루카스는 어디로 갔는지 보이지 않았고, 티부르시오는 얼굴이 백짓장처럼 창백해졌다. 티부르시오는 총을 조준하고 사격했지만 호랑이를 맞추지는 못했다. 호세 씨가 다시 총을 쐈다. 그러자 호랑이는 목을 비틀면서 울부짖더니 단숨에 브라울리오 앞으로 다가갔다. 브라울리오는 떡갈나무 숲으로 몸을 날려서 호세 씨에게 주었던 창을 잡으려고 했다. 이제 호랑이와 우리가 정면 대결해야 할 순간이었다. 단지 내 엽총만이 발사 준비가 된 상태였다. 나는 주저 없이 총을 쏘았다. 그러자 호랑이는 꼬리를 깔고 주저앉으며 부르르 몸을 떨더니 이내 고꾸라졌다. 브라울리오는 내가 쏜 총알이 어떻게 되었는지 확인하기 위해 순간적으로 뒤를 돌아다보았다. 호세 씨와 티부르시오, 그리고 나는 이미 호랑이에게 가까이 가 있었다. 그러자 우리 모두는 일제히 승리의 환호성을 질렀다.

호랑이는 입에서 피거품을 물었고, 눈동자는 초점을 잃은 채 움직이지 않았다. 그리고 마지막으로 경련하면서 발을 떨었고, 멋진 꼬리를 꼬고 풀면서 주위의 낙엽들을 모조리 쓸어 버렸다.

"멋있었어. 정말 훌륭한 솜씨였어."

브라울리오는 자기 발을 호랑이의 목덜미에 올려놓으면서 외쳤다.

"정면에서 쏜 정확한 사격 솜씨였어."

호세 씨는 아직도 떨리는 목소리로 이마에 묻은 땀을 셔츠 소매로 닦으면서 말했다.

"맙소사, 정말 멋진 호랑인데!"

그는 개 세 마리의 시체를 바라보며 말했다.

"불쌍한 캄파냐 같으니. 정말로 예쁜 개였는데……"

그러고는 숨을 헐떡이는 나머지 세 마리를 쓰다듬었다. 그 모습은 마치 다루기 힘든 송아지를 다루는 것 같았다. 호세 씨는 자기 판초에서 가장 깨끗한 곳을 내밀면서 말했다.

"앉아. 우리 한번 멋지게 가죽을 벗겨 보자고. 이 가죽은 자네 것이네."

그리고 다시 큰 소리로 말했다.

"루카스!"

브라울리오는 폭소를 터뜨리면서 "아마 루카스는 집 닭장에 가 있을 걸요"라고 말했다.

"루카스!"

호세 씨는 자기 조카가 말하는 것을 듣지도 않은 채 다시 소리쳤다. 우리 모두가 웃는 것을 보자 그때서야 그 이유를 물었다.

"왜 무엇 때문에 웃는 거지?"

"작은아버지. 그 네이바 놈은 내가 아까 창을 잘못 던졌을 때 벌써 도망쳐 버린 걸요."

호세 씨는 이해하기 힘들다는 듯이 고개를 갸우뚱거리며 쳐다보았다.

"나쁜 자식 같으니."

그리고 강으로 다가가더니 산이 쩌렁쩌렁 울리게 소리 질렀다.

"루카스, 이 죽일 놈!"

그가 돌아오자 티부르시오는 말했다.

"여기 껍질 벗기는 데 아주 좋은 칼이 있어요."

"아니야, 그 죽일 놈이 우리가 먹을 도시락 가방을 들고 있었는데…… 에프라인, 배고프지? 나도 배가 고픈데 어떻게 할 방법이 없군."

그런데 다행히 도시락 가방은 루카스가 도망친 바로 그 자리에 놓여 있었다. 호세 씨는 기뻐서 티부르시오에게 코코 나무 열매에 물을 담아 오라고 시키고서 우리가 있는 곳으로 도시락을 가져왔다. 도시락에는 옥수수, 흰쌀밥, 치즈, 잘 익은 고기가 담겨 있었다. 이 모든 것은 바나나 잎 속에 정성스럽게 싸여 있었다. 그리고 적포도주, 빵, 자두와 말린 무화과 열매가 종이에 싸여 있었다. 호세 씨는 주머니에서 칼을 꺼내 고기를 잘랐고, 우리는 포도주를 마셨다. 다른 사람들은 무화과 열매와 자두를 무척이나 좋아했다. 코코 나무 열매에 떠 온 물은 얼음장처럼 차가웠다. 나는 이런 간소한 식사 후 아주 맛있게 담배를 태웠다. 호세 씨는 기뻐서 농담을 했고, 브라울리오는 나를 대부代父라고 불렀다. 아주 능수능란한 솜씨로 티부르시오는 호랑이 가죽을 벗겼고, 어디에 쓰이는지 나도 모르는 호랑이 기름을 걷어 냈다. 우리는 주머니 백에 호랑이 가죽과 머리, 그리고 다리를 잘 넣고서 호세 씨의 집으로 향했다. 호세 씨는 내 엽총을 들어서 자기 총과 함께 어깨에 멨다. 그리고 개들과 함께 우리를 앞질러 걸어갔다. 그는 걷는 도중에 우리가 사냥한 엄청난 사실에 대해 한마디씩 내뱉거나, 아니면 가끔씩 발길을 멈추어 루카스에게 욕을 퍼부었다.

저 멀리에서 우리가 모습을 드러내자, 여자들은 우리 무리의 숫자를 세어 보고 또 세어 보았다. 우리가 집에 가까이 가자 그녀들은 놀람과 기쁨 속에서 어쩔 줄 몰라 했다. 총소리를 들었고, 또 우리가 제시간에 돌아오지 않았기 때문에 무슨 위험한 일이 일어나지 않았는지 노심초사하던 중이었다. 가장 먼저 우리를 맞이한 사람은 트란시토였는데, 그녀의 얼굴은 아주 창백해져 있었다.

"죽였어요?"

여자들은 우리에게 이구동성으로 소리쳤다.

"그래."

그녀들의 아버지인 호세 씨가 대답했다.

모두가 우리를 둘러싸고 우리의 모험담을 들었다. 루이사 부인은 내 엽총에 대해 물으려고 가까이 다가왔다. 내가 엽총을 보여 주자 작은 소리로 말했다.

"아무 일 없었지?"

"아무 일도 없었어요."

나는 다정하게 말했다.

"그런데 제 생각에는……"

바로 그때 호세 씨가 우리의 대화에 끼어들었다.

"거짓말쟁이 루카스가 이리로 내려왔지?"

"아니요."

마르타가 대답했다.

호세는 루카스에게 욕을 하면서 중얼거렸다. 그러자 루이사 부인이 웃으면서 말했다.

"죽인 동물은 어디 있어요?"

"여기에 있어요, 숙모님."

브라울리오가 대답했다.

그는 자기 애인의 도움을 받아 주머니 백을 펼쳤다. 그리고 그녀에게 들리지 않는 소리로 무어라 중얼댔다. 그녀는 나를 뚫어지게 바라보더니 거실에서 조그만 의자를 갖고 와 앉으라고 했다. 그때부터 나는 주인공이 되었다.

정원에 커다란 양탄자 같은 가죽을 펼치자 여자들은 소리치지 않으려고 있는 힘을 다해 애를 썼다. 하지만 잔디밭에 호랑이 머리를 꺼내자 그만 소리치고 말았다.

"아니, 어떻게 죽였어요? 말해 줘요."

루이사 부인이 너무 놀라 이렇게 말했다.

"아니 왜 모두들 잠자코 있는 거지요? 얼른 이야기해 줘요."

그러자 호세 씨는 양손으로 호랑이 머리를 들고 말했다.

"에프라인이 총을 쐈을 때 호랑이는 브라울리오를 죽이

기 일보 직전이었어."

그는 호랑이 이마에 난 구멍을 가리켰다. 모두가 나를 쳐다보았고, 그 시선은 내 행동을 존경한다는 의미를 담고 있었다. 호세 씨는 우리의 사냥 이야기를 자세히 들려주었다. 그러면서 죽은 세 마리 개에 대해 유감을 표시하면서 부상당한 개들을 치료했다.

여자들은 각자 자기 일로 돌아갔다. 나는 트란시토와 루이사 부인이 판초를 둘둘 말아서 만들어 준 거실 소파에 앉아 꾸벅꾸벅 졸았다. 강물 소리, 거위 울음소리, 가까운 언덕에서 풀을 뜯고 있는 양 떼의 울음소리, 개울가에서 노래 부르며 빨래하는 소녀들의 노랫가락이 자장가처럼 들려왔다. 고통이 우리 영혼을 지배할 때 자연은 가장 사랑스런 어머니요, 행복이 우리를 어루만질 때 자연은 우리에게 미소를 짓는다는 말을 실감한 순간이었다.

22

호세 씨 가족들의 간청으로 나는 오후 네 시까지 그곳에 머물다가 눈물 어린 작별을 하고서, 나를 배웅하겠다는 브라울리오와 함께 길을 나섰다. 그는 내 엽총을 들어 주었다. 가는 동안에 나는 그의 결혼식과 트란시토를 사랑하면서 결혼을 기다리는 행복한 애인에 관해 이야기했다. 그는 조용히 내 말을 들었다. 하지만 그의 웃음 어린 표정에서 나는 말로 표현할 필요가 없는 행복이 깃들어 있음을 알았다.

강을 건너고 산기슭 절벽 쪽으로 내려가기 시작하는 산능선에서 후안 앙헬이 뛰쳐나와 우리의 길을 막았다. 그리고 두 손을 모아 빌면서 말했다.

"주인님, 제발 좀 살려 주세요. 이젠 정말로 겁쟁이가 되지 않을게요."

"왜 그래? 도대체 무슨 일이야?"

나는 그의 말을 막으며 물었다.

"집에서 너를 이리로 보냈니?"

"예, 주인님. 주인님이 돌아가라고 해서……"

나는 내가 내렸던 명령을 까마득히 잊고 있었다.

"왜 이젠 겁이 없어졌어?"

브라울리오가 웃으며 물었다.

"예. 그런데 마요는 겁을 집어먹고 도망갔고, 루카스 씨도 강을 건널 때 만났는데, 호랑이가 브라울리오 씨를 죽였다고 하던데……"

그러자 브라울리오는 호탕하게 웃으며 겁에 질린 검둥이에게 말했다.

"그래서 하루 종일 토끼처럼 이 잡초 속에 숨어 있었어?"

"호세 씨가 여기서 서성대면 위험하다고 하셔서……"

"그래, 이번엔 너를 용서해 주마. 하지만 다음 번 사냥에는 나를 꼭 따라다닌다는 조건으로 용서하는 거야."

검둥이는 믿지 못하겠다는 눈빛으로 그를 쳐다보았다.

"동의하지?"

나는 웃으면서 이렇게 물었다.

"예, 주인님."

"자, 그럼 가자. 브라울리오, 더 이상 오지 말고 돌아가."

"난 더……"

"괜찮아. 오늘 트란시토가 몹시 놀랐을 테니까 그만 돌아가. 내가 안부 전한다고 전해 줘."

"후안 앙헬! 내가 지고 있는 이 어깨 가방은 네가 메어라. 그리고 주인님 엽총이 상하지 않게 조심하고. 네 주인은 내 생명의 은인이야."

난 그 용감한 사냥꾼과 굳은 악수를 하고 헤어졌다. 저 멀리서 그가 소리쳤다.

"어깨 가방에 있는 것은 네 아버지가 부탁한 광물 표본이야."

그는 이렇게 말하고 나서 숲으로 사라졌다.

잠시 후 나는 산을 내려가면서 후안 앙헬을 찾았다. 그는 이미 사라지고 없었다. 그의 비겁함에 화가 치밀었다. 아마도 그는 브라울리오가 정한 받아들이기 힘든 조건에 놀란 나머지 보다 자기를 보호해 줄 수 있는 사람을 찾아 떠난 것 같았다. 난 그에게 특별한 애정을 갖고 있었다.

착하지만 나약한 성격의 그는 당시 열두 살이었다. 그의 어머니이자 우리 집 유모였던 펠리시아나는 그를 귀여워했고, 그래서 내 동자로 키웠던 것이다. 그는 테이블을 정리하고 커피를 타 오는 일 이외에는 아직 서툰 것이 많은 애송이였다.

집에 가까이 오자 나는 우리 가족이 아직 식당에 있을 것이고, 틀림없이 카를로스와 그의 아버지가 와 있을 것이라고 추측했다. 나는 과수원 돌담을 뛰어넘어 아무에게도 들키지 않고 내 방으로 들어갔다. 나는 사냥복과 엽총을 걸었고 식당에서 낯익은 목소리가 들려온다는 것을 알았다. 그때 어머니가 들어왔고, 나는 낯선 목소리의 주인공에 대해 캐물었다.

"헤로니모 씨 가족들이 지금 여기에 있단다. 너도 알다시피 헤로니모 씨는 강변에 있는 듯이 커다란 소리로 말하지."

카를로스가 집에 있다는 말이군, 이라고 나는 생각했다.

'지금이 아버지가 말한 것을 시험하는 가장 좋은 순간이야. 카를로스는 하루 종일 사랑에 빠져 있었을 거야. 내가 마리아를 이토록 사랑하는데, 어떻게 그의 얼굴을 제대로 쳐다볼 수 있단 말인가! 지금은 내게 가장 참혹한 폭풍 같은 시간이야.'

어머니는 내가 근심하고 있다는 사실을 눈치채고서 말했다.

“매우 슬픈 표정을 짓고 돌아왔구나.”

“아니에요, 어머니. 조금 피곤할 따름이에요.”

“사냥은 잘 끝났어?”

“예, 아주 좋았어요.”

“아버지께 네가 약속한 곰 가죽을 갖고 왔다고 말씀드려도 될까?”

“그게…… 곰 가죽이 아니라 아주 멋진 호랑이 가죽인데요.”

“호랑이라고?”

“예, 어머니. 우리 마을에 자주 피해를 입히던 호랑이예요.”

“그럼 매우 위험천만한 사냥이었겠구나.”

“함께 사냥한 사람들이 아주 용감했고 정확하게 총을 쐈어요.”

어머니는 목욕에 필요한 모든 것과 갈아입을 옷을 욕실 가까이에 놔두었다. 내 방에서 나갈 때 나는 어머니에게 내가 돌아왔다는 사실을 알리지 말아 달라고 부탁했다. 그러자 어머니는 다시 내 방으로 들어와 다정하게 말했다.

"어제 이 사람들이 방문할 것이라고 이야기했던 것 명심했지?"

"예."

이런 내 대답에 흡족한 표정을 지으며 어머니는 이렇게 덧붙였다.

"좋아. 모든 것이 잘되리라 믿는다."

그녀는 내게 부족한 것이 없나 살펴보고 방을 나갔다.

브라울리오가 광석이라고 말한 것은 다름 아닌 호랑이 머리였다. 그렇게 사냥의 수훈 트로피를 우리 집에 보냈던 것이었다. 그 후에 들은 이야기에 따르면, 식당에서는 다음과 같은 일이 일어났다.

커피를 대접하려고 할 때, 후안 앙헬이 나타났다. 그는 내가 이미 도착했을 것이라고 말하면서, 어깨 가방에 담겨 있던 내용물을 아버지에게 내놓았다. 그때 아버지는 헤로니모 씨에게 그의 광산에서 캐낸 수정이 어떤지 물어보면서, 후안 앙헬에게 어깨 가방에 담긴 것을 꺼내 보라고 했다. 그는 어깨 가방에 손을 넣자마자 비명을 지르며 놀란 사슴처럼 펄쩍 뛰었다.

그곳에 있던 사람들은 도대체 무슨 일이 일어났는지 알아보려고 했다. 후안 앙헬은 벽에 기댄 채 놀란 눈으로 어깨 가방을 가리키면서 마구 소리를 질렀다.

"호랑이예요! 호랑이!"

"어디에 있어?"

헤로니모 씨가 마시던 커피를 쏟으면서 자리에서 일어나 어깨 가방에 둥글게 말린 것을 살펴보았다. 그러자 카를로스와 우리 아버지도 의자에서 일어섰다. 엠마와 마리아도 그곳으로 가까이 갔다.

"어깨 가방에 있어요!"

헤로니모 씨가 말했다. 모두가 혼비백산한 것 같았다. 아버지는 조심스럽게 어깨 가방을 흔들어 내용물을 꺼냈다. 그러자 타일 위로 호랑이 머리가 굴러떨어졌다. 모두들 너무 놀라 한 발짝씩 뒤로 물러섰다. 헤로니모 씨와 카를로스는 무릎 위에 손을 올려놓으면서 소리쳤다.

"괴물이야!"

"무시무시해!"

이 소리에 놀라 달려온 펠리페는 의자 위에 가만히 서 있었다. 엘로이사는 아버지 팔을 꼭 붙잡았고, 후안은 울먹이면서 마리아의 무릎에 기대었다.

마리아와 엠마는 창백해져서 내가 내려오기만을 기다렸다. 그러면서 언덕 쪽을 근심스럽게 쳐다보았다.

"누가 호랑이를 죽였지?"

이제는 어느 정도 안정을 되찾은 카를로스가 후안 앙헬에게 물었다.

"주인님의 엽총이 죽였어요."

"아니, 엽총이 혼자 발사된다는 말이냐?"

헤로니모 씨는 얼굴에 미소를 짓고 자기 자리에 앉으면서 말했다.

"아니요. 브라울리오 씨가 산에서 내려오면서 그 총이 생명을 구해 주었다고……"

"그럼, 에프라인은 지금 어디 있지?"

아버지는 마리아를 쳐다보면서 불안한 표정을 지으며 물었다.

"개울가에 있어요."

그 순간 어머니가 식당으로 돌아왔다. 그녀는 조금 전에 나를 본 것도 잊은 채 소리쳤다.

"아이고, 장해라 내 아들!"

"곧 이리로 오겠지."

아버지가 말했다. 그러자 어머니가 대답했다.

"아! 예, 알아요."

"그런데 이 짐승이 어떻게 죽었지?"

"이쪽으로 총구멍이 나 있는데……"

카를로스가 호랑이 이마에 난 구멍을 가리키면서 말했다.

"이게 있을 수 있는 일이야?"

헤로니모 씨는 담뱃불을 붙이기 위해 화로로 가까이 가면서 아버지에게 물었다.

"이게 에프라인이 쏜 총알이란 말이야?"

아버지는 기분 좋다는 듯이 말을 꺼냈다.

"며칠 전에 내 침대 밑에 깔 곰 가죽이 필요해서 부탁했는데, 아마도 그것 대신에 호랑이 가죽을 가져온 모양이네."

마리아는 어머니의 눈에서 그녀가 안정을 되찾고 있음을 확인할 수 있었다. 그녀는 후안의 손을 잡고 거실로 나갔다. 후안은 아직도 놀란 채 그녀의 치맛자락을 꼭 잡고서 걷지 못하게 했다. 그러자 마리아는 할 수 없이 자리에 다시 앉아서 말했다.

"울고 있는 거야? 바보 같으니! 넌 겁쟁이 남자니?"

헤로니모 씨는 그 소리를 듣자 자기 의자에 푹 파묻혀 앉으며 담배 연기를 내뿜으면서 말했다.

"그놈도 나중에는 호랑이를 죽일 수 있을 거야."

"그런데 에프라인이 언제 맹수를 잡는 사냥꾼이 되었지?"

카를로스는 엠마에게 말하면서 그녀 옆에 앉았다.

"학교 다닐 때에는 화살도 제대로 쏘지 못했는데. 그러고 보니 휴식 시간에 폰티본 호수에서 멋지게 사격하는 것을 본 기억이 나. 사냥은 자주 해?"

"가끔 해요. 호세 씨와 브라울리오와 함께 작은 곰과 예쁜 늑대를 잡곤 했어요."

내 동생 엠마는 이렇게 말했다.

"사실 난 내일 사슴 사냥을 함께 가자고 하려 했어. 그래서 영국제 총까지 준비해 갖고 왔어."

"아마 당신과 함께 간다면 매우 기뻐할 거예요. 만일 어제 오셨더라면 같이 사냥할 수 있었을 텐데."

"내가 일찍 알았더라면……"

나는 그때 거실로 들어섰다. 마리아는 거기에 있었고, 우리는 미소를 지으며 간단한 인사만을 할 수 있었다. 난 식당으로 가서 카를로스를 껴안으며 인사했다. 그 순간 나는 그의 잘못으로 최근에 내가 겪어야만 했던 모든 괴로움을 떨쳐 버렸다. 헤로니모 씨는 정중하게 악수를 청했다. 그러고서 우리는 거실로 갔다. 우리는 주로 사냥에 관한 대화를 나누었고, 엠마는 카를로스가 사슴 사냥을 하려고 준비하고서 왔다는 사실을 내게 알려 주었다. 그는 우리 집 근처에서 멋진 사냥을 하자는 내 제의에 몹시 기뻐했다. 내 동생이 거실에서 나가자, 우리는 방으로 갔다. 카를로스는 내게 자기의 영국제 엽총을 보여 주었다. 이 엽총은 내가 보고타에서 돌아오자마자 선물받은 것과 똑같은 모델이었다. 그런데 그는 내가 그 엽총을 보기도 전에 이런 엽총은 우리 나라에 단 하나밖에 없다고 자신 있게 말했었다.

그러고서 카를로스는 보고타에 있는 내 친구들의 안부를 물었다. 우리는 학창 시절을 떠올리며 친구들을 기억했다. 또한 에미그디오와 그와의 새로운 관계에 관해 이야기했다. 그는 우리의 친구 에미그디오가 미카엘리나와 가졌던 우스꽝스런 사랑의 결말을 회상하면서 기분 좋게 웃었다.

카를로스는 나보다 8개월 앞서 카우카로 돌아왔었다. 이 기간 동안 그의 구레나룻은 멋지게 자라 있었다. 검은 구레나룻은 불그스레한 그의 뺨과 대조를 이루었다. 그의 숱 많은 반곱슬머리가 매끄러운 이마를 덮고 있었다. 한마디로 말하자면 그는 잘생긴 근사한 남자였다.

또한 그는 지금 키우고 있는 송아지들과 새 목초지에 대해 말했다. 돈 걱정 없는 농장주가 되는 게 그의 희망 사항이었다. 그는 자연 목초에 방목하는 것보다 목초를 인공적으로 재배하는 것이 훨씬 이점이 많다면서 긴 설명을 늘어놓았다. 그리고 내 방에 있는 서재를 둘러보면서 말했다.

"여기엔 책들이 많군. 보고타의 모든 책들을 갖고 온 것 같네. 나 역시 공부는 해. 그러니까 책을 읽기는 하지만,

글을 쓸 정도로 시간이 많지는 않아. 소설이라면 사족을 못 쓰는 사촌 동생이 하나 있는데…… 너도 알다시피 난 공부에 약한 사람은 아니야. 내가 졸업을 할 수는 있었지만, 난 졸업이란 것에 연연하고 싶지 않았어."

이렇게 말하면서 그는 책 제목들을 읽기 시작했다.

"자 한번 보자. 프라이시누, 앙투안 프랑수아 펠릭스 로셀리의 《새로운 세기 앞의 그리스도》, 성경…… 이건 신비주의 책들이군. 그리고 《돈키호테》…… 물론 난 한 번도 두 페이지 이상을 읽을 수가 없었어."

"아직도 안 읽었다고?"

그는 계속해서 읽어 내려갔다.

"휴 블레어, 샤토브리앙…… 내 사촌 여동생 오르텐시아는 이 작품을 보면 몹시 흥분하지. 《영문법》, 이건 정말로 변덕스런 언어야. 그래서 난 영어를 배울 수가 없었어."

"그래도 조금은 했잖아."

"프랑스어로 '코망 사바' 정도만 할 수 있는 것처럼 '하우 두 유 두' 정도만 배웠어."

"그래도 발음은 아주 좋은데."

"괜히 예의상 하는 말이겠지"

그는 계속해서 장서를 점검하며 말했다.

"차케스페아레, 칼데론……* 시를 쓴 사람이던가? 그렇지? 솔직히 말해 봐. 넌 아직도 시를 쓰니? 네가 나에게 카우카를 회상하게 하면서 우울하게 만들던 몇 편의 시를 썼다는 사실이 기억나네. 아직도 시를 쓰니?"

"아니."

"잘 생각했어. 그렇지 않았다면 아마 굶어 죽었을지도 모르는 일이니까"

이런 대화를 나누고 있을 때 식당에서 간식이 준비되었다는 종소리가 들렸다. 카를로스는 서재 살펴보는 것을 멈추고, 조그만 빗으로 자기 구레나룻과 머리를 단정히 빗고는 까만 넥타이를 만지작거리면서 식당으로 향했다.

---

* 여기에서 말하는 '차케스페아레'는 셰익스피어를 스페인어식으로 읽은 것이다. 또한 칼데론은 스페인의 희곡 작가이다. 이 대목은 카를로스가 자신의 무지를 어떤 식으로 감추려고 애를 쓰는지 보여 주는 대목이다.

23

식당 좌석은 다음과 같이 지정되었다. 우리 아버지가 식탁의 주인 자리에 앉고, 왼쪽에는 어머니, 오른쪽에는 헤로니모 씨가 앉았다. 어머니와 헤로니모 씨의 옆 좌석은 비어 있었다. 계속해서 마리아와 엠마가 마주 앉았으며, 카를로스는 마리아의 옆에, 나는 엠마 옆에 앉았다. 그리고 아이들이 차례로 나머지 자리들을 채웠다.

마리아는 이렇게 앉은 내가 마음에 안 든 것처럼 나를 쳐다보지도 않았다. 그녀는 약간 창백한 얼굴이었지만 전보다 훨씬 더 예뻐 보였다. 파란 물방울무늬가 점점이 박힌 검정색의 얇은 옷을 입고 있었으며, 주름이 많이 잡힌 치마는 그녀가 걸을 때마다 밤에 장미가 산들바람에 흔들리듯이 속삭이는 소리가 났다. 두 갈래로 땋은 머리카락은 이마를 반쯤 덮고서 어깨 위에서 살랑거렸다. 식탁에서는 일상적인 이야기들만 오갔다. 엠마는 내게 왜 그 자리에 앉았느냐고 조용히 물었다. 나는 "그럴 수밖에 없었어"라고 대답했다. 그러자 엠마는 나를 이상하다는 듯이 쳐다보앉고, 마리아는 무엇인가를 찾는 시늉을 했다.

식탁이 치워지고, 우리 가족은 매일 일상적으로 하는 기도를 올렸다. 그런 다음 어머니는 우리를 거실로 오라고 했고, 헤로니모 씨와 아버지는 식탁에 앉아 농사에 관한 이야기를 했다.

나는 카를로스에게 엠마의 기타를 보여 주었다. 나는 그가 기타를 잘 친다는 사실을 익히 알고 있었다. 잠시 후 그는 기타를 연주했고, 엠마와 마리아에게 춤추기를 좋아하지 않느냐고 물었다. 특히 그는 마리아에게서 잠시도 눈길을 떼지 않았는데, 마리아는 한 번도 춤을 춰 보지 않았다고 대답했다.

그는 그때 내 방에서 돌아온 내게 돌아서며 말했다.

"어떻게 그럴 수가 있지?"

"뭐가?"

"네가 여동생들에게 춤을 가르쳐 주지 않았다는 사실이 믿어지지 않아. 난 너를 그렇게 이기적이라고는 생각하지 않았어. 혹시 마틸데가 아무한테도 춤을 가르쳐 주지 말라고 한 것 아니야?"

“그녀는 카우카를 온통 춤의 천국으로 만들겠다는 네 신조를 굳게 믿고 있었지.”

“내 신조였다고? 네가 나와 함께 춤 수업을 받지 않았더라면, 이 아가씨들 앞에서 네가 나보다 더 춤을 좋아했을지도 모른다는 사실을 고백해야겠군.”

“그녀는 지난 12월에 차피네로에서 열린 첫 무도회에서 너를 만족시켜 주려고 너를 기다렸어.”

기타는 제대로 조율이 되어 있었다. 카를로스는 그와 내가 잊을 수 없었던 스퀘어 댄스 곡을 연주했다.

“이 곡을 들으면 뭐가 기억나지?”

그는 기타를 무릎 위에 똑바로 놓으면서 내게 물었다.

“많이 생각나긴 하지만 그리 특별한 것은 없어……”

“특별한 것이 없다고? 그 아주머니 집에서 우리 둘이 벌였던 웃기고도 슬픈 싸움이 떠오르지 않아?”

“아, 그래. 이제야 기억나.”

“옹졸한 우리 춤 선생의 기분을 풀어 주려고 했었지. 넌 그녀와 춤을 추려고 했고, 나는……”

“우리 파트너 중에서 누가 스퀘어 댄스를 춰야 하는지

내기하는 것이었지.”

“내가 이겼다는 것을 이제는 고백해야 할걸. 내 자리를 양보했으니까……”

“그런 쓸데없는 소리는 이제 그만두고, 노래나 한 곡 불러 봐.”

우리가 대화를 나누는 동안 내 동생과 소파에 함께 앉아 있던 마리아는 카를로스를 뚫어져라 쳐다보았다. 난 몹시 난처했다. 그녀는 내가 당황하고 있다는 것을 눈치챘지만 자기 무릎 위로 드리워진 머리카락을 매만지면서 그런 표정을 숨겼다.

어머니는 카를로스에게 노래 한 곡을 신청했다. 그는 당시에 유행하던 노래를 활기차고 낭랑한 목소리로 불렀다. 그 노래는 이렇게 시작했다.

기타 소리의 둔탁한 음이
피비린내 나는 싸움을 일으켰는데
그런 싸움 소리를 듣고도
두목은 전쟁터에 기분 좋게 나갔네.

카를로스가 노래를 마치자, 그는 내 여동생과 마리아에게 노래를 불러 달라고 간곡히 부탁했다. 마리아는 그게 무슨 뜻인지 잘 알지 못하는 것 같았다. 혹시 카를로스는 내가 마리아를 사랑하고 있다는 사실을 눈치챈 것이 아닐까? 하지만 잠시 후 나는 그의 의도가 악의에 찬 것이 아니라, 분위기를 살리기 위한 것임을 깨달았다.

엠마는 마리아에게 가까이 가서 말했다.

"한 곡 부를까?"

"하지만 무슨 노래를 부르지?"

마리아가 대답했다. 나는 마리아에게 가까이 다가가서 물었다.

"좋아하는 노래가 하나도 없어?"

그녀는 나를 쳐다보았다. 그러고는 어머니의 입맞춤에 잠을 깬 예쁜 아이가 웃는 것처럼 미소를 지었다.

"좋아요, 선녀 노래를 부를게요."

이 노래 가사는 내가 붙인 것인데, 곡은 엠마가 당시에 유행하던 노래에 맞추어 불렀던 것이었다. 노래가 끝나자 아버지와 헤로니모 씨가 거실로 들어왔다. 아버지는 스페인풍의 노래를 흥얼거렸다. 그는 음악에 조예가 깊었고, 젊었을 때는 춤에 매료되기도 했었다고 한다. 헤로니모 씨는 푹신푹신한 소파에 편히 앉아서 두어 번 하품을 했다.

"난 이 노래를 이런 가사로 들어 본 적이 없는데."

카를로스가 엠마에게 말했다. 그러자 내가 대답했다.

"엠마가 신문에서 그 시를 읽고, 다른 사람이 부른 노래에 맞춰 개사한 것이야. 하지만 그 가사가 맘에 들진 않아. 신문에는 왜 이런 부류의 쓸데없는 글이 실리는지 모르겠어. 아마 쿠바의 아바나 출신 작가가 쓴 시 같아. 쿠바와 카우카가 같은 자연환경을 갖고 있다나 봐."

마리아와 어머니, 그리고 내 여동생은 내가 카를로스에게 태연자약하게 거짓말을 하는 데 놀라 서로를 물끄러미 쳐다보았다.

"넌 틀림없이 《매일신문》에 실린 이 시를 읽었을 거야. 다만 기억을 못할 뿐이겠지. 아마 알멘다레스라는 이름이었던 것 같아."

"난 그런 건 잘 기억하지 못해. 아마 내 사촌 여동생에게 낭송해 준 것을 들은 것 같은데, 그것보다는 이 두 아가씨들이 부른 것이 훨씬 멋진 것 같아. 한번 읊어 줄 수 있어요?"

카를로스는 이렇게 마리아를 보며 말했다.

마리아는 얼굴을 붉히고서 엠마에게 물었다.

"처음이 어떻게 시작하지? 난 자꾸 잊어버려. 네가 잘 아니까 한번 읊어 봐."

그러자 카를로스는 마리아에게 말을 건넸다.

"지금 막 불렀잖아요. 낭송하는 게 노래하는 것보다 훨씬 쉬운 일 아닌가요? 아무리 형편없는 시라도 당신들이 읊으면 좋은 시가 될 것 같아요."

마리아는 그 시를 다시 읊었다. 끝부분에서 그녀의 목소리는 감동에 젖은 듯이 떨렸다. 카를로스는 고맙다면서 이렇게 덧붙였다.

"지금 그 시를 들으니 전에 들었던 것이 틀림없는 것 같네요."

24

마침내 우리가 거실을 떠날 시간이 되었다. 나는 카를로스와 함께 잘 수 있도록 내 방에 침대가 준비된 것은 아닌지 내심 겁을 먹고서 내 방으로 갔다. 거기에는 어머니와 마리아가 있었다.

"저, 여기서 혼자 자도 괜찮지요?"

내가 어머니에게 묻자, 그녀는 내가 그런 질문을 던진 이유를 안다는 듯이 대답했다.

"아니야. 네 친구 침대다."

"아, 이 꽃들은……"

나는 꽃병을 손수건에 싸고서 들고 나가는 마리아에게 물었다.

"어디로 가져가는 거야?"

"기도실이요. 오늘 다른 꽃들을 꽂아 놓을 시간이 없었어요. 그래서……"

나는 나를 위해 꽂아 놓은 꽃들이 그날 밤 다른 사람의 손길에 닿지 않게 배려해 주는 마리아의 세심함에 몹시 고마워했다. 그런데 그녀는 내가 그날 오후에 산에서 가져온 백합이 내 탁자에 있는 것을 보지 못한 것 같았다. 그래서 나는 백합을 건네주면서 이렇게 말했다.

"이 백합도 기도실로 가져가야지. 트란시토가 그녀의 결혼식에 당신을 증인으로 골랐다면서 준 꽃이야. 우리 모두가 그녀의 행복을 빌어 줘야지."

마리아는 내게 대답했다.

"예, 알았어요."

그러고는 어머니께 상의하는 것 같은 말투로 물었다.

"제가 증인이 되어도 괜찮겠어요?"

그러자 어머니는 "당연하지"라고 대답했다.

"난 그날 입을 예쁜 옷도 있어요! 그러니 그녀의 증인이 되었다는 사실에 몹시 기뻐했다고 전해 주세요."

내 동생들은 내가 그들과 함께 잘 것이라는 말을 듣고 몹시 기뻐했다. 내가 펠리페의 침대에서 자고, 둘이 한 침대를 썼다. 그 침대 머리맡에는 내 방에 걸려 있던 수난의 마리아상이 매달려 있었다.

두 동생들은 침대에서 무릎을 꿇고 기도한 다음, 내게 잘 자라고 인사했다. 그리고 호랑이 머리를 보고 놀랐던 얘기를 하면서 웃다가 잠들었다.

그날 밤은 마리아의 형상만이 나를 에워싼 것이 아니라,

우리 집의 모든 천사들까지 내 곁에서 잠잤다. 해가 뜨면 마리아가 이 방으로 와서 카스티야의 장미처럼 희고 향내 나는 손으로 그들을 목욕시키고 머리 손질도 해 주고, 또한 뺨에 키스를 해 줄 것이었다.

25

해가 뜰 무렵, 나는 잠을 깨우지 않으려고 속삭이는 동생들의 소리에 눈을 떴다. 새장의 비둘기들이 창살로 스며드는 새벽빛을 받으며 지저귀고 있었다. 나는 자리에서 일어나 새장 문 쪽에서 나갈 길을 찾으려고 날개를 푸드덕거리는 비둘기들을 잘 가두어 놓고 정원으로 나섰다. 레몬꽃, 박하 나무, 그리고 장미가 새벽 햇빛에 사랑을 느끼는 듯이 달콤한 향내를 맘껏 내뿜고 있었다.

엠마의 창가를 지날 때 나는 마리아가 그녀와 말하면서 웃는 소리를 들었다. 특히 그녀가 S를 발음할 때마다 쉬쉬거리며 속삭이는 목소리는 비둘기와 개미핥기가 오렌지 숲과 자두나무 숲에서 깨어날 때 들리는 소리처럼 다정했다. 나는 밖에 있는 정원에 가기 위해 과수원의 울타리를 넘었다. 그때 헤로니모 씨와 카를로스는 복도를 서성이며 작은 목소리로 이야기하고 있었다. 헤로니모 씨는 나를 보더니 “어이구, 아주 훌륭한 농장주마냥 일찍 일어났군. 난 자네 친구가 보고타에서 돌아왔을 때처럼 잠꾸러기인 줄 알았는데. 하지만 나와 살면 부지런해지지 않을 수 없지”라고 말했다.

그는 잠을 조금 자면 좋은 점에 관해 늘어놓기 시작했다. 결론적으로 말하자면, 그의 이야기는 조금 자는 것은 정말로 조금 자는 것이 아니라, 일찍 자는 것이었다. 그리고 편두통 때문에 저녁 일곱 시나 여덟 시경에 잠자리에 든다는 것도 말했다. 후안 앙헬은 내가 밤에 카를로스에게 했던 약속을 지키기 위해 새벽에 브라울리오 집에 갔었다. 그런데 바로 그때 후안 앙헬과 함께 브라울리오가 우리 집에 도착했다. 그래서 헤로니모 씨의 마지막 말을 제대로 들을 수 없었다. 브라울리오는 개 두 마리를 데리고 왔다. 그의 얼굴에서는 전날의 피로를 전혀 찾아볼 수 없었다. 브라울리오는 헤로니모 씨에게 겸손하게 인사하고서, 내가 다정스럽게 손을 내밀자 내가 있는 쪽으로 와서 가족의 안부를 물었다.

나는 카를로스에게 말했다.

"아마 네 엽총을 시험해 볼 수 있는 좋은 기회가 될 거야. 내가 산타엘레나 농장에 좋은 개 두 마리만 보내 달라고 부탁했거든. 여기 사슴들이 함부로 비웃을 수 없을 만큼 아주 잘 훈련된 개 두 마리와 훌륭한 사냥꾼이 그 농장에 있거든."

"이게 그 개들이야?"

카를로스가 아주 거만하게 물었다.

"이건 병 걸린 개들 아니야?"

헤로니모 씨가 덧붙였다.

"예, 바로 그 개들입니다."

"글쎄 한번 지켜보겠지만 신통치 않을 것 같은데."

헤로니모 씨는 다시 복도를 서성거리며 돌아다니기 시작했다.

그때 커피를 가져왔고, 나는 브라울리오에게 내 커피를 마시라고 했다. 카를로스와 그의 아버지는 내가 이 산사람을 친절히 대하는 것을 보고 이상하다는 눈으로 나를 쳐다보았다. 잠시 후 헤로니모 씨와 아버지는 농장 일을 살펴보러 말을 타고 나갔다. 카를로스와 나는 엽총을 준비하고, 총의 장전 상태를 살폈다. 이때 어머니가 조용히 들어와 내게 할 말이 있다는 표정을 지었다. 그녀는 나를 재봉실에서 기다렸다.

"네 아버지께서 마리아에게 카를로스가 온 이유가 무언지를 말해 주라고 하시더구나. 네가 그 일을 맡아 주면 좋겠는데, 제대로 할 수 있겠니?"

"아버지가 지시하시는 일이라면 해야지요."

"넌 카를로스의 결정에 충격을 받아서가 아니라, 단지 아버지에게 복종하기 위해 하려는 것 같구나."

"난 그의 결정을 주시해 보기로 했어요. 그리고 마리아는 아직 내 약혼녀도 아니에요. 그러니 마음에 드는 사람을 선택할 자유가 있어요. 난 부모님과의 약속을 그녀에게 말하지 않았어요."

"나는 마리아에게 우리가 너희들을 인정하지 않는다는 인상을 줄까 몹시 두렵단다. 자칫하면 그녀가 충격을 받을 수도 있으니 말이다. 아버지는 마리아의 병이 결혼 거절의 명분이 될까 두려워 헤로니모 씨에게 병에 대해서는 한마디도 언급하지 않았단다. 그와 카를로스는 마리아에게 상당한 지참금이 있다는 것도 알고 있고…… 그 다음은 내가 이야기하지 않아도 이해가 되리라 믿는다. 네 아버지와의 약속을 어기지 않은 채 그녀를 네 아내로 삼는 것에 우리가 반대하지 않는다는 사실을 알게 하려면 어떻게 하는 것이 좋다고 생각하니?"

"한 가지 방법밖에 없는 것 같네요."

"그게 뭔데?"

"그럼 말씀드리겠어요. 그녀가 내 아내가 되기 위해 필요했던 부모님과의 약속을 깨고, 그것을 그녀에게 이야기해 주는 것이에요. 하지만 나는 아버지가 저를 불신하지 않도록 매우 신중하고 조심스럽게 그녀에게 말하겠다고 약속하겠어요. 모든 것을 고백하지 않은 채, 아버지가 요구하는 대로 마리아를 멀리한다면, 그녀는 더욱 큰 고통을 받을 거예요. 나를 믿어 주세요. 아버지가 요구하시는 것이 불가능하다는 것은 어머니도 아시잖아요?"

어머니는 잠시 침묵을 지키고 나서 다정히 웃으며 말했다.

"좋다. 하지만 아무거나 함부로 약속하면 안 된다. 네가 지킬 수 있는 것만 약속하도록 해. 그리고 카를로스의 청혼은 어떻게 마리아에게 이야기할 거지?"

"엠마에게 이야기하듯이 어머니께서 자연스럽게 말씀하세요. 그러고 나서 아버지와의 약속을 말하세요. 내가 틀리지 않는다면 처음 몇 마디를 듣고 몹시 속상해할 거예요. 그녀는 부모님들이 우리 결혼을 전적으로 반대하고 있다는 인상을 받을 것이 분명하거든요. 마리아는 자신의 병에 대해 부모님들이 말하는 것을 들었어요. 하지만 어머니께서 보여 주신 친절한 행동과 어제 나와 나눈 대화가 그녀를 다시 희망에 차게 했어요. 내가 카를로스의 청혼에 대해 말한 것은 신경 쓰지 마세요. 난 마리아가 카를로스에 대해 어머니께 말하는 것을 방문 뒤에서 듣고 있겠어요."

이것은 바로 어머니의 기도실 문을 지칭하는 말이었다.

"네가 그렇게 하겠다고?"

어머니는 감탄하듯이 말했다.

"예, 내가 듣고 있겠어요."

"왜 그렇게 몰래 들으려고 하는 거지?"

"마리아는 이렇게 우리가 하는 것을 기쁘게 여길 겁니다. 그리고 곧 그 결과를 보게 될 겁니다."

"그럼 네가 약속하는 결과란 무엇이지?"

"마리아가 나를 위해서라면 모든 일을 다 할 수 있다는 사실을 어머니가 알게 될 겁니다."

"만일 그렇다면 네가 그녀 말을 몰래 들었다는 것을 숨기는 편이 나을 것 같구나."

"아마 그럴 겁니다."

"그런데 그런 말을 하는 네 얼굴이 좀 안 좋구나."

"제발 내 말대로 해 주세요."

"하지만 네가 원하는 것을 내가 제대로 해 줄 수 있을지 모르겠구나. 병이 재발하면 아버지는 결혼에 반대할 것이고, 그렇게 되면 나도 어쩔 수가 없잖니?"

"그건 마리아도 알아요. 만약 병이 재발한다면, 그녀는 내 아내가 되는 것에 동의하지 않을 거예요. 게다가 의사가 한 말을 잊으셨어요?"

"그래, 알았으니 네 마음대로 하렴."

"마리아 목소리가 들리지 않아요? 저기 마리아와 엠마가 있네요. 엠마가 기도실로 들어오지 않도록 신경 써 주세요."

마리아는 얼굴을 붉힌 채 웃으면서 들어왔다. 아주 가벼운 발걸음으로 어머니의 침실로 들어왔는데, 그녀는 자기 방으로 갈 때서야 비로소 어머니를 보았다.

"아니, 왜 여기 계세요?"

마리아는 놀라서 이렇게 말하면서 어머니에게 가까이 갔다. 그러고는 다시 말했다.

"얼굴이 창백하시네요. 머리가 아프세요? 목욕을 하시면 괜찮아지실 텐데……"

"아니다, 괜찮다. 너와 이야기하려고 기다리고 있던 참이란다. 아주 중대한 문제라서 네 가슴을 아프게 할 수도 있을 거야."

마리아는 반짝이는 눈으로 어머니를 쳐다보면서 물었다.

"뭔데요?"

"여기 앉도록 해라."

마리아는 앉아서 공연히 미소를 지으려고 무진 애를 썼다. 그녀의 얼굴은 창백하고 아주 무거워 보이는 가운데서도 매혹적인 표정을 지었다.

"말씀하세요."

마리아는 자기의 감정을 억제하려는 듯이 양손으로 머리를 쓸어 올리고 핀을 다시 꽂으며 말했다.

"난 이와 똑같은 상황일 경우라면 엠마에게도 똑같이 말할 것이다."

"예, 듣고 있어요."

"네 아버지는 헤로니모 씨의 아들인 카를로스가 네게 청혼했다고 알려 주라고 하시더구나."

"제게요!"

마리아는 놀라서 자신도 모르는 사이에 벌떡 일어났다. 그리고 다시 의자에 앉으면서 두 손으로 얼굴을 감쌌다. 나는 그녀의 울음소리를 들었다.

"뭐라 말해야 될지 모르겠구나, 마리아."

"아버님이 저에게 그렇게 말하라고 하셨나요?"

마리아는 거의 울음 섞인 목소리로 말을 하고 있었다.

"내가 어떻게 해 주면 좋겠니?"

"아, 아. 전, 전 안 돼요……"

잠시 후 마리아는 자기와 함께 울고 있는 어머니를 쳐다보며 말을 이었다.

"모두 다 알고 있었군요. 모두들 어머니께서 제게 말해 주기를 바랐군요."

"그래, 엠마만 빼고 전부 알고 있단다."

"단지 엠마만 모르고……"

마리아는 어머니 무릎에 기대고 있던 손으로 얼굴을 감싸고서 잠시 있더니 창백한 얼굴을 들었다. 그녀의 얼굴은 눈물로 범벅이 되어 있었다.

"예, 어머니는 할 바를 다하셨어요. 전 그걸 알고 있어요."

"하지만 마리아. 카를로스가 네 남편이 되는 것이 그렇게 싫으니?"

어머니는 다정스럽게 이렇게 말했다.

"제발 부탁인데요…… 전 결혼에 대해…… 더 이상 듣고 싶지 않아요. 모두들, 모두가 동의한 것이지요!"

그녀는 울면서도 강경한 어조로 말했다.

"하지만 저는 그 결혼에 동의하느니 죽어 버리겠어요. 카를로스는 제 어머니께서 앓은 그 병이 제게 있다는 사실을 모르지요? 아, 어머니……"

"얘야, 내가 여기에 있지 않니. 난 너를 온 정성을 다해 사랑하고 있단다."

어머니는 생각했던 것보다 모질지 못했다. 내 뺨으로 뜨거운 눈물이 떨어지고 있었다. 마리아는 어머니에게 대답했다.

"그런데 왜 그런 말을 제게 해 주는 것인가요?"

"왜냐하면 네 입에서 '아니요'라는 말을 하지 않고서 정중히 거절하는 게 좋기 때문이란다. 난 비록 네가 그렇게 하리라 믿지만 말이다."

"제가 그렇게 하리라고 생각하셨기 때문에 그런 건가요?"

"아마 다른 사람도 나와 똑같이 생각했을 것이다. 네가 만일 이 일에 가장 큰 책임이 있다고 생각하는 사람이 이런 사실을 알고 얼마나 큰 고통을 받았는지 안다면……"

"그 사람이 아버진가요?"

"아니다. 에프라인이란다."

마리아는 가냘픈 신음 소리를 내면서 어머니의 무릎에 얼굴을 묻고 가만히 있었다.

어머니가 나를 부르자 마리아는 천천히 일어나 미소를 지으면서 떨리는 두 손을 꽉 쥐었다.

"제가 운 건 잘못한 거지요? 전 단지……"

"마음 가라앉히고 눈물을 닦도록 해라. 난 네가 이 방에 들어왔을 때처럼 웃으며 나갈 수 있기를 바란다."

"예, 알겠어요. 에프라인이 제가 운 걸 눈치채지 못하게 해야겠죠?."

그렇게 말하면서 그녀는 어머니의 손수건으로 눈물을 닦았다.

"네 아버지께서는 한 가지 단서를 달긴 했지만, 결혼 결정을 완전히 네 자유의사에 맡긴다고 하셨어. 하지만 그 단서가 반드시 필요한 것은 아니란다."

"단서라니요? 그게 뭐죠?"

"너와 에프라인 사이에 일어나는 모든 일에 대해 우리가 알고 있고 동의하지만, 그런 것을 내색해서는 안 된다고 요구하셨어."

이 말을 듣자 그녀의 뺨에는 생기가 돌기 시작했다. 눈물로 적셔진 그녀의 얼굴은 매일 아침 나를 위해 줍는 이슬에 젖은 신선한 장미와 같았다.

"왜 그렇게 요구하시는 거죠? 혹시 제가 잘못한 일이라도……"

그녀는 바닥을 뚫어져라 바라보면서 내가 간신히 들을 수 있는 목소리로 말했다.

"아니란다. 네 아버지는 네 병 때문에 일어날 일을 사전에 조심시키기 위해서 그러셨단다."

"사전에 조심시키다니요? 전 지금 다 낫지 않았나요? 제 병이 다시 도질 것이라고 믿고 계신가요? 어떻게 에프라인이 제 병의 원인이 될 수 있어요?"

"물론 그렇지는 않지만…… 에프라인이 너를 얼마나 사랑하는지 아니? 아마 네가 에프라인을 사랑하는 것보다, 에프라인이 너를 더욱 사랑할 거다."

마리아는 자기 자신에게 대답하는 듯이 고개를 좌우로

흔들었다. 하지만 그런 표정은 괴로운 기억에서 헤어나려는 것처럼 보였다.

"제가 무엇을 어떻게 하면 될까요? 어머니가 원하시는 것은 모두 할게요."

"카를로스가 오늘 자기의 결혼 계획에 관해 이야기할 거다."

"제게요?"

"그래. 그 말을 들으면 최대한으로 마음을 가라앉힌 후 받아들일 수 없다고 말해라. 네가 아직 너무 어리기 때문에 부정적인 대답을 할 수밖에 없으며, 그런 대답을 하는 것이 매우 괴롭다면서……"

"이 모든 것은 우리가 모두 모여 있을 때 하는 것이지요?"

"그래."

어머니는 마리아가 순진하게 대답하는 것이 너무 기뻐서 이렇게 말했다.

마리아는 더 이상 아무 말도 하지 않았다. 그녀는 오른팔로 어머니의 머리를 자기의 머리에 갖다 대면서 티 없이 맑은 표정을 지었다. 그리고 급히 방에서 나와 문 커튼 뒤로 사라졌다.

26

우리의 사냥 계획을 알고 있던 어머니는 카를로스와 브라울리오, 그리고 내게 일찍 점심을 차려 주라고 지시했다. 나는 별 어려움 없이 브라울리오를 식탁에 앉게 할 수 있었다. 그는 카를로스와 나의 반대쪽 끝에 앉았다. 우리는 자연스럽게 사냥에 관해 이야기했다. 먼저 카를로스가 말했다.

"브라울리오는 내 엽총이 아주 잘 장전되었다고 하면서, 내 총이 비록 같은 회사의 제품이긴 하지만 네 총보다는 좋지 않다고 하더군. 그리고 자기가 구연 나무 위로 사격해 보았는데, 네 개의 산탄散彈이 나왔다고 말했어. 그랬지?"

"난 네가 70보 뒤에서도 그 총으로 날아가는 물새를 맞힐 수 있으리라 믿어."

브라울리오가 말했다.

"내가 사슴을 죽일 수 있나 한번 보자고. 이번 사냥은 어떻게 짜였지?"

카를로스는 나를 쳐다보며 물었다.

"모두들 잘 알고 있는 바와 같이 사냥은 집 가까이에서 마무리하는 것이 좋을 것 같아. 브라울리오는 준비된 개와 함께 벼랑 기슭으로 올라가고, 후안 앙헬은 내가 산타엘레나 농장에 부탁한 개 네 마리와 같이 개울가에 자리 잡고, 네 하인은 사슴이 빠져나가지 못하도록 다른 두 사람과 함께 강가에서 기다리고 있는 게 좋을 것 같아. 그리고 너와 나는 상황에 따라 필요한 지점으로 가는 거야."

이런 계획을 짠 후, 우리는 산기슭을 거슬러 올라가기 위해 정원으로 나갔다. 산기슭은 동쪽으로 약 4킬로미터의 비탈길을 이루고 있었다. 집을 돌아서자마자 엠마의 방 발코니에 서 있는 마리아를 보았다. 아마도 자기 자신 속에 깊이 빠져 있는 것 같았다. 그 옆에 있는 엘로이사는 자기 사촌의 흐트러진 머리카락을 가지고 장난하고 있었다. 말발굽 소리와 개 짖는 소리에 마리아는 무아지경에서 깨어났다. 그러자 나는 손짓으로 그녀에게 인사했으며, 카를로스는 나를 따라 흉내 내면서 인사했다.

약 30분 정도 걸어가는 도중에 나는 카를로스에게 쉬지 않고 브라울리오와 내가 옛날에 했던 사슴 사냥 이야기를 해 주었다. 바로 그때 나는 카를로스에게 말했다.

"이봐! 브라울리오가 외치는 소리와 개 짖는 소리를 보니 사슴을 발견한 모양이야."

잠시 후 브라울리오가 골짜기 숲 쪽을 향해 내려왔다. 그는 후안 앙헬이 쥐고 있던 개 두 마리의 고삐를 풀고서 잠시 목덜미를 잡아 쓰다듬었다. 그러고서 사냥감이 우리에게서 멀리 떨어져 있지 않다는 사실을 확신하고는 큰 소리를 지르면서 개를 풀었다.

카를로스, 후안 앙헬과 나는 산기슭으로 흩어졌다. 조금 후에 호세 씨의 개들에게 쫓겨 내려오는 사슴을 보았다. 나는 사슴이 혹시 그쪽으로 다시 갈지도 모른다는 생각이 들었다. 그래서 후안 앙헬에게 골짜기에 그대로 남아 있으라고 지시했다. 그때 사슴이 브라울리오 앞을 스쳐 지나갔지만, 우리가 탄 말들은 잡초와 미끄러운 강바닥 때문에 사슴을 뒤쫓는 데 실패하고 말았다. 그러자 브라울리오는 다시 산기슭으로 올라갔다.

한 시간가량 사슴을 찾느라 오르락내리락한 후에, 마침내 사슴의 흔적을 찾아냈다는 개 짖는 소리를 들을 수 있었다. 하지만 카를로스는 언제 어떻게 들어갔는지 모르는 숲속에서 나오면서, 자기 하인이 사슴을 강 아래쪽으로 몰았다고 말했다. 그때 한참 전부터 보이지 않던 브라울리오가 먼 거리에서 우리가 들을 수 있도록 힘껏 소리쳤다.

"그쪽으로 가. 엽총은 놔두고 그냥 나와. 사슴은 지금 집 쪽으로 가고 있어."

나는 카를로스의 하인에게 그 자리에 있으라고 지시한 후, 카를로스와 함께 말을 타러 갔다. 그때 바로 사슴이 평원에서 나왔다. 개와는 큰 거리를 두고서 집 쪽으로 내려갔다.

"말에서 내려! 울타리에서 기다려!"

나는 카를로스에게 소리쳤다. 카를로스는 내가 시키는 대로 했다. 하지만 사슴이 기진맥진하여 과수원의 울타리를 넘으려고 할 때, 카를로스가 사슴을 향해 총을 쐈다. 사슴은 계속해서 담을 넘으려고 했고, 카를로스는 넋이 나간 사람처럼 멍하니 서 있었다. 그때 브라울리오가 도착했고, 나는 말에서 뛰어내렸다.

집에 있던 사람들은 사냥터에서 일어나는 일을 모두 보고 있었다. 헤로니모 씨는 엽총을 손에 잡고 사슴을 향해 쏘려고 했다. 하지만 나무에 걸려 고꾸라지고 말았다. 그러자 아버지가 말했다.

"조심하게. 모두들 저기 오네."

브라울리오는 개들이 물어뜯지 못하게 하면서 사슴을 가까이에서 쫓았다. 그 동물은 불쑥 복도로 들어가서는 덜덜 몸을 떨더니 소파 밑에 고꾸라졌다. 내가 보기에 이 사냥은 아주 흥미로웠다. 하지만 카를로스는 사격에서 실수를 범했다는 초조함을 감추려고 애썼다. 엠마와 마리아는 가까이 와서 사슴을 만져 보고는 죽이지 말라고 애원했다. 그래서 브라울리오는 사슴을 매어서 안전한 장소에 놓았다.

잠시 후 브라울리오가 산으로 돌아가기 위해 내게 작별 인사를 하면서 말했다.

"지금 네 친구는 몹시 화가 나 있을 거야. 난 오늘 아침에 내 개들을 비웃은 그에게 복수하기 위해 일부러 총알 장전을 그렇게 해 놓았던 거야."

나는 그게 도대체 무슨 소리냐고 물으면서 자세히 설명해 달라고 부탁했다.

"난 네가 그놈에게 멋진 사격을 할 기회를 줄 것이라고 생각했어. 그래서 장전해 달라고 했을 때, 카를로스의 엽총에서 탄환을 빼 버렸어."

"나쁜 일을 했군."

"다시는 그런 일을 하지 않을 거야. 단 카를로스는 제외지. 그는 더 이상 우리와 사냥하려고 하지 않을 거야. 아, 그리고 마리아가 트란시토에게 많은 메시지를 보냈는데, 내가 마리아에게 우리 증인이 되어 주어 고마워한다고 전해 줘."

"그렇게 하지. 조심해서 가."

"안녕, 일요일에 만나."

그는 한 손으로는 내게 악수를 청하고, 다른 손으로는 모자를 들어 인사하는 것을 잊지 않았다.

27

난 그때까지 카를로스가 비밀로 간직하던 청혼을 내게 말하지 않도록 하는 데 성공했다.

그래서 나는 내 방에 우리끼리 있게 되자, 피곤해서 쉬어야겠다고 변명하고서, 카를로스에게 책이나 읽자고 제안했다. 내가 지금까지 피해 왔던 어렵고 힘든 상황에 처하게 하려는 그의 의도를 눈치챘기 때문이었다.

그는 덥다고 투덜대면서 내 침대에 누웠다. 난 과일을 가져오라고 시키려 했지만, 그는 과일을 먹으면 속이 불편하다면서 싫다고 했다. 나는 무엇을 읽는 것이 좋겠느냐고 물어보면서 서재로 향했다.

"책 읽지 말고 이리 가까이 와서 앉아. 내가 재미있는 얘기를 들려줄 테니까 문 좀 닫아."

나는 더 이상 피할 방법이 없음을 알았다. 그래서 그런 난처한 상황이 내 얼굴에 드러나지 않도록 노력했다. 바로 그때 문지방에서 카를로스의 아버지가 부르는 소리가 들렸다. 그래서 나는 그 고통의 순간에서 헤어날 수 있었다.

"카를로스!"

헤로니모 씨가 문 밖에서 불렀다.

"이리 좀 오너라."

내가 보기에 그의 목소리에는 '일이 상당히 진척되었다'는 뜻이 배어 있었다. 카를로스도 일이 아주 잘 풀리고 있다고 생각하는 것 같았다. 그래서 벌떡 일어나 대답했다.

"지금 가겠습니다."

나는 두 사람의 발자국 소리로 미루어 보아 아버지의 방으로 들어갔다고 짐작할 수 있었다. 나는 카를로스가 자기 일에 대해 말하는 소리를 듣고 싶지 않아서 어머니의 침실로 갔다. 마리아는 재봉실에 있었다. 그녀는 내 발자국 소리를 느끼자마자 고개를 들어 나를 쳐다보았다. 그러고는 두 손으로 머리카락을 뒤로 넘기면서 수줍은 듯이 다시 재봉질을 시작했다.

"어머니는 어디 있어?"

나는 잠자고 있는 예쁜 후안을 보면서 물었다.

"아버지 방에 계세요."

후안은 내 얼굴에서 자기가 찾고자 하던 의미를 발견한

듯이 소리 없이 미소 지었다. 나는 반쯤 무릎을 굽힌 채 손수건으로 어린아이의 이마를 닦아 주었다.

"아! 잠자고 있다는 사실을 잊었어요. 내가 침실에 눕히고 올게요."

이렇게 말하면서 마리아는 후안을 안으려고 가까이 갔다. 나는 이미 그 아이를 안고 있었고, 마리아는 자기 팔로 건네 달라는 시늉을 했다. 나는 입을 반쯤 벌리고 자는 후안의 입술에 키스를 했다. 그리고 그를 마리아의 팔에 안겨 주었다.

마리아는 다시 재봉실로 돌아왔다. 나는 그녀 옆에 앉았다. 마리아는 후안이 흐트러뜨린 바느질 상자를 정리했다. 나는 그녀에게 말했다.

"카를로스의 청혼에 대해 어머니와 이야기했어?"

"예."

마리아는 나를 쳐다보지도 않고는 바느질 상자를 정리하면서 대답했다.

"뭐라고 하셨는데? 정리는 그만하고 나와 이야기 좀 해."

그녀는 계속해서 바닥에서 무언가를 찾는 듯했다. 그러

나 마침내 내가 심각하게 이야기하고 있음을 눈치챘는지 이렇게 대답했다.

"많은 것에 대해 말했어요."

"그게 뭔데?"

"당신이 어머니보고 내게 말해 주라고 한 것들이요."

"어머니가 말한 것 좀 이야기해 봐."

"어머니가 절대로 이야기하지 말라고 하셨는데…… 하지만 내가 대답한 내용은 말해 줄 수 있어요."

"그래, 그게 뭔가 말해 봐."

"난…… 아니, 말해 줄 수 없어요."

"그럼 다음에 만날 때는 반드시 이야기해 줘야 돼. 그렇게 할 거지?"

"예, 하지만 오늘은 안 돼요."

"어머니가 너는 카를로스의 자존심을 상하게 하지 않고서도 명확하게 대답할 것이라고 말하셨어."

그녀는 대답하지 않은 채 나를 뚫어지게 바라보았다.

"그래야 되겠지."

그 말을 듣자 그녀는 눈을 아래로 깔았고, 자기 바늘집에 정리된 바늘을 보면서 잠자코 있었다.

"마리아, 내 말 듣고 있어?"

"예."

나는 그녀의 얼굴에서 시선을 떼지 못했다. 마리아는 그런 나를 쳐다보았다. 그때 나는 그녀의 눈 속에서 반짝이는 눈물을 보았다.

"왜 울어?"

나는 마리아에게 물었다.

"아니에요. 울지 않으면…… 내가 언제 울었어요?"

마리아는 급히 내 손수건으로 눈물을 닦았다.

"많이 힘들었지? 그런 슬픈 표정을 지으려면, 그 문제에 대해선 더 이상 말하지 말자."

"아니에요, 말해도 괜찮아요."

"오늘 카를로스가 청혼할 것이라는 이야기를 듣고서 결정 내리기가 무척 힘들었지?"

"난 어머니의 뜻에 따르기로 했어요. 그리고 어머니께서는 내가 말해야 할 자리에 나와 함께 있어 주겠다고 했어요. 당신도 그 자리에 있을 거죠? 저기 어머니가 오시네요."

이렇게 말하면서 마리아는 자기 손으로 내 손을 잡고는 입을 맞춰 달라고 했다. 그것은 우리가 헤어질 때 그녀가 완전히 내 것이라는 사실을 표현하는 행동이었다. 어머니가 방에 들어오자 마리아는 일어서서 내게 말했다.

"목욕할 거예요?"

"응."

"그럼, 오렌지 칵테일은 욕조에 있을 때 갖다 줄까요?"

"응."

나는 목욕을 마치고 오렌지 나무 그늘에서 옷을 입고 있었다. 그때 아버지가 정원을 어떻게 단장하는지 가르쳐 주면서 헤로니모 씨와 그곳으로 왔다. 에스테파나가 뿌려 놓은 욕조의 돌은 탕 속의 물이 아주 투명하고 깨끗하다는 것을 보여 주고 있었다. 에스테파나는 노예의 딸로서 열두 살밖에 먹지 않은 흑인 소녀였다. 그녀는 모든 사람에게 친절하고 다정했지만, 특히 마리아를 따랐다. 그래서 마리아는 정성스럽게 그녀에게 옷을 입혀 주곤 했다.

아버지와 M 씨가 오자 에스테파나도 가까이 올 수 있다는 것을 알고서 설탕과 포도주를 넣어 만든 오렌지 칵테일 한 잔을 내게 건네주었다.

"당신 아들은 여기서 마치 황제처럼 살고 있군."

헤로니모 씨가 아버지에게 말했다. 그러자 아버지는 집으로 가는 오렌지 숲을 따라 걸으며 말했다.

"6년간 학생으로 살면서 고생했으니 이젠 당분간 이렇게 살아도 될 걸세."

28

그날 오후의 대화는 시종일관 낚시에 관한 것이었다. 나는 개울가에 있는 내 낚시 도구를 보여 주기로 했다. 그들은 그곳으로 산책 나가자는 내 제안을 받아들였다. 단지 마리아만 나를 쳐다보며 '다른 방법은 없나요?' 하고 말하는 것 같았다.

우리는 과수원을 지났다. 마리아를 기다렸지만 그녀는 오지 않았다. 그래서 내 동생은 왜 안 오는지 알아보려고 집으로 갔다. 난 어머니와 팔짱을 끼었다. 마리아를 불러

온 엠마는 팔짱을 끼자는 카를로스의 제안을 후안을 안고 가야 한다면서 기분 나쁘지 않게 거절했다. 마리아는 긴장한 채로 그의 제안을 받아들였다. 아마도 그 정도는 받아 줘야만 한다고 생각했던 것 같다. 우리는 멋진 풀밭으로 뒤덮인 강가에 도착했는데, 거기에는 흰 이끼로 얼룩진 까만 돌들이 군데군데 널려 있어서 한껏 정취를 더해 주었다. 바로 그곳에 낚싯대가 설치되어 있었다.

카를로스의 목소리는 마치 애인에게 말하는 것처럼 들렸다. 그때까지만 해도 그는 어떻게 마리아에게 청혼할 것인지 기회를 엿보기 위해 접근하려고 했던 것 같았다. 마리아는 잠시 서서 무언가를 애원하는 표정으로 어머니와 나를 번갈아 쳐다보았다. 나는 그 장면을 보지 않는 것 이외에는 별 도리가 없다고 생각했다. 내 얼굴에서 폭풍이 지나가는 것 같은 표정을 보자, 그녀는 창백한 얼굴을 하면서 이미 어떤 결정을 내린 것 같은 표정을 지었다. 나는 카를로스의 태도에서 이제 대화를 엿들어야 할 순간이 왔다는 사실을 깨달았다. 그녀는 아직도 떨리는 목소리로 말하기 시작했지만, 그 목소리에는 일종의 단호함이 깃들어 있었다. 나는 간헐적으로 들리는 마리아의 말을 들었다.

"그들과 이야기했으면 더 좋았을 텐데요…… 당신이 베푼 호의는 잘 알지만…… 이 부정적인 대답은……"

카를로스는 당황한 기색이 역력했다. 마리아는 말을 끝내자 자기 팔을 그에게서 빼고는 후안의 머리를 쓰다듬었다. 그리고 마리아는 후안이 먹고 싶어 한 산딸기를 따 주어야 한다면서 우리 일행에게 말했다. 하지만 그 말은 마리아의 기지가 드러난 행동이었다. 이미 내가 후안에게 줄 산딸기를 땄다는 사실을 알고 있기 때문이다. 그녀는 내게서 산딸기를 받으며 말했다.

"저 카를로스와 다시 이야기하지 않으려면 어떻게 해야 하지요?"

"글쎄, 불가능하지 않을까?"

나는 이렇게 멋없이 대답하면서 카를로스에게 다가갔다. 그리고 멋진 호수를 보여 줄 테니 조금 더 아래로 내려가자고 했다. 그 호수에 이르자 나는 아주 자연스럽게 내 속마음을 숨기면서 내일 이곳에 수영하러 오자고 말했다. 그러고서 우리 일행과 함께 집으로 돌아왔다.

잠시 후 아버지는 언덕을 내려오면서 카를로스의 질문에 어떻게 대답했느냐고 마리아에게 물었다.

"그러니까 넌 절대로 결혼하고 싶지 않다는 것이지?"

아버지는 그녀를 쳐다보며 웃으면서 물었다.

마리아는 아버지를 쳐다보지 못한 채 싫다는 의미로 고개를 좌우로 흔들었다.

"그럼 애인을 한 명 봐 둔 모양이구나. 그렇지?"

그러자 마리아는 놀라면서 자신도 모르게 "예"라고 대답했다.

"네가 거절한 그 멋진 청년보다 더 훌륭한 사람인 모양이지?"

이렇게 아버지는 말하면서 오른손을 이마로 가져갔다. 그러고는 이렇게 물었다.

"넌 네가 예쁘다고 생각하니?"

"제가요? 아니에요. 절대로 그렇게 생각하지 않아요."

"그럼 누가 너를 얻는 행운을 차지한 청년인지 이야기해 보거라."

마리아는 한 마디도 못한 채 떨고 있었다. 그러자 아버지가 계속 이야기했다.

"너에게 맞는 사람인가 보구나. 넌 훌륭한 젊은이를 원할 것이고…… 자, 괜찮으니 이야기해 보아라. 이미 그 청년이 내게 모든 것을 고백했으니까."

"하지만 이야기할 것이 없어요."

"아버지한테도 비밀이 있니?"

아버지가 다정스럽게 그녀를 쳐다보자, 마리아는 용기를 내어 대답했다.

"아버지께 다 이야기했다고 하지 않으셨어요?"

그 말을 듣자 아버지는 잠시 침묵을 지켰다. 아마도 어떤 기억 때문에 슬퍼하는 것 같았다. 그러고서 자기 사촌 딸의 머리를 한 손으로 쓰다듬었다.

그날 저녁 식사 때 나를 만나자 마리아의 눈은 아버지와 자기 사이에 일어났던 일을 말하려는 듯했다. 그녀는 가끔 생각에 잠긴 채, 자기가 좋아하는 시를 읊듯이 침묵 속에서 몇몇 단어를 중얼거렸다. 아버지는 M 씨와 그의 아들이 기분이 상하지 않도록 최선을 다했지만 헛수고였다. M 씨는 다음 날 아침 일찍 일어나서 새벽에 자기 농장에 가야 한다고 말했다. 그러고는 아홉 시경에 카를로스와 함께 거실에서 나가며 우리 가족과 작별 인사를 했다.

나는 카를로스를 방까지 동행했다. 내 방에 단둘이 있게 되자, 그는 학생 때처럼 솔직하게 이야기했지만 그의 얼굴은 그렇지 않다는 표정을 숨기지 못했다.

"너를 믿지 못한 나를 용서해 줘."

"도대체 무슨 잘못을 저질렀기에 그런 말을 해? 난 아무것도 기억나지 않는데."

"정말 눈치채지 못했어?"

"응."

"넌 내가 왜 우리 아버지와 함께 여기에 왔는지 정말로 몰라?"

"응."

"넌 내 청혼의 결과가 어땠는지 잘 알고 있지?"

"아니, 잘 모르겠어. 하지만……"

"하지만 짐작은 한다는 소리지?"

"응, 그래. 사실이야."

"좋아, 그럼 넌 내가 다른 사람이나 우리 아버지께 상의하기 전에 왜 내 생각을 네게 말하지 않았는지도 알아?"

"아마도 너의 세심한 배려 때문이 아닐까……"

"아니야. 그런 세심함 때문이 아니라 나의 어리석음과 경솔함 때문이지."

그는 방 안을 왔다 갔다 했다. 그러고 나서 내가 앉아 있는 의자 앞에 멈추어 말했다.

"내가 솔직하게 말해 주지. 난 무엇 때문에 24년이란 세월을 살아왔는지 모르겠어. 그러니까 일 년 전에 나는 너와 헤어져 카우카로 왔지. 집에 도착한 다음 나는 네 가족 모두에게서 극진한 대접을 받았어. 우리의 굳건한 우정을 안 탓인지 네 가족은 나를 너의 진정한 친구로 대해 주었어. 네가 이곳에 오기 전에 난 네 집을 방문하면서 마리아와 네 동생을 두세 번 보았지. 약 한 달 전에 아버지는 내게 그 두 사람 중에서 하나를 아내로 맞는 것이 어떠냐고 제안했어. 네 사촌 동생은 모르겠지만, 그녀는 나를 괴롭혔던 보고타의 쓰라린 추억을 잊게 해 주었어. 그래서 나는 마리아에게 청혼하기로 아버지와 합의했던 것이야. 그럼 그 전에 왜 너를 찾아와 말하지 않았느냐 하면, 그것은 우리 어머니의 병이 장기화되면서 내가 칼리에 남아 있어야만 되었기 때문이야. 그럼 왜 편지도 쓰지 않았느냐고 묻겠지? 내 의도를 밝히는 것은 네게 무엇인가 부탁하는 것 같았고, 그래서 내 자존심이 허락하질 않았어. 난 네가 내 친구라는 사실을 잊어버린 거야. 그렇지만 네 사촌 여동생이 나를 사랑했다면, 넌 그녀가 내 아내가 되는 것에 찬성했겠니? 이런 것을 묻다니, 난 참으로 바보야. 내게 대답하지 않을 게 뻔한 일인데. 그리고 넌 내가 이런 종류의 일 때문에 죽고 못 사는 사람이 아니라는 사실을 알지? 겨울밤 내내 네가 프랑스 소설의 위대하고 극적인 사랑을 읽으며 믿었다는 사실이 떠오르네. 난 그런 너를 항상 비웃었지. 나는 그런 사랑이 아니라, 결혼 그 자체를 찾았어. 이 집에 들어서면서 난 내가 거의 네 친척이 될 수 있다고 믿었고, 그러자 매우 기뻤어. 결국 그렇게 되지는 않았지만…… 이젠 네가 싫어하지 않고 또 나를 사랑하는 여인을 찾겠어."

"내가 싫어하다니 그게 무슨 소리지?"

나는 그의 말을 가로막으며 물었다.

"그래, 내가 너무 솔직하게 말한 것을 용서해 줘. 내가 왜 이렇게 경솔하게 행동하는지 나도 모르겠어. 네 가족에게도 미안하고, 너와의 우정도 잃어버린 것 같아. 넌 그녀를 몹시 사랑하고 있어. 네가 그걸 숨기려고 무진 애를 쓰지만, 난 알 수 있었어. 내 말이 맞지?"

"응."

나는 그의 솔직함에 매료되어 이렇게 대답하고 말았다.

"그런데 네 아버지가 반대하시니?"

"아니야."

"아니라고?"

그는 놀란 표정을 지으며 물었다. 그래서 나는 며칠 전 아버지와 나누었던 이야기를 들려주었다.

"이 모든 문제와 맞서 싸울 수 있겠어?"

그는 나와 마리아의 관계를 밝히자 놀라서 물었다.

"그 병이 그녀 어머니가 앓았던 병과 똑같다고? 그럼, 넌 인생의 반을 그녀 무덤 위에 앉아서 보낼 작정이야?"

이 마지막 말을 듣자 난 몹시 괴로웠다. 나는 일어나서 카를로스에게 팔을 내밀어 그의 팔을 다정히 감쌌다. 내가 카를로스 때문에 가졌던 고통과 괴로움에서는 해방되었지만, 슬픔에 짓눌려 그와 헤어졌다. 그리고 나는 거실로 돌아왔다. 내 여동생이 새 왈츠 곡을 기타로 연습하는 동안, 마리아는 아버지와 함께 돌아오면서 했던 이야기를 자세히 말해 주었다. 그녀가 여태까지 이렇게 스스럼없이 나를 대한 적은 없었다.

29

M 씨 가족의 방문과 그동안 도착한 우편물 때문에 아버지의 책상에는 할 일이 수북이 쌓여 있었다. M 씨 가족이 아침 일찍 떠난 날 우리는 쉬지 않고 온종일 일했다. 그러나 식당에서 가족과 모였을 때 마리아의 달콤한 미소를 보자, 하루의 피로가 씻은 듯이 사라졌다. 그래서 나는 가장 힘든 일도 별 어려움 없이 해낼 수 있었다. 저녁 여덟 시경에 나는 아버지를 침실까지 배웅했고, 아버지는 잘 주무시라는 내 인사에 이렇게 덧붙였다.

"우리가 오늘 많은 일을 했지만, 아직도 남은 일이 산적

해 있다. 그러니 내일 아침에도 일찍 일어나도록 해라."

그 즈음에 마리아는 밤에 거실에서 나를 기다리면서 엠마와 함께 어머니와 담소를 나누거나, 《성모 마리아의 모방》*을 읽었다. 그렇지 않으면 아이들에게 기도문을 가르쳐 주었다. 그 시간을 그녀는 항상 나와 함께 보냈고, 그것은 내가 싫다고 할 수 없는 그녀의 권리 같았다. 거실이나 식당에 있을 때면 그녀 옆에 항상 나를 기다리는 의자가 있었다. 또한 카드놀이를 하면서 단둘이 있을 명분을 만들기도 했다. 우리는 말보다 오히려 눈길과 미소로 더 많은 대화를 나누었다.

"오늘 아침에 카를로스를 보았나요?"

그녀는 이렇게 물으면서 내 찡그린 얼굴에서 대답을 찾았다.

"그래. 그런데 왜 지금 그것을 묻는 거지?"

"그 전에는 이야기할 시간이 없었으니까요."

"그런데 왜 그걸 알려는 거지?"

* 루빌의 알렉상드르 조제프 신부가 발표한 1766년 작품.

"카를로스는 당신을 무척 좋아하죠?"

"항상 그렇다고 믿어 왔지."

"아직도 그렇다고 믿어요?"

"물론이지."

"전에 학교 다닐 때처럼 아직도 그를 좋아해요?"

"응. 그런데 도대체 왜 그런 걸 물어보는 거지?"

"난 항상 당신이 그의 영원한 친구이고, 그도 당신의 영원한 친구가 되길 바라지만…… 그런데 당신은 그에게 아무 말도 해 주지 않았어요."

"무슨 말을 하지 않았다는 거야?"

"그거요."

"그게 뭔데?"

"당신은 내가 무슨 말을 하는지 알 거예요…… 말하지 않았죠?"

나는 그녀가 우리의 사랑을 카를로스에게 말하지 않았느냐고 힘들게 물어보자 매우 기분이 좋았다. 그래서 대답했다.

"도대체 무슨 소린지 이해가 되질 않아."

“정말로 내 말을 이해하지 못하겠어요? 당신이 그 사실을 말하지……”

나는 그녀를 쳐다보고 있었고, 또한 그녀가 알고 싶어 하는 것이 조금은 유치해 보여서 빙긋이 미소지었다. 그러자 그녀는 계속해서 물었다.

“됐어요. 그는 우리가 사랑하기 때문에 별 볼일 없는 존재가 된 것인데……”

“날 똑바로 쳐다보지 않으면, 내가 카를로스한테 무슨 말을 했는지 말해 주지 않을 거야.”

“그럼 이제 쳐다볼 테니……”

그녀는 내가 요구하는 것을 하려고 애쓰면서 이렇게 말했다.

“그런데 난 모두 그에게 이야기해 주었어.”

“정말이요! 전부 다 말이에요?”

“내가 잘못한 건가?”

“아니, 그래야만 해요. 그런데 왜 그가 여기에 오기 전에 당신은 그 이야기를 하지 않았어요?”

“우리 아버지가 반대했기 때문이야.”

“그래요? 그럼 그가 오지 않았을 텐데…… 차라리 그게 더 낫지 않았을까요?”

“틀림없이 그게 나았을 거야. 하지만 난 그렇게 할 수 없었어. 오늘 카를로스는 나 때문에 매우 기분이 좋았어.”

“그럼 계속 친구가 될 수 있을까요?”

“친구가 안 될 이유가 없지.”

“그가 정말로 당신을 좋아한다면, 당연히 그렇게 되어야지요. 왜 카를로스와 모든 일이 그렇게 되어 버렸는지 알아요? 그런데 웃으면 안 돼요.”

“왜 그렇게 된 건데?”

“내가 어제 어머니에게서 그 말을 듣고, 성모 마리아에게 제발 그렇게 해 달라고 빌었기 때문이에요.”

“만일 성모 마리아가 네 기도를 들어주지 않았더라면 어떻게 되었을까?”

“그건 있을 수 없는 일이에요. 성모님은 항상 내 기도를 들어주세요. 이번에는 아주 열심히 기도했기 때문에 들어주실 줄 알았어요…… 어머니가 가시네요. 엠마는 자고 있어요.”

"가고 싶어?"

"다른 방법이 없잖아요. 내일도 해야 할 일이 많이 있지요?"

"그럴 것 같아."

"트란시토는 언제 와요?"

"열두 시경이라고 했는데……"

그녀는 평소와 똑같은 말로 작별 인사를 했다. 하지만 그날 밤은 악수를 하면서 자기가 갖고 있던 손수건을 나보고 가지라고 했다. 마리아는 그날 밤 그 향내 나는 그녀의 손수건이 내게는 보물처럼 느껴졌다는 사실을 알지 못하는 것 같았다.

30

다음 날 아침 아버지는 면도하면서 편지 내용을 불러 주었고, 나는 그것을 받아 적었다. 아버지는 젊었을 때 마주 멋있었을 곱슬머리가 조금 길다고 느꼈는지, 복도로 난 문을 반쯤 열면서 내 여동생을 불렀다.

“과수원에 있어요. 필요한 것 있으세요?”

어머니의 재봉실에서 마리아가 대답했다.

“이리 오너라, 마리아.”

아버지는 내가 받아쓴 편지에 서명하면서 이렇게 말했다.

“에프라인, 우리 내일 함께 내려갈까?”

“물론이지요.”

“그래, 그게 좋을 것 같구나. 할 일이 많으니까. 둘이 함께 가면 금방 일이 끝날 수 있을 거다. 아마 A 씨가 이번 편지에 자기 여행에 관해 썼을지도 모르겠구나. 네가 언제까지 여행 준비를 마쳐야 하는지 알려 주기로 했거든. 마리아, 들어오너라.”

아버지는 반쯤 열린 문 밖에서 기다리던 마리아를 보면서 말했다.

그녀는 아침 인사를 하며 들어왔다. 마리아는 내 여행에 대한 아버지의 마지막 말을 들었는지, 아니면 그 앞에서 천성적인 수줍음을 떨쳐 버리지 못했는지는 모르지만, 좌우간 약간 창백한 기색을 보였다. 마리아의 시선은 내 눈을 피했다. 그녀는 내 눈과 마주칠 때면, 방 안에 걸린 액자로 눈을 돌렸다.

"내 머리카락이 좀 긴 것 같지?"

아버지는 웃으면서 자기 머리카락을 보여 주었다. 마리아는 웃으면서 대답했다.

"예, 그러네요."

"좀 잘라 줄 수 있겠니?"

그러고는 탁자 위에 열려 있던 상자에서 가위를 건네주면서 "난 네가 머리를 잘 자를 수 있게 앉으마"라고 말했다.

마리아가 머리카락을 자르는 동안, 나는 편지 한 통을 썼다. 그리고 내가 쓴 구절의 마지막 말을 읽었다. 아버지는 내게 다시 다른 편지를 불러 주면서, 마리아와 계속 대화를 나누었다.

"다 되었니?"

"그런 것 같아요."

마리아는 내 의견을 물어보는 듯이 나를 쳐다보며 말했다.

마리아가 아버지의 목 주위에 떨어진 머리카락을 털려고 몸을 숙이자, 그녀 머리에 꽂혀 있던 장미가 발밑으로 떨어졌다. 그녀가 꽃을 주우려고 했으나 이미 그 꽃은 아버지의 손에 있었다. 마리아는 다시 의자 뒤로 갔고, 아버지는 찬찬히 거울을 보면서 마리아에게 말했다.

"내 머리카락을 잘라 준 보답으로 네 머리에 이 꽃을 다시 꽂아 주마."

엠마가 꽂아 주듯이 아버지는 그녀 가까이 다가가서 정성 들여 꽃을 꽂은 후에 웃으면서 말했다.

"아직도 내게 질투심이 남아 있는 모양이야."

그는 방에서 나가려는 마리아를 불러 세웠다. 그리고 그녀의 이마에 입맞춤을 해 주고 큰 소리로 말했다.

"오늘은 어제와 같지 않을 거다. 일찍 일을 끝내자꾸나."

31

열한 시경에 일이 끝나자 나는 창문에 팔을 괴고 멍하니 있었다. 그 순간은 미지의 세계를 향해 나아가는 내 자신을 잊는 시간이었다. 노랗게 물든 오렌지 나무의 그늘에 있던 비둘기가 사랑스런 자장가를 불렀다. 하지만 그런 노랫소리보다 더 달콤한 마리아의 목소리가 말로 표현할 수 없이 매혹적으로 내 귀에 다가오는 순간이었다.

자연이 우리 눈앞에 다가올 때 한없는 호기심으로 바라봤던 유년 시절, 모든 것을 상상하면서 순진무구한 사랑에 기뻐했던 어린 시절, 막연히 기대했던 사랑의 기쁨. 한마디로 에덴동산에서나 느낄 수 있는 환희의 순간으로 내 영혼이 돌아가는 시간이었다. 하지만 내 눈에 보이는 것은 강물 속에 덧없이 흘러가는 장미 꽃잎도 아니고, 산꼭대기에서 멋지고 우아하게 날고 있는 까만 독수리도 아니었다. 현실 속에서 갈기갈기 찢긴 내 영혼은 몽상 속에서만 내 삶의 여명을 보고 있을 따름이었다.

나는 멀리서 트란시토와 호세 씨가 마리아에게 약속한 대로 우리 집으로 오고 있는 것을 보았다. 나는 거실에서 보이는 폭포 다리에서 그들을 맞이하기 위해 정원을 지나 언덕길로 올라갔다. 그들은 나를 만나자 우리가 만나지 못했던 며칠 동안에 일어났던 일을 이야기했다.

나는 트란시토에게 브라울리오의 안부를 물었다.

"해가 쨍쨍 비칠 때 제초 작업을 해야 한다면서 집에 있겠다고 했어요. 그런데 '의자에 앉은 성모'*는 잘 지내고 있어요?"

트란시토는 어머니의 기도실에 있는 마돈나와 자기의 증인이 비슷한 얼굴을 하고 있다는 사실을 알고 난 후부터 나에게 항상 마리아의 안부를 이런 식으로 물어보았다.

"잘 지내고 있어. 지금 집에서 널 기다리고 있어."

집에 가까이 가자, 마리아와 엠마가 트란시토를 맞이하러 나왔다. 그러고는 그녀를 아주 멋지다고 말하면서 칭찬을 아끼지 않았다. 분명히 행복이 그녀를 아름답게 만들었으리라. 호세 씨는 한 손으로 모자를 들고서 두 아가씨들에게 정답게 인사했다. 그리고 선물로 가져온 야채로 가득한 어깨 가방을 내려놓고는 우리와 함께 어머니의 침실로 들어갔다. 거기서 우리는 언제 결혼식을 하느냐고 물었다. 그러자 호세 씨는 대답했다.

---

* 라파엘로가 그린 그림 중의 하나로 의자에 앉은 마돈나를 지칭함.

"잘 생각한 건지 모르겠는데, 아마 일주일 후가 될 거야. 우리가 새벽에 일찍 출발하면 해가 뜰 무렵쯤이면 마을에 닿을 수 있을 거야. 너희들은 다섯 시경에 출발하면 아마 우리와 엇비슷하게 도착할 거야. 그 시간쯤이면 신부님은 준비를 마치고 있겠지. 그런데 루이사 부인은 파티를 싫어하고, 우리 집 여자들은 전혀 춤을 못 추니까 일요일에 우리 집에 오는 게 어때? 월요일에는 각자 할 일을 할 수 있게 말이야."

"그런데 트란시토는 걸어서 마을까지 갈 건가요?"

"그럴 수야 없지! 당연히 말을 타고 가야지. 내 말이 있잖아."

"하지만 난 걸어가는 게 더 좋은데요. 루이사 부인은 걷는 것을 더 좋아하실 뿐만 아니라, 말을 겁내시잖아요."

"왜 그런 거야?"

엠마가 물었다.

"응. 우리 고향에서는 백인들만 말을 타고 다녀. 그렇죠, 아버지?"

"응. 백인이 아니면, 늙어서나 타고 다니지."

"그런데 넌 백인이잖아? 아주 하얗잖아."

나는 트란시토에게 물었다. 그러자 트란시토는 앵두처럼 얼굴을 새빨갛게 붉히면서 대답했다.

"여기서 백인이라는 것은 부잣집 규수들을 일컫는 말이야."

호세 씨는 아버지에게 인사한 후, 우리와 함께 좀 더 있으라는 부탁에도 불구하고 저녁에 돌아오겠다며 작별했다. 다섯 시경에 우리 가족은 트란시토를 산어귀까지 바래다 주러 나갔다. 이때 마리아는 내 옆에서 이렇게 속삭였다.

"만약 당신이 내가 만든 웨딩드레스와 엠마와 어머니가 선물한 귀걸이와 목걸이로 치장한 트란시토를 보았다면, 아마 그녀가 얼마나 아름다운지 감탄을 하지 않을 수 없었을 거예요."

"그럼 왜 그때 날 부르지 않았어?"

"트란시토가 반대했어요. 우리는 어머니께 결혼식에서 증인이 어떻게 해야 하는지 물어봐야 해요."

"그래, 우리에게 결혼식에서 어떻게 해야 한다고 하나

도 가르쳐 주지 않았으니까 말이야."

마리아의 눈과 입은 우리의 결혼 계획에 관해 아무 말도 하지 않고서 그대로 있었다. 그녀는 걸어가는 동안 깊은 생각에 잠겨 있었다. 산어귀에 도착하자, 브라울리오가 자기 애인을 기다리고 있었다. 그는 우리에게 정중히 인사했다.

"집에 도착하면 밤이 되겠네요."

트란시토가 우리에게 이렇게 말했다. 그들은 우리와 다정스럽게 작별 인사를 나누었다. 그러고는 숲으로 들어갔는데, 그때 브라울리오의 멋진 노랫소리가 들려왔다.

우리의 대화 이후 마리아는 즐거운 표정을 짓지 않았다. 그녀는 트란시토와 브라울리오의 다정한 모습을 보면서 곧 헤어질지도 모르는 우리와, 어쩌면 자신의 병 때문에 다시는 보지 못할지도 우리를 생각하는 것 같았다. 나는 집에 가까이 오자 그녀에게 물었다.

"왜 그렇게 슬픈 표정이야?"

"내 얼굴이 평상시와 똑같지 않았어요?"

그녀는 선잠에서 깨어난 듯이 이렇게 말했다.

“자 이제 즐거운 표정을 지어 봐.”

“즐거운 표정이요? 그럼 당신도 그럴 거지요?”

“그럼, 물론이지.”

“저…… 난 당신이 원하는 거라면 뭐든지 할 거예요. 내게 원하는 것 없어요?”

“아무것도 없어. 아! 그렇지! 내게 준다고 하고서 주지 않은 것.”

“그게 뭐지요? 기억이 나질 않아요.”

“머리카락.”

“머리를 빗으면 표가 나지 않을까요?”

“머리 끈을 자르다가 함께 잘랐다고 하면 되잖아.”

“그럼 오늘 밤에 줄게요.”

나는 소매 레이스와 모슬린 옷 아래로 살포시 드러난 그녀의 팔을 살며시 쥐었다. 그녀는 자기 손으로 내 손을 잡기 위해 조금씩 손을 미끄러뜨리며 내렸다. 그러더니 계단에서 그 손을 내 입술이 있는 곳까지 올리더니 내게 기댔다.

“자 이젠 괜찮지요. 우리 다시는 슬픈 표정 짓지 말아요.”

아버지는 그날 밤 저녁 식사 후《매일신문》최근 호를 읽어 달라고 했다. 신문을 다 읽자 아버지는 방으로 들어갔고 나는 거실로 갔다. 나는 후안에게 갔고, 그는 내 무릎에 머리를 기댔다.

"오늘 밤은 일찍 안 자니?"

나는 그를 쓰다듬으며 물었다. 그러자 후안은 더듬거리며 말했다.

"난 형이랑 같이 잘래."

"왜 마리아랑 안 자?"

"나 오늘 화났어. 내가 고깔모자 이야기를 해 달라고 했는데 해 주지 않았어. 키스도 해 달라고 했는데 들은 척도 하지 않았어."

나는 후안의 말을 통해 마리아가 계속해서 침통해 있지 않나 걱정했다.

"너 오늘 밤에 잠을 잘 안 자면 마리아가 내일 너랑 함께 놀지 않을걸."

"그럼 나는 내일 꽃 줍는 것 안 도와줄 거야. 그리고 형 욕실로 빗도 갖다 놓지 않을 거고. 내가 마리아 데려올게.

형이 혼 좀 내 줘."

그렇게 말하면서 후안은 마리아를 찾으러 갔다. 잠시 후 마리아의 손을 억지로 끌고서 내게 데려왔다.

"어디로 데려가는 거야?"

"여기."

후안은 강제로 마리아를 내 옆에 앉히면서 대답했다.

나는 마리아에게 그녀의 응석받이가 이야기한 것을 모두 말해 주었다. 그녀는 손으로 후안의 이마를 어루만지더니, 서로 이마를 마주 대고 말했다.

"못된 놈 같으니라고! 에프라인하고 가서 자."

후안은 내게 안아 달라고 시늉하면서 울었다. 마리아도 한 손으로 눈을 가리고 우는 시늉을 했다. 후안이 잠시 머뭇거리더니 마리아에게 안겼다. 그러자 나는 후안에게 말했다.

"네 팬티 좀 보여 줘."

후안은 마리아와 나 사이에 있는 소파에 서더니 평생 처음으로 입은 팬티를 보여 주었다.

"어이구 예뻐! 말 잘 들으면 승마 바지, 박차, 승마 안장도 모두 사 줄게. 그리고 까만 말도 사 주지."

나는 후안을 안으면서 말했다.

마리아의 목을 껴안은 채 후안은 내게 긴 입맞춤을 해 주었다. 그러고는 서 있던 곳에서 꿇어앉아 기도를 한 후, 졸린 듯이 마리아의 치마 품에 누웠다. 나는 마리아의 왼쪽 손이 후안의 머리카락 위에 있는 것을 보았다. 그리고 재빨리 나를 보더니 후안의 머리카락 사이로 내게 약속했던 그녀의 머리카락을 보여 주었다. 나는 얼른 그것을 받았다. 그러자 그녀는 잠시 멈추면서 말했다.

"내가 그걸 요구하는 것은 너무 무리한 부탁인가요?"

"내 머리카락 말이야?"

그녀는 그렇다고 고개를 끄덕이면서 이렇게 덧붙였다.

"어머니 머리카락을 보관하는 작은 상자에 함께 보관해도 될까요?"

32

다음 날 아침 나는 농장에 함께 가는 것을 못마땅하게 생각한다는 사실을 아버지가 눈치채지 못하도록 애써야 했다. 아버지는 항상 여행을 떠나면서 그랬던 것처럼, 모든 일에 참견했다. 그는 습관대로 필요하지도 않은 지시를 사사건건 내렸다. 우리가 집에서 떠나 일주일 동안 농장에 있을 예정이었기 때문에 음식과 식량을 챙겨 가야 했다.

"모두 다 준비되었니?"

아버지는 엠마와 마리아가 챙기는 식량 꾸러미를 보며 말했다.

"예."

마리아가 대답했다.

"이 정도면 제사를 지내고도 남겠군. 우리가 농장에서 잘못 보내지 않도록 네가 제일 열심히 일하는구나. 이 식량이면 보름은 넉넉히 지낼 수 있겠다. 모두 잘 준비되었구나. 그런데 최근에 가져온 적포도주가 보이지 않는구나. 꼭 가져가야 되는데……"

"더 이상 들어갈 틈이 없어요."

마리아는 웃으면서 말했다.

"그럼 들어가나 안 들어가나 한번 보자꾸나."

그렇게 말하고서 아버지는 포도주를 보관하고 있던 곳으로 갔다. 그리고 후안 앙헬과 함께 적포도주에 연어 통조림까지 들고 왔다.

"이것까지 가져가시려고요!"

마리아는 통조림을 보자 놀라서 말했다.

아버지가 다 꾸려진 가방에서 어떤 상자를 꺼냈다. 그러자 마리아가 말했다.

"이건 꼭 가져가셔야 돼요. 제가 만든 건데, 아버지가 제일 좋아하시는 국수라……"

"그럼 그것 대신에 포도주를 넣으면 되겠구나."

아버지는 이렇게 농담하면서 국수 옆에 통조림을 끼어 넣었다.

"자 점심 식사가 준비된 것 같구나. 에스테파나가 없으니 그냥 놔두고 우리끼리 먹자."

아버지는 엠마를 보며 말했다.

내가 식당으로 가려고 하자 마리아는 어머니 침실에서 나오며 나를 멈추었다. 그러자 나는 말했다.

"지금 네가 원하는 부분의 머리를 잘라."

"아이, 지금은 안 돼요!"

"어디를 원하는데?"

"표시 안 나는 부분이요."

그러고는 내게 가위를 건네주며 목에 걸고 다니는 작은 보석함을 열었다. 상자는 텅 비어 있었다. 마리아는 말했다.

"여기에 놓아요."

"그럼 네 어머니 머리카락은 어디에 놓을 거야?"

"당신 머리카락이 보이지 않게 그 위에 올려놓을 거예요. 그런데 오늘은 꽤 기분이 좋은 것 같네요."

"아니야. 아버지가 기분을 상하지 않도록 그러는 거야. 내가 아버지를 돕는 것이 당연한 일인 것 같고……"

"맞아요. 그래야만 돼요. 나도 어머니와 엠마가 걱정하지 않도록 더 이상 슬픈 표정은 짓지 않을 거예요."

"내 생각 많이 해야 해."

나는 말하면서 그녀의 어머니 머리카락 밑에 내 머리카락을 놓는 마리아의 손에 입을 맞추었다.

"그럴게요."

마리아는 다정하고 순진무구한 눈으로 나를 바라보며

대답했다.

우리는 헤어져서 각자 다른 입구로 식당에 도착했다.

33

우리는 일주일간 농장에 머무르면서 밤늦게까지 일했다. 마지막 날 밤에 아버지는 침대에 기댄 채 편지를 구술하고 나는 그것을 받아썼다. 거실의 시계가 밤 열 시를 알렸다. 나는 방금 쓴 구절의 마지막을 반복해서 읽었다. 아버지가 더 이상 아무 말도 구술하지 않자, 나는 그가 듣지 못한 줄 알고 고개를 들어 쳐다보았다. 아버지는 깊은 잠에 빠져 있었다. 그는 피로를 모르는 사람이었다. 나는 방의 불빛을 약하게 줄이고, 창문과 방문을 절반쯤 닫고는 복도로 나와 어슬렁거리면서 아버지가 깨어나기를 기다렸다.

약 50미터 정도 본채에서 떨어져 있는 하얀 대문이 평원의 어둠 속에서 눈에 띄었다. 그리고 저 멀리 보이는 산에서는 태평양의 폭포수 같은 마른번개가 쳤다.

'마리아! 마리아는 내가 내일 자기 곁으로 갈 것을 생각하면서 미소 지으며 잠들겠지……' 나는 조용히 속삭이며 잠자고 있는 자연의 정취에 흠뻑 빠져 이렇게 생각했다.

하지만 그 다음은…… 그 다음은 생각하고 싶지 않았다. 바로 공부하러 떠나야 되기 때문이었다.

그때 평원을 가로지르는 말발굽 소리가 들렸다. 나는 그것이 나흘 전에 칼리로 보낸 하인이라는 것을 알았다. 우리는 그가 가져올 중요한 서신 때문에 초조하게 기다리고 있던 중이었다. 잠시 후 그가 도착했다.

"카밀로니?"

나는 그에게 물었다.

"예, 주인님."

그는 내게 인사한 후 편지 묶음을 건네주었다.

이 하인의 말발굽 소리를 듣자 아버지는 잠을 깼다.

"누구냐?"

아버지는 방금 도착한 하인에게 물었다.

"카밀로입니다. 열두 시경에 떠났는데, 카우카 강이 범람하여 과야보까지 넘쳤습니다. 그래서 늦게 도착했습니다."

"펠리시아나에게 먹을 것 좀 올려놓으라고 하고, 그 말은 쉬게 해라."

아버지는 편지 묶음 속에서 마침내 원하던 편지를 찾고는 내게 말했다.

"이것부터 시작하자."

나는 큰 소리로 읽기 시작했다. 하지만 어느 지점에 다다르자 나도 모르게 읽기를 멈추었다. 그는 내가 읽던 편지를 집더니 입술에 경련을 일으키면서 편지를 읽어 내려갔다. 그런데 다 읽고서는 그 편지를 탁자 위에 집어던지면서 말했다.

"그놈이 죽었다니! 이 편지 좀 봐라! 결국 네 어머니가 걱정하던 대로 일이 일어나고야 말았다."

나는 내가 생각하던 것이 사실인지 확인하기 위해 편지를 집어 들었다.

"크게 읽어라."

아버지는 방을 서성거리기 시작하면서 이마로 땀을 흘렸고 수시로 땀을 훔쳤다. 그러고서 이렇게 결론 내렸다.

"다른 방법이 없군. 내가 잘못한 것이지."

나는 이 손실을 줄일 수 있는 방법이 있다고 말했다.

"그래, 그렇게 하는 게 좋을 것 같구나. 그가 죽을 줄 누가 알았겠어. 난 사람을 불신하는 법을 평생 배우지 못하고 죽을 것 같구나."

아버지는 어느 정도 안정을 되찾으며 말했다.

이것은 사실이었다. 그는 장사를 하는 동안 똑같은 일로 많은 교훈을 배웠었다. 어느 날 아버지는 혼자 도시에 있을 때, 급히 외국 채권자들에게 보내기 위해 상당한 양의 현금을 금으로 바꿔 오라며 어느 하인을 초코 지방으로 보낸 일이 있었다. 그러나 그 하인은 돌아와서 이렇게 말했었다.

"저는 생명을 걸고 돈을 지키려고 했지만 모두 강탈당하고 말았습니다. 저에게 노새 운임과 총탄값을 주십시오."

"전부 빼앗겼다는 말이냐?"

"예, 주인님."

"그럼 책상 서랍에서 필요한 돈을 가져가도록 해라."

그러고는 다른 하인을 불러 이렇게 지시했다.

"심부름 갔던 하인이 돌아왔으니 그에게 밥을 차려 주도록 해라."

하지만 지금은 그때와 달랐다. 젊었을 때 겪은 경제 파탄은 미래를 위한 교훈이기 때문에 한마디 불평이나 탄식도 없이 동요하지 않고 해결할 수 있었다. 그러나 늘그막에 받는 물질적 타격은 비겁한 적이 머리를 총으로 겨누는 것과 같은데, 이는 바로 무덤으로 갈 길만이 기다리고 있기 때문이다.

아버지는 그 불행한 사건을 기억했다. 그렇지만 내가 편지를 읽은 후 세 시간 정도가 지나자 아버지는 침대에서 내게 말했다.

"지금 일어난 일은 가능하면 네 어머니에게 알리지 않는 편이 좋겠다. 그래서 말인데, 하루 정도 여기서 늦게 떠나는 것이 좋을 것 같구나."

다음 날 나는 잠을 이루지 못할 정도로 치민 화를 식히기 위해 해가 뜨기도 전에 시원한 공기를 찾아 밖으로 나갔다. 홍관조와 몇몇 새들이 날이 밝고 있음을 말해 주었다. 자연은 잠에서 깨어나 기지개를 켜고 있었다. 새벽의 첫 햇살을 받으며 바나나 나무 사이로 개미핥기새와 홍관조가 뛰놀았다. 그리고 한 쌍의 비둘기는 이웃 숲속으로 가려고 날아올랐고, 앵무새 떼의 아우성은 마치 시끄러운 물소리 같았다.

난 이제 더 이상 이런 노랫소리를 듣지 못할 것이고, 이런 자연의 향기도 더 이상 맡지 못할 것이다. 햇살 가득한 이 아름다운 풍경을 더 이상 보지 못하다니!

그날 해가 저물 무렵에 우리는 푸른 산기슭을 올라가 집으로 향했다. 계곡에서 풀을 뜯고 있던 노새들은 놀란 듯이 우리에게 길을 비켜 주었고, 물가에서 놀던 물떼새는 노래하면서 급류로 날아올랐다. 저 멀리 서쪽으로는 우리를 기다리는 식구들의 모습이 보였다. 그러자 아버지는 우리가 늦은 이유를 아무한테도 말하지 말고, 아무 일도 없었던 것처럼 행동하라고 신신당부했다.

34

저쪽 산기슭에서 우리를 기다리는 사람들이 보였다. 나는 가족들 중에서 마리아가 없다는 것을 알았다. 하지만 그때 우리 왼쪽으로 계곡이 훤히 보이는 커다란 바위 위에 마리아가 서 있는 것을 보았고, 엠마는 그녀에게 내려오라고 소리쳤다. 우리는 마리아에게 가까이 갔다. 마리아의 길고 윤기 흐르는 곱슬머리는 엷은 녹색의 모슬린 옷과 대조되어 더욱 검게 보였다. 그녀는 치마가 바람이 흩날리지 않게 앉으면서, 초조해하며 조바심 내는 자신을 비웃는 엠마를 보며 말했다.

"더 이상 어떻게 할 수가 없어."

"얘야, 어떻게 거기까지 올라갔니?"

아버지는 놀란 표정이었지만, 한편으로는 미소를 짓고 말했다.

마리아는 장난을 치는 자신의 모습이 부끄러워 우리의 인사에 이렇게 대답했다.

"우리끼리 단둘이 있어서 그냥……"

"그러니까 네가 내려오려면 우리가 가야 한다는 뜻이구나. 엠마는 어떻게 내려왔지?"

"다행히 제가 도와주었어요."

"아니에요. 전 겁이 없거든요."

"그럼 됐다. 이만 가자. 하지만 조심해서 내려오도록 해라."

아버지는 나를 보며 말했다. 내가 거기에 그대로 남아 있을 것임을 알고 있는 것 같았다. 마리아는 눈으로 '가지 마세요'라고 말했다. 아버지는 말에 올라타더니 집으로 향했다.

"이쪽으로 올라왔어요."

마리아는 바위의 구멍을 가리키며 내게 말했다.

"그런데 왜 이렇게 늦게 왔어요?"

"여기서 해결할 수 없는 일을 마무리하느라고 늦었어. 지난 일주일 동안 뭘 하며 지냈어?"

"시간이 지나가기만을 기다리면서 바느질도 하고, 생각도 많이 했어요."

"무슨 생각을 했는데?"

"생각은 했지만 말로는 표현할 수 없어요."

"아무 책도 안 읽었어?"

"예. 혼자 책을 읽으면 슬퍼져서 읽지 않았어요. 이제 장리 백작 부인의 《별장의 저녁》이나 비센테 로드리게스 데

아레야노의 《농장의 오후》에 실린 단편 소설은 재미가 없어요. 샤토브리앙의 《아탈라》를 다시 읽으려고 하는데 당신이 말하기를……"

그러고는 우리를 몇 발짝 앞서가는 내 여동생을 바라보았다.

"엠마야, 왜 그렇게 빨리 걸어가니?"

엠마는 잠시 멈추어서 웃더니 다시 걷기 시작했다.

"그저께 밤 열 시경에 뭐 했어?"

"그저께 밤이라고요? 그런데 왜 그걸 물어요?"

"난 그 시간에 생각을 할 수 있지만 말로는 표현할 수 없는 것을 상상하면서 쓸쓸해하고 있었어. 그런데 넌 무엇을 하고 있었을까 궁금해."

"아마 바보 같은 생각을 하고 있었을 거예요. 어머니가 잠을 이루지 못한다고 하시기에 어머니와 함께 있었어요. 우리는 당신 방의 창문에서 나는 잎사귀 소리를 듣고는 당신이 창문을 열어 놓지 않았을까 걱정이 되어 거실에서 촛불을 들고 그곳으로 갔는데…… 그때 일어난 일을 생각하면 온몸이 오싹 떨려요."

"계속 말해 봐."

"우린 방문을 열었고, 나뭇가지가 바람에 흔들리는 창문 사이로 보였어요. 그런데 그 나뭇가지에 큰 비둘기만한 까만 새가 한 마리 앉아 있었어요. 그 새는 내가 한 번도 들어보지 못한 울음소리를 내고 있었는데, 내 손에 든 촛불을 보자 흠칫 놀라서 우리 머리 위를 스쳐 지나가면서 촛불을 꺼 버렸어요. 그날 밤 나는 꿈을 꾸었는데…… 그런데 왜 그런 표정을 짓나요?"

"왜 내가 어때서?"

나는 그 이야기를 듣고 충격을 받았지만 그걸 내색하지 않고 물었다. 그녀가 말하고 있는 것은 아버지와 내가 불운의 편지를 읽고 있던 바로 그 시간에 일어났던 일이었다. 그리고 그 까만 새는 마리아가 발작하던 날 밤, 폭풍우 속에서 내 이마를 친 바로 그 새였다. 나는 형언할 수 없는 공포에 사로잡혔다. 나는 무어라고 딱 꼬집어 말할 수 없는 그런 것에 대해 막연한 두려움을 느꼈다. 그러나 아버지와 맹세한 다짐에 따라 나는 입고 온 옷을 갈아입어야 되겠다는 핑계를 대고서 내 방으로 갈 때까지 내 자신을 억제했다. 그리고 가능한 한 안정을 되찾으려고 노력했다.

35

12월 12일은 트란시토의 결혼식이 열리는 날이었다. 우리는 농장에서 도착하자마자 하인을 통해 호세 씨에게 우리가 일곱 시나 여덟 시경에 마을 교회에 있겠다는 메시지를 보냈다. 어머니, 마리아, 펠리페, 그리고 나는 결혼식에 참석하기로 했고, 엠마는 신랑 신부가 돌아오면 줄 예쁜 선물을 준비해야 한다면서 집에 남아 있기로 했었다. 전날 밤 저녁 식사가 끝나자 엠마는 내 방 복도에 있는 소파에 앉아서 기타를 쳤다. 그리고 마리아와 나는 난간에 기대어 대화를 나누었다.

"당신에게 무슨 일이 있는 것 같은데 짐작을 못 하겠어요."

마리아가 이렇게 대화를 시작했다.

"그래, 맞아. 난 항상 무언가를 마음속에 숨기면서 살아왔어."

"그게 아니에요. 내가 말하는 것은 항상 그렇다는 얘기가 아니라, 오늘 밤 어쩐지 이상하다는 거예요."

"난 4개월 동안 너를 속이면서…… 난 너를 속여 왔어. 난 너를 정말 얼마나 사랑하는지 아직도 고백하지 못했어."

"내가 느끼는 것보다 더 사랑했어요? 그런데 왜 그걸 이야기하지 않았죠?"

"겁났기 때문이야."

"무슨 겁이요?"

"내가 너를 사랑하는 것보다, 네가 날 덜 사랑할까 봐 겁났어. 그건 그렇고 내가 오늘 저녁 이토록 침착하게 보이려고 애쓰는 것은 이유가 있어서야."

나는 이틀 전에 일어났던 사건을 이야기했다.

"그 까만 새네요!"

내가 말을 끝내자마자 마리아는 이렇게 말하고는 공포에 떨며 내 방 쪽으로 시선을 돌렸다.

"그건 단지 우연일 뿐이야. 그런 것 때문에 걱정하고 있는 거야?"

"난 내가 꿈꾼 것 때문에 걱정하고 있는 거예요."

"아직도 그 꿈이 뭔지 말해 주지 않을 거야?"

"오늘은 안 돼요. 방으로 가기 전에 잠시 엠마와 이야기나 하는 게 좋을 것 같아요."

30분 정도 지난 후, 우리는 다음 날 떠날 여행 때문에 일찍 일어나기로 약속하고 헤어졌다. 다섯 시도 채 되기 전에 후안 앙헬이 내 방문을 두드렸다. 펠리페와 그는 말안장 등을 비롯해 여행에 필요한 것을 준비하느라 몹시도 부산히 움직였고, 나는 그들을 도와주었다. 모든 준비가 마치자, 마리아가 거실 문을 열었다. 그리고 에스테파나가 들고 있던 커피 두 잔 중에서 하나를 내게 건네주면서 아침 인사를 했다. 그 후에 마리아는 또 다른 한 잔의 커피를 주기 위해 펠리페를 불렀다.

"오늘은 그 짙은 갈색 말이 전혀 말을 안 듣는데."

펠리페가 웃으며 말했다. 그러자 나는 마리아에게 물었다.

"어떤 말을 타고 갈 거지?"

"짙은 갈색 말이요."

"그건 안 돼!"

나는 놀라서 이렇게 외쳤다.

"왜요? 내가 말에서 떨어질까 봐요?"

"그래."

"난 전에도 그 말을 탄 적이 있어요. 나는 그때의 내가 아니에요. 아무 일도 없을 테니 걱정하지 말아요."

"하지만 그 말을 탄 지가 오래되었잖아. 네 치마 때문에 말이 놀랄지도 모르는데."

"채찍도 안 쓰고 탈 자신 있어요."

펠리페는 자기의 새로운 박차를 달아 주면서 자기 말을 정원에서 마음껏 뛰놀게 했다. 어머니도 떠날 채비를 하고 있었다. 나는 어머니가 좋아하는 엷은 장밋빛이 감도는 말을 준비했다. 나는 짙은 갈색 말에 마리아를 태우며 안절부절못했다. 그녀는 안장에 올라타기 전에 흥분해 있던 말의 목을 쓰다듬었다. 그러자 그 말은 마리아가 올라탈 수 있도록 꼼짝하지 않고 재갈을 물었다.

드디어 우리는 출발했다. 후안 앙헬은 마을에서 아가씨들이 입을 옷 꾸러미를 안장 위에 올려놓고서 우리를 안내했다. 우리가 푸른 평원에 도착하자 산을 가렸던 희뿌

연 안개가 걷히면서 햇빛이 숲을 밝히기 시작했다. 저 멀리 우리 집이 있는 사발레타는 푸른 숲으로 테를 두르고서 은빛 색깔을 띠고 있었다. 평원을 가로질러 울창한 숲으로 들어갈 때까지 마리아와 나는 한마디도 없이 침묵을 지켰다. 반면에 펠리페는 쉴 새 없이 어머니와 대화를 나누었다. 그때 마리아가 내게 가까이 와서 물었다.

"무엇을 그리 골똘히 생각하세요? 어젯밤과 같은 표정이네요. 무슨 큰일이라도 있었어요?"

"그런 문제를 생각하고 있던 것이 아니야. 너를 보자 그런 것은 이미 다 잊었어."

"그렇게 손도 쓸 수 없을 정도로 손해가 막심해요?"

"그게 아니라, 내가 생각하고 있던 것은 브라울리오가 지금쯤 얼마나 행복할까 하는 것이야."

"단지 그의 행복만을 생각한 거예요?"

"브라울리오의 행복을 생각하는 편이 훨씬 쉬워. 그는 오늘부터 아주 행복할 거야. 반면에 나는 여기를 떠나야 하고, 그러면 몇 년 동안은 널 보지도 못할 텐데……"

그녀는 나를 쳐다보지 않은 채, 잠자코 내 말만 들었다.

마침내 그녀가 눈을 떴다. 하지만 그 눈은 아침에 반짝이는 빛을 내며 행복을 말하던 그런 눈이 아니었다. 그녀는 미사포를 들면서 물었다.

"손해가 그리 커요?"

"왜 자꾸 그 문제를 들추는 거지?"

"짐작 못하겠어요? 난 단지 당신이 슬퍼 있는 이유가 그것 때문이라고 생각했는데……"

"어제 그 소식을 듣고는 어땠어?"

"들을 때는 슬펐는데, 나중에는……"

십오 분 후에 내 말과 마리아의 말은 다시 한 짝이 되어 보조를 맞추었다. 우리는 다시 평원으로 접어들었다. 거기에서는 마을의 교회 탑이 희미하게나마 바라보였다.

"어제 무슨 생각을 했는지 말해 봐."

"만약 피해가 크다면 아버지는 당신의 도움을 필요로 할 거예요. 그러면 이제부터 아버지를 돕겠다고 말하면, 아버지도 동의하실 것이고……"

마리아는 채찍으로 말의 갈기를 때리면서 말했다.

"그럼 내가 의학 공부를 마칠 수 있도록 유럽으로 보내겠다고 하신 아버지께 내 의견을 말하겠어. 아버지가 신용을 되찾을 때까지 곁에서 함께 일하고 싶다고 하면 아마 동의하실 거야. 그럼 나는 너와 헤어지지 않아도 되고……"

그녀는 눈을 들지 않은 채, 내게 그렇다는 의미가 담긴 표정으로 대답했다. 산들바람에 흩날리는 미사포를 쓴 마리아는 마치 천사 같았다. 마을에 도착하자 브라울리오가 인사를 하면서, 신부님이 우리를 기다리고 있다고 전해 주었다. 어머니와 마리아는 옷을 갈아입었다. 그리고 우리는 교회로 향했다. 교회 옆쪽에 있는 사제관에 다가가자 노신부는 함께 점심을 하자고 초대했지만, 우리는 최대한의 예의를 갖추어 거절했다.

결혼식이 시작하자 브라울리오는 약간 긴장한 표정이었지만 행복해 보였다. 트란시토는 바닥만 바라보고 있었으며, 순서가 되자 떨리는 목소리로 사제가 묻는 말에 대답했다. 호세 씨는 노신부 옆에서 굳게 초를 쥐고 서 있었으며, 그의 눈은 계속해서 사제와 자기 딸을 번갈아 쳐다보았다. 그런 그의 눈에는 눈물을 흘린 흔적이 역력히 남아 있었다. 사제가 신랑과 신부의 손을 서로 잡게 하면서 축복을 내렸다. 그때서야 비로소 트란시토는 자기 남편을 바라보았다. 그 시선은 사랑과 겸허가 담긴 순수한 표정이었고, 그 표정은 하느님 앞에서 한 남자에게 사랑을 바친다는 것을 보여 주고 있었다.

미사가 끝나고 우리가 교회에서 나오자, 브라울리오는 우리가 말을 타려고 준비하는 동안 자기들은 먼저 마을을 걸어서 떠날 것이지만, 곧 우리가 그들과 만날 수 있을 것이라고 말했다. 약 30분 후 우리는 신랑, 신부와 호세 씨를 볼 수 있었다. 트란시토는 일요일 미사에 갈 때처럼 정장을 입고 있었다. 우리가 그들의 집으로 찾아가겠다는 약속을 하고 헤어지려는 순간, 트란시토는 마리아에게 달콤한 미소를 지었다. 마리아는 자기 손으로 그녀의 손을 감싸고서 말했다.

"난 네가 집까지 걸어서 가야 한다고 생각하니 몹시 슬퍼."

"왜? 우리는 집까지 천천히 걸어갈 거니까 걱정하지 마."

트란시토는 호세 씨와 브라울리오를 보며 말했다. 그때

어머니와 펠리페가 우리 쪽으로 와서 호세 씨에게 다음 날 우리 집에서 식사를 하자고 초대했다. 그는 그 초청을 수락할 수밖에 없었다.

돌아오는 길에서 나눈 대화는 매우 진부하고 따분했다. 그래서 마리아와 나는 말만 타면 피곤하다고 불평하는 어머니를 즐겁게 해 주기로 했다. 집에 다 와서야 마리아는 겨우 들을 수 있는 모기만 한 목소리로 내게 말했다.

"오늘 아버지께 말할 거예요?"

"응."

"오늘은 말하지 말아요."

"왜?"

"그냥, 말하지 말아요."

"그럼 언제가 좋다고 생각해?"

"만약 일 주일 동안 기다려 봐서 유학에 대해 아무 말씀이 없으면, 그때 말하는 것이 좋을 것 같아요. 언제가 가장 좋은 때인지 알아요? 아버지와 함께 일을 많이 한 다음 날이에요. 아버지는 당신이 도와주어 무척 고맙게 생각할 테니까요."

"그럼 그동안 나는 내 제안을 아버지가 받아들일지 아닐지 모르는 불안감 속에서 살아야 한단 말이지?"

"만일 아버지가 동의하지 않는다면 어떻게 할 거예요?"

"겁나?"

"예."

"그럼 어떻게 할까?"

"아버지 말씀을 따라야 해요."

"그럼 너는?"

"모르겠어요."

"아마 승낙하실 거야, 마리아."

"내가 시키는 대로 하세요. 그럼 모든 일이 잘 될거예요."

36

우리가 집에 도착했을 때, 나는 어머니 방의 창문이 굳게 닫혀 있는 것을 보고 이상하다고 생각했다. 어머니와 마리아가 말에서 내리는 것을 도와주고 있는데, 엘로이사가 달려와 시끄럽게 하지 말라는 시늉을 하면서 말했다.

"아버지가 편찮으셔서 누워 계세요."

단지 마리아와 나만이 그 원인을 짐작할 수 있었다. 마리아와 어머니는 아버지를 보러 먼저 들어갔고, 나는 그 뒤를 따라 들어갔다. 아버지는 우리가 놀란 것을 알았는지 오한으로 떨리는 목소리로 말했다.

"아무 일도 아니야. 감기가 걸린 모양이다."

그의 손발은 차가웠고, 이마에는 열이 있었다. 30분 후 어머니와 마리아는 평상복으로 갈아입었다. 점심 식사가 차려졌지만, 그녀들은 식탁으로 오지 않았다. 내가 식탁에서 일어나자 아버지가 나를 찾는다고 엠마가 전해 주었다. 아버지의 열은 아까보다 더욱 심했다. 마리아는 침대 한쪽 구석에 기대고 서 있었다.

"이 불들 좀 꺼라."

내가 들어오자 아버지가 말했다. 그러자 어머니가 말했다.

"에프라인이 왔어요."

하지만 아버지는 어머니의 말을 듣지 못한 것 같았다. 잠시 시간이 흐른 후 아버지가 말을 이었다.

“이제 한 가지 방법밖에 없어. 그런데 이 서류를 발송해야 하는데 에프라인은 어디 있지?”

나는 내가 그곳에 있다고 알려 주었다. 그러자 아버지가 말했다.

“좋아. 서명하게 편지를 가져오너라.”

어머니는 한쪽 손을 이마에 대고 있었고, 마리아와 엠마는 나를 쳐다보면서 정말로 그런 편지가 있는지 궁금해했다.

“아버지가 회복되시면 함께 발송하겠어요.”

“뭐라고!”

아버지는 몇 마디 중얼거리더니 깊은 잠에 빠졌다.

어머니는 거실로 나를 부르더니 말했다.

“의사를 부르는 것이 좋겠다. 네 의견은 어떠니?”

“그게 좋을 것 같아요. 열이 내리더라도 오시라고 하는 게……”

“모든 병은 전부 이런 식으로 시작한단다. 좀 심각한 것 같구나.”

나는 의사에게 하인을 보내고서 다시 나를 부르는 아버

지 곁으로 갔다.

"언제 돌아왔지?"

"한 시간 전에 왔어요."

"어머니는 어디 있어?"

"제가 불러오겠어요."

"아무것도 모르게 해라."

"예, 그럴게요. 걱정 마세요."

"그 편지에 추서追書를 덧붙였지?"

"예."

"서랍에서 편지와 영수증을 꺼냈니?"

아마도 그의 뇌리에서는 며칠 전에 당한 피해를 복구해야 한다는 강박 관념이 가시지 않은 것 같았다.

"최근에 아버지에게 무슨 일이 있었니? 나쁜 소식이라도 있었어? 도대체 뭘 숨기고 있는 거지?"

"숨기는 것은 하나도 없어요."

나는 최선을 다해 자연스럽게 어머니에게 대답했다.

"그럼 이 병은 왜 난 것이지? 아버지가 투덜대는 그 사람은 도대체 누구냐? 그리고 무슨 편지를 말하는 거지?"

"저는 전혀 몰라요."

어머니는 내 대답에 만족하지 않았지만, 난 다른 대답을 할 수가 없었다. 네 시에 의사가 도착했지만 아버지의 열은 내리지 않았다. 아버지는 계속해서 헛소리를 했고, 가끔씩 깊은 잠에 빠졌다. 감기 처방에 필요한 모든 민간요법은 다 해 봤지만 그때까지 아무런 효과도 없었다. 의사는 검진을 한 후에 목욕물과 호흡기 치료에 필요한 모든 것을 준비하라고 했다. 그런 후 나는 의사와 함께 내 방으로 갔다. 아버지에게 물약을 준비하는 동안 나는 의사에게 무슨 병이냐고 물었다.

"아마도 뇌와 관련된 열병 같네."

"그럼 신장 부위가 아프다고 하는 것은 왜 그런 거죠?"

"다른 큰 원인은 없으리라 생각되지만, 계속 관찰해 보아야 할 것 같네."

"병이 심각한 정도인가요?"

"모든 열병이 이런 식으로 시작하는데, 제때 치료하면 별 문제는 없을 것이네. 요즘 아버지가 많이 피곤했나?"

"예, 어제까지 농장에서 과도하게 일을 했어요."

"무슨 기분 나쁜 일은 없었나?"

"박사님께는 솔직하게 말씀드릴게요. 사흘 전에 성공적이리라 기대했던 사업이 망했습니다."

"그게 큰 충격을 준 것인가? 이런 식으로 말하는 것을 용서하기 바라네. 아마 자네도 공부하면서, 특히 실습을 하면 정신적인 요인에 기인하는 병이 다른 증상으로 나타날 수도 있고, 합병증을 유발시켜 병을 악화시킬 수도 있다는 것을 알게 될 것이네."

"그러니까 제가 말씀드린 것이 이 병의 가장 큰 원인이라고 확신하시는군요. 부탁드릴 것이 있는데, 아버지께서는 어머니가 이 사실을 모르도록 하셨으니, 이것을 반드시 지켜 주셨으면 합니다."

"그렇게 하겠네. 이제 약을 먹이도록 하게."

의사는 이렇게 말하면서 이미 조제해 놓은 물약을 들고 일어섰다.

벌써 새벽 두 시였다. 열은 전혀 내리지 않고 있었다. 그때까지 우리 집에 머물러 있던 의사는 만일 위험한 증상이 발생하면 즉시 다시 부르라고 하면서 돌아갔다. 촛불로 밝혀진 우리 집은 깊은 적막에 싸여 있었다.

어머니는 침대 머리맡에 앉아 있었다. 마리아는 차디찬 아버지의 발에 온기가 돌아오도록 애썼다. 난 마리아에게 다가가서 조용히 말했다.

"가서 조금 쉬어."

"왜요?"

마리아는 고개를 들면서 말했다.

"이렇게 밤을 새면 병나."

"몇 시예요? 난 피곤하지 않아요. 곧 해가 뜰 테니 그동안 당신이나 가서 주무세요. 필요하면 부를게요."

"잠시만 내가 네 자리를 지켜 줄게."

"그럼 그렇게 해요."

마리아는 아무도 듣지 못하도록 조심스럽게 말하면서 후안이 어떻게 자고 있는지 살펴보려 나갔다.

후안은 깨어나서 마리아가 보이지 않자 이상해서 그녀를 찾고 있었다. 잠시 후 마리아는 아버지가 깨지 않게 후안에게 입맞춤을 해 주면서 그를 달랬다. 벌써 세 시였다. 마리아는 곧 자기 자리로 되돌아왔다.

"약 마실 시간이지?"

"그런 것 같아요."

"맞는지 어머니한테 물어봐."

마리아가 물약을 들고, 나는 촛불을 든 채 침대로 갔다. 우리가 부르는 소리에 아버지가 눈을 떴다. 우리는 약을 마시라고 했고, 아버지는 오른쪽 옆구리가 아프다고 하면서 다시 자리에 누웠다. 그는 자기 주위에 몇 명이나 있는지 살펴보고는 몇 마디 말을 했다. 그중에서 우리는 '목말라'라는 말을 들을 수 있었다.

"이 약 먹으면 괜찮아지실 거예요."

어머니가 컵을 주면서 아버지에게 말했다.

아버지는 다시 베개 쪽으로 누우면서 머리를 감싸고 말했다.

"여기! 여기야!"

우리는 아버지를 일으키려고 했지만 소용없는 일이었다. 아버지의 얼굴에 쇠약해진 빛이 역력했다. 마리아는 침대 모서리에 앉아 다정스럽게 말했다.

"아버지, 이 약 드시게 일어나세요. 제가 도와 드릴게요."

그러면서 왼쪽 팔로 그를 받치고는 자기 가슴에 기대었다. 어머니는 약이 든 컵을 내게 주었고, 아버지는 그것을 마신 후에 다시 침대에 누웠다.

"의사 선생님께서 뭐라고 하셨어요?"

마리아가 물었다.

"좀 더 센 처방을 하려면 기다려야 한다고 했어."

"가서 쉬세요. 벌써 세 시 반이에요."

"네 얼굴이 창백해 보이는데."

마리아는 어머니 화장대 거울 맞은편에 있었다. 내가 그 말을 하자 그녀는 손가락으로 머리를 빗었다. 마리아와 어머니가 쉬러 가자, 나는 침대 머리맡에 앉았다. 그러자 날이 밝아 오기 시작했다. 그때 의사가 들어왔다.

"박사님을 다시 부르러 갔었나요?"

"아니네. 내가 여기에 있어야 할 것 같아서 왔네. 아버지는 좀 어떤가?"

나는 내가 본 것들을 이야기했다. 그는 맥박을 짚고 시간 경과에 따른 병 상태를 점검하더니 이렇게 말했다.

"아무 병도 아닌 것 같네. 물약은?"

"한 번 먹었습니다."

"한 번 더 주도록 하게. 아프지 않도록 진통제를 놔 주겠네."

그러면서 의사는 아주 걱정스런 표정을 지었다.

37

의사가 최선을 다해 노력했지만, 사흘이 지난 후에도 열은 별 차도가 없었다. 의사도 때때로 걱정을 숨길 수 없는 표정을 지을 정도로 이 증상은 매우 위태로워 보였다. 의사는 밤 열두 시경에 나를 몰래 불렀다. 의사는 자기 수술 도구를 보여 주면서 말했다.

"자네는 아버지의 병이 매우 위태로운 상태라는 것을 잘 알고 있지? 이제 내가 걸어 볼 수 있는 유일한 희망은 사혈요법밖에 없네. 흔히 말하듯, 나쁜 피를 빼는 것이네. 만일 이 방법을 쓰고 오늘 저녁에 먹은 약이 새벽녘까지 효과를 보이지 않는다면, 이 위기를 극복할 수 없을 것 같네. 지금은 한밤중이니 휴식을 취하라면서 어머니를 방에서 나가게 하게. 자네가 생각하기에 저 아가씨들도 여기에 없는 편이 낫다고 생각되면 방에서 나가라고 하게. 그리고 자네는 겁먹지 말고 내가 하는 것을 지켜보기 바라네. 자, 아직 희망을 버릴 필요는 없네."

아버지는 하루 종일 혼수상태로 있은 탓인지 마치 마지막 기운조차 다해 버린 사람 같았다. 힘들게 뜨는 눈과 헐떡이는 숨소리가 우리의 소리를 듣고 있다는 사실을 확인시켜 주는 유일한 증거였다.

마인 박사는 불을 가져오라고 했다. 그래서 마리아는 촛불을 침대로 가져왔다. 박사가 검사하는 동안 그녀는 눈물을 흘렸다. 그가 마지막 방법이라고 생각하는 치료를 끝낸 후 우리에게 말했다.

"시계가 두 시 삼십 분을 알릴 때 여기로 오겠네. 만일 내가 잠들면 깨우도록 하게."

그리고 환자를 가리키면 덧붙였다.

"환자는 아주 안정된 상태에 있어야 하네."

그는 노인들이란 제때에 잠을 자야 한다고 농담하면서 방을 나갔다. 그의 이런 농담은 엠마와 마리아의 마음을 안정시키는 데 큰 역할을 했다. 어머니는 한 시간 동안 혹시 차도가 있는지 보기 위해 왔지만, 우리는 박사님이 내일이면 희망을 걸 수 있다고 하셨다고 말하면서 그녀를 방안으로 들어오지 못하게 했다. 어머니는 피로에 지쳐 엠마의 방에서 잠들었다.

시계가 두 시를 알렸다. 마리아와 엠마는 박사님이 극적인 효과를 기대하고 있다는 사실을 알았고, 그래서 모든 정성을 들여 아버지를 간호했다. 아버지는 아주 조용히 있었고, 단 한 번 희미한 목소리로 물을 달라고 했을 뿐이었다. 하지만 그의 목소리는 명확했기 때문에 사혈 요법이 좋은 결과를 낳을지도 모른다는 희망을 갖게 했다.

세 시를 알리는 종소리가 들렸다. 그 소리 때문에 피로에 지쳐 잠시 졸고 있던 마리아가 눈을 떴지만, 잠이 그녀의 의지보다 더 강했던 탓인지 다시 잠들고 말았다. 나는 그런 그녀를 애정 어린 눈으로 바라보았다. 그때 아버지가 고통스런 신음 소리를 내면서 나를 무아지경에서 깨어나게 했다. 나는 침대 쪽으로 갔다. 아버지는 나를 뚫어져라 쳐다보더니 마침내 말했다.

"이미 해가 졌으니 잠옷 좀 가져오너라."

그 말에 나는 대답했다.

"지금은 한밤중인데요."

"뭐라고! 벌써 한밤중이라고! 일어나야 하는데……"

"안 돼요. 일어나시면 큰일 나요."

나는 조용히 아버지에게 말했다.

그는 침대에 눕더니 알아들을 수 없이 작은 목소리로 중얼거렸다. 그러면서 창백하고 여윈 팔로 계산을 하고 있는 것 같은 동작을 했다. 그가 무엇을 찾고 있는 것이라고 생각되어, 나는 내 손수건을 주었다.

"고맙다."

입술을 닦은 후 아버지는 마치 모르는 사람을 대하듯이 대답했다. 그리고 다시 잠을 자기 시작했다. 나는 이런 반응을 보인 시간이 언제인지 정확히 알기 위해 탁자로 갔다. 바로 그때 아버지는 벌떡 일어나 앉아서 커튼을 걷으려고 했다.

"거기 있는 사람이 누구지? 안녕!"

나는 이런 그의 행동에 소스라치게 놀랐다. 그래서 나는 아버지를 다시 침대에 뉘였다. 그는 내 시선에 초점을 맞추더니 물었다.

"거기에 누가 있지 않았어? 지금 그 의자에서 누군가가 일어났는데."

"누구 말이죠?"

그러자 그는 내가 걱정했던 그 이름을 말했다. 그리고 약 15분 후에 다시 일어나더니 더 의식 있는 또렷한 목소리로 말했다.

"들어오지 말고 거기서 기다리라고 해. 내 옷 좀 가져와라."

난 일어나지 말라고 애원했지만 그는 명령조로 다시 말했다.

"옷 가져오란 말이야!"

그때 나는 그런 상황에서는 아버지가 마리아의 말을 잘 들었다는 사실을 떠올렸다. 그리고 그녀가 나를 도와줄 수 있을 것이라고 생각했다. 나는 아버지가 다시 일어났기 때문에 침대를 떠날 수가 없었다. 그러나 매우 허약한 상태였기 때문에 오래 앉아 있지 못하고 다시 누웠다. 그러자 나는 마리아에게 가까이 가서 치마 위에 놓인 그녀의 손을 잡으면서 조용히 이름을 불렀다. 그녀는 자기 손을 내 손에서 떼지 않은 채 눈을 뜨지 않고 대답했다. 그리고 잠시 후에 숄로 자기 어깨를 두르면서 일어났다.

"무슨 일이에요?"

"아버지가 반응을 보이기 시작했어. 발작 증세가 심해질지 모르니 나와 함께 있어 줘."

"언제부터 그랬지요?"

"대략 한 시간 전부터 그래."

그녀는 그 소식에 기뻐하면서 침대로 가까이 다가갔다. 그리고 조용히 물러나면서 말했다.

"다시 주무시네요."

"그런데 그리 오래가지 않을 거야."

"왜 그 전에 나를 깨우지 않았어요?"

"너무 곤히 자고 있어서 깨우기가 미안했어."

그때 아버지는 그 전보다 더 쉽게 몸을 일으켜 침대에 앉았다. 그리고 가만히 어두운 방을 살펴보고서 갑자기 말을 했다.

“내가 지금 거기로 가겠소.”

아버지는 그 말을 한 후에 갑자가 침대 위에서 무언가를 찾았다. 그리고 그를 기다리고 있다고 생각했던 사람에게 다시 덧붙였다.

“기다리게 해서 미안하오.”

그러고는 나를 향해 말했다.

“내 옷, 옷 좀 가져와라.”

“지금 여기 없어서 가지러 갔어요.”

나는 아버지에게 이렇게 대답했다.

“그런데 왜 이리 오래 걸려?”

아버지는 이마에 맺힌 땀을 닦으면서 말했다.

“말은 준비되었어?”

“예.”

“그럼 에프라인에게 가서 날이 어둡기 전에 내가 기다릴 것이라고 전해라. 후안 앙헬! 아니, 이건 도저히 참을 수가 없어!”

아버지는 침대에서 침대 가장자리로 가서 침대에서 뛰어내리려고 했다. 그러자 마리아가 그에게 가까이 가서 말했다.

"아버지, 이러지 마세요."

"뭐라고?"

그는 무뚝뚝하게 대답했다.

"일어나시면 박사님이 화낼 거예요."

"무슨 박사?"

"아버지가 편찮으셔서 의사가 왔어요."

"난 괜찮다. 지금 당장 일어나고 싶구나."

"내가 마인 박사를 부를게."

나는 귓속말로 마리아에게 말했다. 그러자 마리아는 아버지가 보지 못하도록 내 손을 잡으며 대답했다.

"안 돼요."

"하지만 필요할 것 같은데."

"그럼 엠마를 깨워 어머니에게 보내세요. 그리고 어머니를 보내 박사님을 불러 오세요."

난 마리아가 시키는 대로 했다. 아버지는 이제 화를 내면서 일어나겠다고 고집부렸다. 나는 아버지가 찾는 옷을 갖다 주고는 커튼을 닫고서 옷을 입혔다. 아버지는 옷을 입자마자 침대에서 벌떡 일어났다. 하지만 기운이 없었고 눈썹도 파르르 떨렸다. 그의 입술도 화가 난 듯이 부르르 떨렸고, 눈은 무엇인가를 찾는 것처럼 두리번거렸다. 내가 부축해 주었지만 피를 뽑은 상처가 발에 그대로 있었기 때문에 제대로 걸을 수가 없었다. 마리아는 서서 팔짱을 낀 채 한 발짝도 움직이지 않았다.

"이 문 좀 열어라."

그는 기도실로 향하는 문에 가서 말했다.

나는 그가 시키는 대로 했다. 기도실에는 불이 켜져 있지 않았다. 그래서 마리아가 촛불을 들고 우리 앞에 서서 자기와 비슷한 이미지를 풍기는 마리아상 밑에 촛불을 놓았다. 아버지는 문 앞에 멈추었다.

나는 아버지에게 물었다.

"앉고 싶으세요?"

"그래, 그러자꾸나."

아버지는 온화한 목소리로 말했다.

나는 그를 다시 침대로 데려가 앉혔다. 그때 마인 박사가 들어왔다. 나는 그동안 일어났던 일을 이야기했다. 그러자 박사는 매우 흡족한 표정을 지으며 맥박을 쟀다.

30분이 지난 후 마인 박사는 다시 곤히 잠자던 환자를 진찰하면서 물약을 준비했다. 그리고 그것을 마리아에게 주면서 말했다.

"이 약을 먹이면서 우리들이 갖고 있는 달콤한 마음처럼 달콤하게 드시라고 하시오."

그녀는 약간 겁을 집어먹고서 그 약을 받았다. 난 촛불을 침대 쪽으로 가져갔다. 박사는 보이지 않게 커튼 뒤에 숨어서 환자를 관찰하기로 했다. 마리아가 상냥하게 아버지를 불렀고, 아버지는 옆구리가 결린다면서 잠에서 깨어났다. 그리고 마리아를 쳐다보자, 그녀는 아버지에게 물약을 드시라고 했다. 그러나 아버지는 이렇게 말했다.

"일어날 수가 없으니 숟가락에 떠서 먹여 다오."

마리아는 아버지가 시키는 대로 물약을 먹이기 시작했다.

"달아요?"

마리아가 아버지에게 물었다.

"응. 그런데 이 정도면 충분히 나은 것 같구나."

"조금 더 쉬셔야 해요. 이 약을 조금 더 마시고 나면 편안하게 잠을 주무실 거예요."

그는 '아니다' 하고 말하는 듯이 고개를 저었다. 마리아는 약을 더 주는 게 좋은지 몰라서 의사를 쳐다보았다. 의사는 더 먹여도 괜찮다고 손으로 말했다. 아버지는 약 먹기를 완강히 거부했다. 그래서 그녀는 약을 맛보는 것처럼 흉내 내면서 아버지에게 말했다.

"아주 맛있는 약이에요. 한 숟가락만 더 드세요. 또 한 숟가락…… 자, 됐어요."

아버지는 웃으면서 그녀가 주는 물약을 모두 다 받아 마셨다. 마리아는 손수건으로 아버지의 입을 닦아 주며 후안을 재울 때처럼 상냥하고 다정하게 말했다.

"이젠 잠이 잘 올 거예요."

이렇게 말하면서 그녀는 커튼을 닫았다. 그러자 의사는 마리아를 보며 말했다.

"당신 같은 간호사만 있다면 죽을 환자는 없을 거요."

"그럼 이제 다 끝난 건가요……"

마리아가 수줍어하며 말했다.

"이제 다 됐소."

38

열흘이 지나자 아버지는 거의 완쾌되었고, 집에는 다시 활기가 넘쳤다. 마인 박사는 가능한 한 환자가 안정을 취해야 한다고 지적하면서, 사업 이야기는 절대로 하지 말라고 충고했다. 우리는 어머니의 재봉실에 모여 아버지에게 《세인트헬레나에서의 나폴레옹 일기》*를 번갈아 가며 읽어 주었다. 그런 도중에 아버지는 어머니의 고향인 초코 이야기를 들려주었다.

"우리가 결혼했을 때 내가 몇 살이었지?"

아버지는 어머니와의 결혼 시절을 회상하며 물었다.

"스물한 살이었어요."

"아니야. 장모님이 나를 어리게 볼까 봐 거짓말을 했었지. 난 스무 살이었어."

이때 후안 앙헬이 마을에서 서신을 가져왔기 때문에 이 대화는 중단되었다. 그는 신문과 A 씨가 보낸 편지 두 통

* 익명의 작가가 쓴 책.

을 건네주었다. 이 편지 중 한 통은 이미 오래전에 쓴 것이었다.

"아, 이 편지군. 한참 전부터 그의 편지를 기다리고 있었는데."

첫 번째 편지는 그가 4개월 이내로는 유럽 여행을 할 수 없으니 내 유학 준비를 서두르지 말라는 내용이었다. 비록 내가 유학을 떠나야만 하는 몸이라도 남은 석 달 동안 마리아와 함께 있을 수 있다는 사실에 나는 행복했다. 마리아는 창백한 표정을 지었다. 자기 무릎에 있는 바느질 상자에서 무엇인가를 찾는 것 같은 얼굴이었다. 아버지는 내가 그 편지를 다 읽을 때까지 기다리고 나서 다음 편지를 읽으라고 말했다. 나는 그 편지의 첫 번째 줄을 읽으면서부터 매우 당황했다. 그 편지는 이렇게 시작하고 있었다.

"약 보름 전에 쓴 편지에는 내 여행이 넉 달 정도 늦어질 것이라고 썼는데, 내 문제가 갑자기 해결되어 별일이 없으면 1월 30일경에 칼리에 도착할 것 같네. 그래서 급히 이 편지를 쓰는 것이네. 나는 2월 2일에 여행을 떠나기 위해 칼리에서 에프라인을 기다리겠네. 자네가 중병을 앓고 있다는 소식을 들었는데, 특별히 불편한 점이 없다면 내가 특별한 애정을 갖고 있는 에프라인과 함께 여행을 할 수 있게 도와주면 좋겠네."

나는 의자에 털썩 주저앉고 말았다. 그러자 아버지는 나를 뚫어지게 바라보았다. 이런 모습을 보고 마리아와 엠마는 거실에서 나갔고, 나는 그늘을 찾아 마리아가 앉았던 자리에 앉았다.

"오늘이 며칠이지?"

아버지가 물었다.

"26일입니다."

"그럼 한 달이 조금 넘게 남았구나."

그렇게 이야기하는 아버지의 얼굴에는 번복할 수 없는 결정을 내릴 때 나타나는 표정이 서려 있었다. 그때 하인이 들어와 말이 준비되었다고 알려 주었다.

"네가 산책을 하고 돌아오면 답장을 쓰도록 하자. 그런 다음 이 편지를 마을에 갖고 가서 즉시 부치고 오너라. 내

일은 아래 농장에 가야 하니까 말이다."

나는 마음속의 고통을 숨겨야 했다. 그토록 두려워하던 여행이라는 현실 앞에서 내가 즐거운 마음으로 생각했던 마리아와의 달콤한 미래를 고독 속에서 되씹고 싶었던 것이다. 나는 혼자 울고 싶었다. 그래야만 마리아가 내 눈물을 볼 수 없을 테니까…… 아! 마리아와 계획을 세우면서 얼마나 많은 희망이 내 가슴속에서 솟구쳤는지 그녀가 알 수 있다면……

내가 산보에서 돌아오자 집에는 환하게 불이 켜져 있었다. 아버지는 거실에서 나를 기다리고 있었고, 다른 식구들은 기도실에 있었다.

"자, 이제 답장을 쓰도록 하자."

"그 전에 제 여행에 관해 말씀드릴 것이 있습니다."

"그래? 도대체 무엇이냐? 말해 보아라."

아버지는 소파에 앉으면서 말했다.

나는 탁자에 가까이 서서 우리를 비추고 있는 촛불을 등 뒤로 한 채 말했다.

"아버지는 거액의 피해를 보셨기 때문에 아버지가 제

공부 때문에 희생하시는 것에 대해 저는 다른 생각을 갖고 있습니다. 우리 집이 이런 손해를 보기 전에 저는 아버지의 일을 도와주는 것에 대해 매우 만족한다고 말한 적이 있습니다. 그러나 아버지께서는 제 의견에 대한 대답으로 우선 공부를 끝마치는 것이 급선무라고 대답하셨습니다. 하지만 이제는 상황이 다르다고 생각합니다. 제 부탁을 아버지께서 들어주시리라 믿습니다. 저는 집안의 경제적 상황을 무시한 여행 계획을 취소했으면 합니다."

"이 모든 것은 네가 심사숙고한 후에 말하는 것이리라 믿는다. 물론 네 여행이 이제는 좀 무리가 될지도 모른다. 하지만 내가 보기에는 이런 네 의견에는 이성보다는 감정이 많이 개입되어 있는 것 같은 인상을 주는구나. 내가 내린 결정은 절대로 번복될 수 없는 것임을 네게 다시 한 번 밝혀 둔다. 네 공부에 들어가는 경제적 비용은 우리 집 경제에 그리 큰 문제가 되지 않는다. 그리고 네가 공부를 마칠 때면 우리 집은 내가 뿌린 씨앗에서 수많은 과일을 수확할 것이라고 믿는다. 그러니 나는 네가 시작한 공부를 끝마쳤으면 좋겠다."

"아버지를 실망시키지 않기 위해 최선을 다하겠습니다."

나는 낙담하여 이렇게 대답하고 말았다.

"그래야지. 나는 네가 돌아올 때쯤이면 모든 빚을 갚고, 또 다시 큰돈을 벌 수 있을 거다. 그때쯤이면 너도 4년 내로 높은 지위를 얻을 수 있을 것이고, 그러면 마리아도 네 아내가 될 수 있을 것이다."

그는 다시 침묵을 지킨 후에 내 앞에 서서 말했다.

"자, 이제 답장을 쓰도록 하자. 필기도구를 가져오너라."

아버지는 A 씨에게 보내는 장문의 편지를 불러 주었다. 어머니는 거실에서 편지 내용을 들었다. 마리아가 에스테파나와 함께 차를 가져왔을 때, 나는 바로 이런 내용을 받아쓰고 있었다.

'에프라인은 1월 30일 칼리로 가기 위한 모든 준비를 마칠 것이며, 그곳에서 당신을 만날 것입니다. 그런 후 2월 2일에 당신이 원하는 대로 부에나벤투라*로 갈 수 있을 것입니다.'

* 콜롬비아 태평양 연안의 항구 도시.

내 등 뒤에 서 있던 마리아는 어머니가 차를 마실 수 있도록 테이블에서 가까운 곳에 컵과 받침을 놓았다. 에스테파나가 건네주는 찻잔을 받을 때, 마리아는 왼손으로 내가 앉은 의자의 등을 짚었고, 아버지가 설탕을 넣는 동안 근처의 소파에 앉아 있었다.

아버지는 다 마신 찻잔을 건네주었고, 마리아는 그 잔을 다시 채우기 위해 일어섰다. 그녀의 손은 몹시 떨리고 있었고, 그래서 찻물을 흘리고 말았다. 그것을 본 아버지는 마리아에게 말했다.

"괜찮다. 괜찮으니 걱정 말아라."

그는 마리아가 느끼는 당혹감이 어떤 것인지를 이해하는 듯했다. 식당으로 급히 나가는 마리아를 쳐다보던 아버지는 어머니를 보며 말했다.

"그렇지?"

우리 모두는 말없이 잠자코 있었다. 잠시 후 나는 필기도구를 내 책상으로 옮겨다 놓겠다고 하면서 거실에서 나왔다.

39

여덟 시경에 식당의 종소리가 울렸다. 하지만 나는 이런 일이 있은 이후에 마리아와 가까이 있는 것은 뻔뻔스런 행동이라고 생각했다. 어머니가 내 방문을 두드렸다.

"이런 것 때문에 사내가 마음 약해져서는 안 돼. 넌 전처럼 강한 남자가 될 수는 없겠니? 그렇게 되는 것은 네 아버지를 위한 것뿐만 아니라, 마리아의 기운을 북돋울 수 있는 것이라는 사실을 잊었어?"

어머니는 다정하고 달콤한 억양으로 말하면서, 내가 겪을 고통을 이해하는 듯했다. 또 내 여행이 지닐 장점에 대해서도 말하면서 이렇게 끝마쳤다.

"네가 이곳에 없는 4년 동안 나는 마리아를 귀여운 딸로서만이 아니라, 너를 행복하게 해 줄 수 있는 한 여자로 생각할 것이다. 난 끊임없이 너에 대해 이야기할 것이고, 네가 돌아오는 날까지 널 기다리도록 하겠다. 자, 그럼 식당으로 건너오너라. 그리고 될 수 있으면 네 감정을 추스르도록 해라."

식당에는 엠마와 마리아만이 자리를 차지하고 있었다. 나를 보자 엠마가 물었다.

"내일 농장으로 갈 거예요?"

"응. 하지만 이틀 정도만 있을 거야."

"후안 앙헬을 데려가 그의 어머니를 만나게 해 주세요. 그녀의 병이 악화되었다고 하던데요."

"그렇지 않아도 그렇게 할 생각이었어. 펠리시아나의 병이 더 심해졌고, 그녀를 치료하던 마인 박사는 칼리에 급한 환자가 있어서 그곳으로 떠나게 되었어. 그래서 어제 치료를 중단했다고 하더라."

그러자 마리아가 말문을 열었다.

"펠리시아나에게 우리 안부 좀 전해 줘요. 계속해서 많이 아프게 되면, 우리도 병문안을 가겠다고 전해 줘요."

마리아는 나를 보자 식탁에서 무엇인가를 찾는 것처럼 시늉하면서 고개를 돌렸지만, 나는 그녀가 숨기려고 하는 눈물을 볼 수 있었다. 그때 에스테파나가 와서 어머니가 마리아를 찾는다고 전해 주었다. 난 마리아가 잠자리에 들기 전에 그녀와 말할 수 있을 것이라는 희망으로 식당에서 서성거렸다. 엠마는 나를 고통에서 해방시켜 줘야겠다는 생각으로 가끔씩 말을 걸었다.

밤은 고요했다. 바람에 흔들리는 나뭇잎 소리조차 들을 수 없었고, 단지 물소리만이 고요한 적막을 깼다. 마리아는 아주 늦게 돌아왔다. 어머니는 우리에게 거실로 들어오라고 했다. 거실 소파에 아버지가 앉아 있었다. 그 옆에 마리아가 앉았다. 그녀는 눈을 들어 나를 쳐다볼 엄두도 내지 못했다. 아버지는 마리아 옆의 빈 의자에 나를 앉으라고 했고, 어머니는 아버지 옆에 앉았다.

"그래, 마리아야. 이제 에프라인 앞에서 대답해 보아라. 이제 어머니가 나갔을 때 했던 질문을 다시 해도 되겠지?"

아버지는 아래만 쳐다본 채 머리핀을 만지작거리는 그녀에게 물었다. 아버지는 웃고 있었고, 마리아는 싫다는 표시로 천천히 고개를 저었다.

"그럼 어떻게 할까?"

마리아는 잠시 나를 쳐다보았다. 그 시선은 모든 것을 말하는 듯했다.

"넌 에프라인이 유럽에서 돌아오면 그의 아내가 될 것을 약속하니?"

아버지가 다시 물었다. 그녀는 잠시 침묵을 지키더니 내 눈을 바라보았다. 그리고 눈을 떼면서 대답했다.

"예, 그가 그렇게 원하면……"

"그런지 몰라서 그렇게 대답하니?"

아버지는 웃으면서 이렇게 반박했다. 그러자 마리아의 얼굴이 새빨개졌다. 그 빛깔은 그날 밤 내내 그녀의 뺨에서 사라지지 않은 채 그대로 있었다. 어머니는 아주 다정한 눈으로 그녀를 바라보았다.

"넌 내가 너와 결혼을 원한다는 것을 알지?"

나는 그녀에게 말했다.

"예, 알아요."

"그럼 에프라인에게 너와 내가 한 약속과 조건에 대해 말해 주어라."

아버지는 이제는 웃음을 거두고 진지하게 말했다.

"가능한 한 기분 좋게 여행하고……"

마리아가 말했다.

"그리고 또 무엇이 있지?"

"또 다른 조건은 곧 돌아올 수 있게 열심히 공부하는 것이에요."

"그래, 잘했다."

아버지는 그녀의 이마에 입을 맞추면서 대답했다. 그러고는 나를 바라보면서 덧붙였다.

"다른 조건은 네가 달도록 해라."

나는 달리 대답할 말이 없었다. 나는 아버지가 내미는 손을 꽉 잡았다.

"그럼 모두 월요일에 보자. 너는 내 지시 사항을 염두에 두고, 유학 서류를 열심히 살펴보도록 해라."

어머니는 우리에게 가까이 서서 내 입술이 마리아의 뺨에 닿을 수 있도록 우리 둘을 감싸주었다. 그리고 우리 둘만 거실에 남겨 둔 채 나갔다. 소파에 앉아 있는 마리아의 손을 잡은 지도 한참이나 된 것 같았다. 우리들은 눈으로 서로를 쳐다보고만 있을 따름이었다. 드디어 그녀가 말했다.

"아버지는 참 좋은 분이셔요. 그렇죠?"

나는 그렇다는 표정을 지었지만 한마디도 할 수가 없

었다.

"왜 한마디도 하지 않지요? 아버지가 단 조건이 마음에 드세요?"

"그래, 마리아. 그런데 네가 요구하고 싶은 조건이 있으면 말해 봐."

"단 한 가지뿐이에요."

"말해 봐."

"다 알잖아요."

"그래, 다 알고 있지만 오늘은 직접 네 입으로 듣고 싶어."

"날 항상 이렇게 사랑해 줘요."

이렇게 말하면서 마리아는 내 손을 꼭 잡았다.

40

다음 날 나는 농장에 도착하여 마인 박사를 대신하여 펠리시아나를 치료하는 의사를 만났다. 그 의사는 이제 환자가 더 이상 살 가능성이 희박하다고 진단했다. 그것은 지금까지 치료했지만, 그녀의 간질병이 악화되었기 때문이라고 설명했다. 그러고서 신부님을 불러 종부 성사를 받게 하는 것이 어떻겠느냐고 물었다.

나는 펠리시아나의 방으로 들어갔다. 거기에는 후안 앙헬이 있었다. 그는 이미 자기 어머니가 자기 말에 아무런 반응도 보일 수 없다는 사실을 알고 있었다. 나는 즉시 더 많은 하인들이 펠리시아나를 시중들게 그 숫자를 늘리라고 지시했다. 그리고 극구 마다하는 펠리시아나를 가장 좋은 방에 눕힌 다음, 마을로 신부를 찾으러 갔다.

펠리시아나는 그렇게 자기의 조국에서 멀리 떨어진 이국땅에서 운명할 것 같았다. 그녀는 우리 집에 온 후 내게 특별한 애정을 베풀었었다. 그리고 어린 마리아도 그녀의 팔에서 잠들곤 했었다. 우리가 어렸을 때 애수에 젖은 목소리로 펠리시아나가 들려준 이야기가 있었다. 내가 어린 시절에 밤마다 모여서 듣던 이야기 중에서 가장 재미있는 것이 그것이었다.

막마우는 청년 시절부터 서아프리카에서 가장 강국이었던 아찬티 족族 군대의 대장이었다. 이 용사는 자기 종족의 왕이었던 사이투토 콰미나가 아치미스 족과 벌인 전쟁에서 아치미스의 왕이었던 오르수에를 죽인 인물이기도 했다. 그 전쟁은 그가 찰스 마차티*의 정권에 맞서 일어난 반란군을 평정하면서 종식되었다. 그는 이 전쟁의 공훈으로 아찬티 족의 총대장으로 임명되었고, 동시에 많은 훈장과 재산을 수여받았다. 하지만 이런 막마우의 공적은 그보다 못한 많은 용사들의 질투심을 불러일으켰다. 그렇게 그가 마차티를 이기면서 얻어진 평화는 영국인들이 다시 아찬티 족을 공격함으로써 깨어졌다.

그 격렬한 전투에서 영국군은 자신들의 살상 무기가 아프리카 용사들 앞에서는 무용지물임을 깨달았다. 그러나 막마우는 승리를 확신하지 못했기 때문에 사방으로 뛰어다니며 군사들의 사기를 북돋았다. 그의 목소리는 적의 대포 소리도 누를 정도였다. 그는 후방 부대장들에게 적군의 약점이 있는 곳을 공격하라고 계속 명령했다. 밤이 되자 전투는 잠시 중지되었다. 다음 날 아침 막마우는 자기 군대를 점검하면서 부대장들이 겁먹고 이탈하거나, 또는 많

* 1821－1824년까지 아프리카의 황금 해변을 통치한 영국 왕.

은 사상자들 때문에 군대 숫자가 엄청나게 줄어들었다는 사실을 알았다. 그래서 이 전쟁에서 자기가 패할 것임을 예감하면서 자기는 끝까지 싸우다 죽겠다는 비장한 각오를 했다. 바로 그때 전쟁터에 도착한 왕은 이런 상황을 보고받고서 적군과 평화 협정을 맺자고 했다. 영국군은 이런 협정에 동의했고, 사이투토 콰미나와 협정에 조인했다. 그 이후 막마우는 왕의 총애를 받지 못했다.

왕의 부당한 행동에 화가 치민 막마우는 그 나라를 떠나기로 결심했다. 이런 굴욕적인 대우를 받고 있다는 사실을 경쟁자들에게 보여 주지 않기 위해서였다. 떠나기 전에 그는 가장 멋진 노예의 피와 머리를 탄도 강에 제물로 바치기로 마음먹었다. 막마우의 노예 중에서 시나르는 가장 젊고 잘생긴 노예였다. 그는 아치미스 왕인 오르수에의 아들이었는데, 그의 아버지가 죽자 포로가 되었던 것이다. 이렇게 왕족이 살아 있다는 사실을 알면, 아찬티 족의 분노를 야기할까 두려워 아치미스 족의 노예들은 그 사실을 철저히 숨겼다. 단지 막마우의 딸인 나이만이 그 비밀을 알고 있었다. 나이는 시나르가 자기 집에 노예로 왔을 때 비록 어린 소녀에 불과했지만, 그 젊은 용사의 인간 됨됨이에 관심을 보였다. 그리고 나중에는 그의 멋과 재주에 감동받았다. 그는 나이에게 밤북 나라의 아름다운 노래와 자기 나라의 춤을 가르쳐 주었다. 그러고는 자기 어머니가 어렸을 때 들려준 환상적인 전설을 나이에게 이야기했다. 그러면서 가끔 시나르는 자기의 포돗빛 뺨에 눈물을 흘렸다. 그러면 나이는 이렇게 말했다.

"나는 아버지께 당신이 조국으로 돌아갈 수 있도록 자유의 몸이 되게 해 달라고 부탁할 거예요."

이런 말을 하면 시나르는 아무 대답도 하지 않은 채 눈물을 닦고 나이를 쳐다보았다.

어느 날 나이는 쿠마시아 부근을 산책하기 위해 노예들과 함께 나갔다. 그때 나이가 앉는 예쁜 타조를 이끌던 시나르가 갑자기 그 새를 급하게 몰기 시작했다. 잠시 후 그들은 뒤쫓아 오는 노예들과 거리를 넓힐 수 있었다. 불타는 눈빛과 승리의 미소를 지으며, 시나르는 자기 발밑에 펼쳐진 계곡을 가리키며 말했다.

"나이, 이 길로 가면 우리 나라로 갈 수 있다오. 난 적의 소굴에서 도망칠 것이오. 그런데 당신이 나와 함께 가 주면 좋겠소. 그러면 당신은 아치미스 족의 왕비가 될 것이오. 나는 당신을 우리 어머니보다 더 사랑할 것이고, 우리 후손은 당신과 내 피를 이어받아 무적의 용사가 될 것이오. 누가 우리의 길을 가로막겠소?"

이렇게 말하면서 그는 자기 어깨를 덮고 있던 표범 가죽 망토를 들었다. 그 속에는 권총 두 자루와 터키인의 칼처럼 커다란 칼이 들어 있었다. 시나르는 무릎을 꿇어 나이의 발에 입을 맞추었다.

"나를 사랑하고, 나를 당신 조국의 왕비로 데려가려는 당신의 하해와 같은 은혜는 잊을 수 없어요. 하지만 당신처럼 나를 사랑하는 아버지도 배신할 수는 없어요. 아마 내가 몰래 도망가면, 아버지는 절망에 빠져 죽어 버릴지도 몰라요. 우리가 아버지의 동의를 얻고 난 후에 떠날 수도 있지 않을까요? 시나르, 난 당신을 사랑해요……"

시나르는 자기 이마에서 나이의 뜨거운 입술을 느끼자 몸을 부르르 떨었다. 그 일이 있은 후 며칠이 지났다. 시나르는 행복하게 떠날 시간만을 기다리고 있었다. 막마우는 마차티에 대항해 일어난 반군과 싸우기 위해 전쟁터로 나갔고, 시나르는 다른 노예들처럼 그를 따라나서지 않았다. 시나르는 나이에게 말했다.

"내 조국의 연합군인 종족과 싸우느니 차라리 죽음을 택하겠소."

나이는 아버지 군대가 싸움터로 향하기 바로 전에, 아무도 모르게 자기 애인에게 수면제가 든 음료를 주었다. 그것을 마신 시나르는 며칠 동안 잠잤다. 그래서 그는 징병되지 않았고, 나이가 향긋한 생명의 기름을 입술에 부어 주자 그는 깊은 잠에서 깨어날 수 있었다.

그 후 영국군들이 사이투토 콰미나와 전쟁을 선포하자, 시나르는 막마우에게 백인들과 싸우러 전쟁터에 나가겠다고 자원했다. 하지만 피비린내 나는 전쟁터에서 막마우의 승리를 질투한 아찬티 족 부대장들은 그가 영국군과 싸워 승리할 수 있도록 협조하지 않았다. 그 전쟁에서 시나르는 왼쪽 팔에 관통상을 입었다. 전쟁이 끝나고 평화가 오자, 막마우는 패장敗將으로 돌아왔고, 며칠 동안 나이는 시나르의 상처를 몰래 치료해 주었다.

막마우는 조국을 떠날 결심을 굳히고서 탄도 강에 제물을 바치기 위해 자기 딸과 상의했다.

"나이야, 우리 후손들을 위해 이 땅보다 덜 배은망덕한 곳으로 가자. 내가 젊었을 때 감비아를 방문했었는데, 그 나라의 명성 있는 장군들이 내게 피난처를 기꺼이 제공하더구나. 하지만 여기를 떠나기 전에, 이렇게 떠나는 내게 화가 난 탄도 강을 달래 주어야 할 것 같다. 그래서 내 노예 중에서 가장 우수한 놈을 제물로 바치려고 한다. 그중에서 시나르가 제물로 적격이라고 생각한다."

그 말을 듣자마자 나이는 기절하고 말았다. 노예들은 그녀가 다시 정신을 차릴 수 있도록 온갖 정성을 들여 간호했다. 나이가 깨어나자, 막마우는 나이를 내보낸 후 시나르를 자기 앞으로 데려오라고 지시했다. 그리고 큰 칼을 뽑아 들고서 화가 치밀어 말을 더듬었다.

"넌 감히 노예에 불과한 주제에 내 딸에게 눈독을 들였다. 그 벌로 너를 처형하겠다."

그러자 시나르가 점잖게 대답했다.

"내가 흘릴 피는 네 칼이 죽이는 아치미스 왕족의 첫 번째 피가 아니다.”

그 말을 듣자 막마우는 얼떨떨한 채로 있다가, 자기가 쥐고 있던 칼을 바닥에 떨어뜨렸다. 나이는 두 사람이 있는 방으로 들어가 아버지에게 무릎을 꿇고는 눈물을 흘리며 애원했다.

“아버지, 저희 둘을 죽여 주세요!”

그러자 이 늙은 용사는 의자에 털썩 주저앉아 두 손으로 얼굴을 감싼 채 중얼거렸다.

“내 딸이 아치미스 왕족을 사랑하다니……”

나이는 아버지의 무릎에 앉아서 그의 팔을 잡고 그의 흰 머리에 입을 맞추고는 울먹이며 말했다.

“이제 아버지는 딸자식 한 명이 아니라, 두 명의 자식을 얻게 되는 거예요. 이제 우리는 당신의 여생을 보살필 것이고, 시나르의 팔은 전쟁에서 당신을 보호할 거예요.”

막마우는 고개를 들어 시나르를 보더니 그에게 가까이 오라는 손짓을 했다. 그러고는 떨리는 목소리와 표정으로 그의 오른손을 펼쳤다.

“이 손이 바로 자네 아버지를 죽인 손이네. 그렇게 자네를 부모의 품 안에서 떨어지게 했으니…… 그리고 내 눈은 자네 아버지의 신음 소리를 들으며 좋아했으니……"

나이는 자기 입술로 아버지의 입을 막았다. 그러고는 재빨리 시나르를 쳐다보고는 예쁜 손을 내밀면서 사랑스런 말투로 말했다.

"이 손들이 당신의 상처를 치료했고, 내 두 눈은 당신을 그리워하며 울었어요."

시나르는 사랑하는 여인과 그녀의 아버지 앞에 무릎을 꿇었다. 몇 분 후에 나이의 아버지는 자기 딸을 껴안으며 그에게 말했다.

"내 딸이 자네 것이라고 생각한다면, 내가 뉘우치는 증거로 자네에게 주겠네."

"제 부족과 당신 부족의 신 앞에서 맹세합니다. 나이가 영원히 제 것이 되게 해 주십시오."

그로부터 이틀 후 나이와 시나르, 그리고 막마우는 밤에 몰래 쿠마시아 왕국을 빠져나와 30여 명의 노예와 함께 보석과 귀중품을 가득 싣고서 긴 여행을 떠났다. 이 기나긴 여행 동안 시나르와 나이는 즐거운 노래로 막마우의 슬픈 마음을 달래 주었다. 그리고 밤에는 달빛을 보면서 노예들이 켜는 수금竪琴과 상아 트럼펫 소리에 맞추어 춤을 추었다.

마침내 감비아 강가에 있는 콤부마네스 왕국에 도착했다. 그 종족은 화려한 파티로 이 손님들을 접대했다. 오래전부터 콤부마네스 족은 캄베스 족과 치열한 전쟁을 벌이고 있었다. 그들은 전쟁에서 사로잡은 포로를 유럽의 노예밀매꾼들에게 팔아넘기면서, 그 대가로 무기나 화약, 혹은 술이나 소금 같은 것을 받았다. 포로들이 부족할 때면 부대장들은 가끔씩 휘하의 부하들이나 아들들을 팔기도 했다.

막마우와 시나르의 용기와 전쟁 경험은 이웃 종족과 싸움을 벌이는 콤부마네스 족에게는 하늘의 은총이자 선물과도 같았다. 그들은 가는 곳마다 승승장구했다. 막마우는 전쟁 포로들을 교수형에 처하는 방법과 유럽인들에게 팔아넘기는 방법 중에서 후자를 택했다. 또한 전쟁에서 가족을 보호하기 위해 멀리 떠나보내는 부하들에게는 가혹한 형벌을 내림으로써, 군의 통치 체계를 잡아 나갔다.

어느 날 오후 나이는 노예들과 함께 감비아 강에서 목욕하고 있었다. 시나르는 커다란 바오밥 나무 그늘에서 그녀를 기다렸다. 그런데 그때 시나르는 두 어부가 강가에 통나무배를 끈으로 매고 있는 장면을 목격했다. 그 배에는 유럽인 두 명이 타고 있었다. 그런데 그중의 한 명이 배에서 내려 무릎을 꿇고 잠시 기도를 했다. 그는 검정색 옷을 입고 있었고, 그의 가슴에는 동으로 만든 그리스도 상이 걸려 있었다. 두 어부는 자기들과 똑같은 옷을 입고 있던 다른 유럽인의 시체를 배에 태웠다. 두 어부는 감비아 강에서 약 10킬로미터 떨어져 있는 야자수 나뭇잎으로 만든 움집에서 두 백인을 발견했다고 시나르에게 알려 주었다. 그중에서 젊은 백인은 죽은 상태였는데, 노인 유럽인은 성유聖油를 바르면서 이상한 말로 기도를 했다고 말해 주었다.

시나르를 보자 늙은 사제는 잠시 침묵을 지켰다. 그러자 시나르는 이상한 외국인을 보고 놀란 나이의 손을 굳게 잡고 일어서면서 늙은 사제에게 어디에서 왔으며, 또 그곳에 온 이유가 무엇인지 물었다. 이 사제가 아치미스 말로 대답하자, 시나르는 너무나 놀란 나머지 멍하니 서 있었다.

"나는 당신 나라에서 왔소. 당신 가슴에 아치미스의 왕족들만 갖고 있는 빨간 뱀이 새겨진 것을 보니, 당신은 아치미스 족의 후예요. 난 이 사실을 금방 알 수 있었소. 내 임무는 사랑과 평화를 전하는 것이오. 나는 프랑스에서 태어났소. 나는 이 나라가 외국인을 매장하는 것을 법으로 금지하고 있는지 알고 싶소. 당신 종족은 내 두 형제가 죽자 몹시 슬퍼했소. 당신 나라에는 많은 사람들이 목에 금으로 된 십자가 목걸이를 걸고 있었소. 내가 여기에 이 이방인을 매장할 수 있도록 도와주시겠소?"

시나르는 대답했다.

"당신은 사실만을 말해야 합니다. 나는 당신이 다른 백인들처럼 나쁜 사람이라고는 생각하지 않습니다. 하지만 콤부마네스 족에는 나보다 더 높은 사람들이 있습니다. 내가 그 사람을 소개해 줄 테니 당신 친구의 시체를 갖고 가서 매장할 수 있는지 알아보십시오."

시나르는 그를 데려가는 동안 많은 이야기를 했다. 나이는 그들의 대화를 알아들으려고 애썼다. 그들의 뒤로는 두 어부가 젊은 신부의 시체를 담요에 싸서 걸어왔다. 이 짧은 시간의 대화를 통해 시나르는 노인 사제의 참됨을 알 수 있었고, 그것은 아치미스 족에 대한 질문을 통해 재확

인되었다. 아치미스 왕국은 시나르의 형이 다스리고 있었고, 그들은 시나르가 이미 죽은 것으로 알고 있었다. 이 신부는 시나르에게 어떻게 그들이 아치미스 족의 호감을 얻을 수 있었는가에 관해서도 설명해 주었다. 그들은 그곳에 유일하게 생존한 젊은 신부와 자기가 해안가까지 갈 수 있도록 양식을 주고 수행원을 동행시켰다고 말했다. 하지만 그 여행 중에 적의 공격을 받았고, 그 공격 때문에 몇 명은 도망쳤고, 나머지는 모두 죽었다고 알려 주었다. 그 적들은 만일 신부들을 살려 주지 않으면 아치미스 족이 복수할 것을 알고 두려움을 느낀 나머지, 그들을 안내자도 없이 아무도 없는 사막에 풀어 주었던 것이었다. 그들은 오아시스에게 간신히 얻어먹은 과일을 제외하고는 아무것도 먹지 못한 채, 오랫동안 사막을 여행하여 이틀 전에 바로 감비아 강변에 도착했다고 말했다. 그러나 어부들이 그들을 발견했을 때 젊은 신부는 이미 숨을 거둔 후였다.

막마우와 시나르는 그 늙은 신부를 콤부마네스 족의 족장에게 데려가서 이렇게 말했다.

"여기 당신 땅에 자기 형제의 시신을 묻고자 간청하는

이방인이 있습니다. 그는 또한 자기 나라로 여행하기 위해 이곳에서 잠시 휴식을 취하고자 합니다. 그렇게 하도록 승낙해 주시면 당신의 아들을 치료해 주겠다고 합니다."

그날 밤 시나르는 두 어부를 도와 젊은 신부의 시신을 매장했다. 방금 흙을 덮은 묘에 무릎을 꿇고 나서, 그 노인은 아주 구슬픈 노래를 불렀다. 달빛은 그 신부의 흰 수염을 타고 흘러내리는 눈물을 비추고 있었다.

41

프랑스 사제가 콤부마네스 왕국에 도착한 지도 두 주가 흘렀다. 그런데 시나르는 그 신부와 서로 마음이 통했는지, 둘은 매일 산책을 했다. 산책이 끝나면 시나르는 수심에 싸여 어수선한 마음으로 돌아오곤 했다. 나이는 이 모든 것이 외국인 신부가 말해 준 여러 소식 때문일 것이라고 생각했다. 하지만 시간이 조금 지나자 나이는 이 신부 때문에 시나르의 마음속에 조국에 대한 향수가 다시 일었기 때문이라고 믿었다. 복잡한 심정이었지만, 시나르의 나이에 대한 사랑은 줄기는커녕 점점 더해만 갔다. 이런 기회를 이용해 나이는 자기의 고민을 솔직히 털어놓기로 했다.

태양이 작열했던 어느 날 오후가 저물어 갈 무렵, 감비아 강변에 앉은 시나르는 자신의 힘들었던 노예 시절을 되돌아보며 깊은 생각에 빠져 있었다. 나이는 멀리서 그를 보고는 조용히 다가갔다. 은빛 무늬가 새겨진 짧고 푸짐한 치마를 입은 나이는 전에 없이 더 매력적으로 보였다. 그녀는 시나르 옆에 앉았지만, 시나르는 계속 무언가를 생각하고 있는 것 같았다. 마침내 나이가 입을 열었다.

"내가 당신의 애인이 된 이후에 당신이 이런 적은 한 번도 없었어요. 아버지가 당신을 예전보다 덜 사랑하시나요? 아니면 당신에 대한 내 사랑이 식었나요? 혹시 제가 전보다 덜 예뻐 보이는 것은 아닌가요?"

시나르는 감비아 강물만을 바라보았다. 그녀의 말을 듣지 못한 것 같았다. 나이는 눈물에 젖은 눈으로 잠시 조용히 시나르를 바라보았고, 그것은 마침내 흐느낌으로 변했다. 그 울음소리를 듣자 시나르는 나이를 돌아다보았고, 그녀의 눈물을 보자 다정히 안아 주면서 말했다.

"미안해 나이, 날 용서해 줘. 난 당신만을 생각하고 있었는데……"

"그 외국인 신부가 뭐라고 하던가요? 당신은 나 없이는 못 산다고 하시면서, 왜 그 신부와 함께 고독만을 찾아 헤매지요? 그 신부가 당신에게 자기 나라 여자들의 피부는 상아처럼 하얗고 눈은 탄도 강의 물처럼 푸르다고 하던가요? 어머니가 그렇게 말씀해 주셨는데, 당신에게 이야기해 준다는 것을 깜빡 잊었어요. 그 신부와 비슷하게 생긴 외국인이 어머니에게 백인 나라에 관해 많이 말해 주었어요. 어머니는 그 외국인을 사랑했었어요. 그 사람이 쿠마시오를 떠나자 어머니는 막마우를 미워했어요. 어머니는 다른 신을 섬기고 있었고, 그래서 아버지는 어머니를 죽였어요."

나이는 한참 침묵을 지켰고, 시나르는 다시 슬픈 생각에 잠겼다. 그런 상태에서 시나르는 갑자기 깨어나더니 나이의 손을 잡고 큰 바위 위로 올라가서 말했다.

"감비아 강은 탄도 강과 마찬가지로 산에서부터 흘러 내려오지. 당신은 누가 이 산을 만들었는지 알아?"

"아니요."

"하느님이 창조하신 거야. 탄도 강이 산으로 거슬러 올라가는 것을 보았어?"

"아니요."

"탄도 강은 눈물과 마찬가지로 큰 바다로 흘러가. 이 커다란 바다의 파도 소리 앞에서 강물 소리는 보잘것없는 소리와 같아. 마치 커다란 나무를 연약한 갈대처럼 마구 흔들어 대는 폭풍 소리 앞에서 들리는 당신 목소리와 같지. 그런데 누가 바다를 만들었을까?"

"모르겠어요."

"이 모든 것은 하느님의 솜씨야. 하느님은 내가 당신이 아닌 다른 여자를 사랑하는 것을 원치 않으셔. 그분은 내 자신을 사랑하듯이 당신을 사랑하라고 말씀하셨어. 그분은 당신이 웃으면 나도 웃기를 원하시고, 내가 울면 당신도 울기를 바라시지. 당신이 나를 사랑하면, 당신을 내 자신처럼 보호하기를 원하시고, 당신이 죽으면 내가 당신 무덤 앞에서 울기를 바라셔. 그래야만 나를 기다리는 저 별들 너머의 세상에서 당신과 함께 있을 수 있으니까."

나이는 시나르의 어깨 위에 두 손을 얹고 그를 사랑스럽게 바라보았다. 그때만큼 시나르가 멋져 보인 적은 없었다. 시나르가 나이를 가슴으로 껴안고서 뜨겁게 키스한 후 말했다.

"외국인 신부가 이 모든 것을 당신에게 가르쳐 주라고 했어. 하느님이 바로 우리의 신이야."

"예, 알았어요."

나이는 시나르를 껴안으면서 대답했다.

"하느님 다음에 당신의 유일한 사랑은 나예요."

42

해가 뜰 무렵 콤부마네스 족은 시나르의 결혼을 축하하기 위해 성대한 잔치를 준비했다. 시나르와 나이, 그리고 신부는 아무도 몰래 감비아 강변으로 내려와 그곳에서 가장 외진 곳을 찾았다. 그러더니 신부가 그들에게 말했다.

"하느님께서는 당신들이 서로 사랑하게 하셨습니다. 당신들의 후손이 숭배할 우리 하느님은 이 순간에도 당신들을 지켜보고 계십니다. 하느님이 우리에게 축복을 내려 주시도록 기도합시다."

늙은 신부는 천천히 장엄한 목소리로 기도를 올렸다. 두 연인들은 사제의 옆에 꿇어앉아 그가 말하는 것을 그대로 반복했다. 그러고 나서 신부는 세례를 주고 다시 기도를 올리더니 나이와 시나르에게 가까이 다가와서 서로 손을 잡으라고 말했다. 신부는 축복을 내리기 전에 그들에게 무슨 말을 했는데, 나이는 그 말을 결코 잊을 수가 없었다.

콤부마네스의 귀족들이 막마우의 집에서 춤추면서 축하 파티를 시작할 때는 이미 늦은 밤이었다. 지난 한 주일 동안 나이가 자신의 예복과 멋진 매력으로 콤부마네스의 가장 멋진 여인들의 콧대를 눌렀던 것처럼, 거대한 체구와 멋진 옷을 차려입은 막마우도 그곳에 모인 모든 용사들 중에서 가장 뛰어나 보였다. 갑자기 군대 행진곡 같은 음악이 멈추고 은은하면서 심금을 울리는 하프 연주가 시작되었다. 그곳에 초대받은 사람들은 구하기 힘든 진귀한 술들을 마구 마셨다. 그런 후 그들은 취해 잠들기 시작했다. 시나르는 소란스런 파티에서 빠져나와 침대에 누웠고, 나이는 향긋한 부채로 자기 애인의 이마를 부쳐 주었다.

그때 갑자기 숲속에서 총소리가 들렸다. 그 총소리는 막마우의 거처를 겨냥하고 있는 듯했다. 막마우는 쩌렁쩌렁한 목소리로 시나르를 불렀고, 시나르는 급히 칼을 쥐고 그에게로 달려갔다.

"캄베스 족이야! 바로 그놈들이야! 다 죽여 버려야 돼!"

막마우는 외치면서 침실과 마루에서 술에 취해 자고 있던 용사들을 깨우려고 했지만 그럴 수가 없었다.

총소리와 고함 소리가 가까워졌다. 강가에 가장 가까운 곳에 있던 촌락이 불타고 있었고, 그 붉은 불빛은 전쟁이 본격적으로 시작되었음을 알려 주었다. 막마우와 시나르는 나이의 애원하는 소리와 여인들의 비명 소리에도 아랑곳하지 않고, 전투가 시작되고 있는 곳으로 달려갔다. 그때 병사들이 막마우와 시나르를 부르면서 막마우의 집으로 달려갔다. 그들은 막마우의 집을 방어하려고 온 힘을 다했지만, 이미 때가 너무 늦어 있었다.

막마우는 가슴에 총을 맞고 쓰러졌다. 그와 함께 있던 몇몇 병사들도 총을 맞고 죽어 갔다. 시나르는 온몸으로 나이와 자기를 방어했다. 그러자 피가 뚝뚝 떨어지고 있는 프랑스 신부의 머리를 손에 들고서 캄베스 족의 대장이 시나르에게 소리쳤다.

"항복하라. 그럼 목숨만은 살려 주마."

그러자 나이는 그 대장에게 자신의 손을 내밀어 묶도록 했다. 그녀는 자기 앞에 기다리고 있는 운명이 무엇인지를 깨달은 것 같았다. 그 대장 앞에 무릎을 굽히며 나이는 말했다.

"제발 시나르를 죽이지 마세요. 난 이제 당신의 노예입니다."

시나르가 머리에 칼을 맞고 쓰러지자, 그들은 시나르를 나이처럼 꽁꽁 묶었다. 콤부마네스 족의 용사들이 잠에서 깨어났을 때에는 이미 캄베스 족의 노예가 된 후였다.

캄베스 족의 용사들은 감비아 강가에 도착해서 기다리고 있던 배에 포로들을 태우고 콤부마네스를 떠났다. 캄베스 왕국의 해안가에 다다를 때까지 그들은 나이가 시나르에게 가까이 가지 못하게 감시했으며, 시나르는 그녀의 뺨에 하염없는 눈물이 흘러내리는 것을 보았다.

그곳에 도착해서 이틀째 되는 날, 해가 채 밝기도 전에 나이와 다른 포로들은 해안가로 끌려갔다. 전날 밤부터 나이는 자기 남편과 떨어져 있었다. 해안가에는 배가 모래에 닻을 내리고 포로들을 기다리고 있었다. 먼바다에는 범선의 돛이 펄럭였다.

"시나르는 어디 있죠? 우리와 함께 가지 않나요?"

나이는 범선으로 향하는 작은 배에 오르면서 포로 감시대장에게 이렇게 물었다.

"어제부터 승선시키기 시작했으니, 아마 지금쯤은 저 큰 배에 타고 있을 거야."

그 배에 오르자 나이는 수많은 포로들 사이에서 시나르를 찾기 시작했다. 큰 소리로 그의 이름을 불러 보았으나 아무 대답도 없었다. 그녀는 배 밑창까지 찾아보다가 자기 남편의 이름을 흐느껴 부르면서 기절했다. 나이가 깨어났을 때에는 이미 갑판 위로 옮겨져 있었다. 그녀 주위에는 희뿌연 안개만이 자욱했다. 그녀는 자신의 불운한 운명에 절망하여 마구 비명을 지르기 시작했다. 그러자 어느 백인 승무원이 온갖 종류의 욕을 해 대면서 채찍을 휘두르는 바람에 나이는 다시 실신하고 말았다.

며칠이 지난 어느 날 아침에 나이는 다른 포로들과 함께 갑판 위에 있었다. 포로들 사이에 전염병이 돌자, 그들에게 갑판에 올라갈 수 있도록 허락했던 것이다. 그때 "육지다!"라고 선원들이 외쳤다. 나이는 고개를 들어 저 멀리 희미하게 보이는 수평선을 바라보았다. 몇 시간 후에 배는 쿠바의 어느 항구에 정박했고, 많은 포로들이 그곳에서 내렸다.

그 배는 새 짐을 실은 후, 다음 날 출항했다. 기상이 나쁜 관계로 항해는 순조롭지 못했다. 여드레가 지난 다음에 선장은 배에 있던 일곱 명의 포로 중에서 두 명이 죽었다는 사실을 알았다. 그중 하나는 가슴에 칼이 꽂힌 채 피범벅이 되어 죽어 있었고, 또 다른 하나는 열병으로 죽어 있었다. 선장은 그 두 포로의 족쇄를 풀고는 시체를 바다에 던져 버렸다.

이제 남은 포로들은 나이와 나이의 하녀, 그리고 세 명의 콤부마네스 족의 대장들이었다. 이들 중에서 다리엔이라는 이름의 포로는 배가 해안에 다다를 때 숨을 거두었다.

밤이 되자 선장은 거룻배에 나이와 세 명의 노예들을 싣고서 불빛이 깜빡이는 곳으로 가라고 선원들에게 지시했다. 그들은 배에서 내리기 전에 노예들을 밧줄로 묶고서 하선시켰다. 그런 후에 험한 오솔길로 노예들을 끌고 갔다. 그들은 한참 걸어간 끝에 어느 집에 도착했다. 그러나 개들이 짖는 소리가 너무 무서워 그 집으로 들어갈 수가 없었다. 그때 주인이 나와 개들을 조용히 시켰고, 선장과 함께 인사를 나누고는 집 안으로 들어가서 노예들에 관해 이야기하기 시작했다.

그들이 노예들을 집 안으로 들여보내라고 외치자, 희고 예쁜 젊은 여자가 나와 선장에게 인사를 하고는 노예들을 데리고 들어갔다. 주인은 나이의 세 동료들을 차례로 살펴보더니 그리 만족스런 표정을 짓지 않았다. 하지만 나이를 보자 백인 여자와 아주 다정스럽게 말을 했다. 이 주인은 윌리엄 사딕이라는 아일랜드 사람이었으며, 2년 전에 투르보*에서 그리 멀지 않은 우라바**에 거처를 정했었다. 그

* 콜롬비아 안티오키아 지방에 있는 항구 도시.

** 콜롬비아의 동북부에 있는 해안 지역.

리고 가브리엘라라는 그의 아내는 카르타헤나 태생의 혼혈이었다.

43

이 주인은 아주 부유한 장사치였다. 그의 조수로 동생인 토마스가 일하고 있었다. 토마스는 쿠바에서 살았는데, 배가 아바나에 도착했을 때 윌리엄에게 보내는 밀수품을 수송하기 위해 함께 배를 탔었다. 그는 나이의 동료들을 무자비하게 다루었다. 나이에게 채찍을 들었고, 그녀가 그의 발밑에 무기력하게 쓰러졌지만 그녀를 인정사정없이 마구 때린 사람이었다. 나이는 그가 출항하기 위해 그 집을 떠나려 하자 그에게 가서 무릎을 꿇고 자기를 이곳에 남겨두지 말아 달라고 애원하면서 말했다.

"저를 데려가 주세요. 전 당신의 하녀가 되겠습니다. 그리고 제 남편인 시나르를 찾아 주세요. 그러면 저 한 명 대신 두 명의 노예를 거느리실 수 있잖아요. 당신은 그가 어디에 있는지 알겠지요? 우리는 당신이 믿는 하느님을 믿습니다. 저희를 함께 있게 해 주시면 당신에게 충성을 다 하겠습니다."

그러자 토마스는 그녀를 아무 말 없이 쳐다보고는 이상한 미소를 짓더니 그녀를 쓰다듬기 시작했다. 그러고는 마침내 그녀의 손을 자기 가슴으로 가져가더니 자기와 사랑을 하면 함께 갈 수 있다고 약속했다. 한 종족의 왕비 격인 자존심 강한 나이는 벌떡 일어나서 그 사람에게 등을 돌리고는, 자기 침실로 들어갔다. 그 방에는 가브리엘라가 있었다. 그녀는 나이에게 조용히 하라고 말하더니 자기가 그녀를 보호해 주겠다고 약속했다. 그리고 하늘을 가리킨 후 그리스도 수난상을 보여 주었다. 그녀는 나이가 예수님 앞에 무릎을 꿇고 울먹이면서 기도를 하자 몹시 놀랐다.

6개월이 지나자 가브리엘라 덕택에 나이는 스페인어를 어느 정도 이해할 수 있게 되었다. 날이 갈수록 가브리엘라는 나이를 좋아하고 사랑했다. 하지만 막마우의 딸의 눈에는 항상 눈물이 고여 있었다. 아무 새소리나 들어도 그녀는 고향을 그리워했고, 감비아 강변에 핀 꽃과 비슷한 꽃을 볼 때면 흐느껴 울었다. 남편이 여행을 떠나면 가브리엘라는 자기 방에서 나이와 함께 잠을 잤다. 그때마다 가브리엘라는 나이가 꿈속에서 아버지와 남편을 부르는 소리를 들었다.

나이는 자기 동료들이 팔려 갈 때마다 가슴이 찢어지는 것 같았다. 나이는 다른 사람에게 팔리지 않았다. 그건 가브리엘라의 애정 때문이기도 했지만, 한편으로는 나이가 곧 엄마가 되기 때문이었다. 나이의 주인은 아이가 태어나면 더 좋은 값을 받을 수 있다고 생각했기 때문에 그때를 기다리고 있었다.

나이는 시나르의 아들은 어떠한 일이 있어도 노예가 되게 해서는 안 된다고 마음을 굳혔다. 그래서 어느 날 가브리엘라가 천당에 관해 이야기하는 도중에 솔직하게 물었다.

"만약 노예의 아들이 세례를 받고 죽으면 천사가 될 수 있나요?"

가브리엘라는 나이의 질문을 짐작하고 있었다는 듯이 그녀의 아들은 열여덟 살이 되면 자유인이 된다고 말해 주었다. 나이는 탄식하면서 대답했다.

"열여덟 살이라고요!"

두 달 후에 나이는 아들을 낳았고, 그를 기독교인으로 만들려고 애썼다. 그리고 아들에게 첫 키스를 해 주면서 나이는 하느님이 자기를 위안하려고 그 아들을 보냈다는 사실을 깨달았다. 그녀는 시나르의 아들의 어머니가 된 것을 자랑스럽게 생각했다. 그래서 영원히 그녀에게서 사라졌다고 믿었던 미소를 다시 되찾게 되었다.

그때 서인도 제도에서 새 그라나다 왕국의 내륙 지방으로 돌아가던 젊은 영국인이 우연히 몇 달 동안 사딕의 집에 머물게 되었다. 그는 세 살쯤 먹은 어린 소녀를 데리고 있었다. 그들이 바로 우리 아버지와 에스테르였다. 에스테르는 마리아로 개명하기 전의 이름이었다. 나이는 이 어린 소녀가 어머니가 없다는 것을 알고는 특별한 애정을 쏟아 보살폈다. 아버지는 처음에 마리아가 나이 아니면 그녀의 아들과 즐겁게 노는 것을 보고 몹시 걱정했다. 하지만 가브리엘라가 나이는 막마우의 딸이라는 사실을 알려 주자 안심했다. 그런데 가브리엘라는 아버지에게 이 아프리카 여자가 새 그라나다 땅에 도착한 날짜를 알려 주는 실수를 범하고 말았다. 그것은 이 국가가 1821년 이후부터 노예 수입을 금지하고 있었기 때문이다. 그럴 경우 나이와 그의 아들은 당연히 자유인으로서의 권리를 누릴 수 있었다. 그는 가브리엘라가 실수를 범했다는 사실을 눈치채지 못하게 행동했다. 그러고는 기회를 엿보면서 윌리엄에게 나이를 자기에게 팔라는 제의를 하려고 했다.

그때 밀을 하적하고 자기 나라로 되돌아가기 위해 온 어느 미국인이 잠시 사딕의 집에 머물렀다. 그는 나이를 보자마자 윌리엄에게 자기 아내의 선물로 나이를 데려가고 싶다고 말했다. 그래서 한 시간 동안의 흥정 끝에 나이는 미국인에게 금화 50냥에 팔렸다. 나이는 자기가 팔렸다는 사실을 가브리엘라를 통해 들었고, 자기 몸값이 하찮은 금화 50냥에 불과하다는 사실을 알고 씁쓸하게 웃었다. 가브리엘라는 나이에게 미국에서는 시나르의 아들도 노예가 된다는 사실을 알려 주었다.

나이는 모든 것을 체념한 것 같았다. 하지만 다음 날 오후 해가 질 무렵, 아버지가 마리아의 손을 잡고 해안가를 거닐고 있을 때 나이는 자기 아들을 팔에 안고 다가왔다.

아버지는 착하디착한 그녀의 표정에 고통의 분노가 서려 있음을 보고 소스라치게 놀랐다. 그녀는 아버지 발밑에 무릎을 꿇고서 서툰 스페인어로 말했다.

"저는 제가 갈 나라에서는 제 아들도 노예가 된다는 사실을 알고 있습니다. 오늘 밤 제가 제 아들을 죽이는 것을 원치 않으신다면, 제발 저를 사 주십시오. 그러면 저는 당신의 딸을 위해 온 정성을 다하겠습니다."

아버지는 돈으로 이 문제를 해결했다. 미국인은 새 판매 서류에 서명했고, 아버지는 그 서류에 간단한 메모를 써서 가브리엘라에게 건네주었다. 거기에는 아버지가 그녀와 그녀 아들에 대한 권리를 포기한다고 적혀 있었다.

그러자 미국인은 아버지가 한 일에 놀라움을 금치 못하면서 말했다.

"난 당신의 행동을 이해할 수 없습니다. 그 검둥이가 자유의 몸이 되면 뭐가 좋습니까?"

"난 노예가 필요한 것이 아니라, 이 아이를 돌볼 유모가 필요합니다."

아버지는 이렇게 대답하면서 시나르의 아내에게 말했다.

"넌 이 서류를 잘 보관해라. 넌 이제 내 가족이 있는 곳으로 갈 것인지, 아니면 여기에 있을 것인지를 스스로 선택할 수 있는 자유인이다."

마리아는 이 서류를 나이에게 건네주었고, 나이는 마리아를 팔로 껴안으면서 입을 맞추었다. 그리고 아버지에게 고맙다고 말했다.

이것이 펠리시아나와 후안 앙헬이 우리 집에 함께 살게 된 이유이다. 3개월 후 펠리시아나는 자신의 불행을 될 수 있는 한 감추려고 애쓰면서, 우리와 함께 살게 되었다. 최근에는 그녀의 병 때문에 산타R에 있는 과수원과 목장을 돌보고 있었다. 하지만 그녀가 여기 있게 된 주된 이유는 우리가 산에 있는 집에서 내려올 때면 그곳에서 보낼 수 있도록 준비하는 것이었다.

펠리시아나와 함께 있을 때 나와 마리아는 항상 그녀를 나이라고 불렀다. 하지만 그렇게 부르면 그녀가 곧 슬픈 표정을 짓는 것을 알 수 있었다. 언젠가는 내 침대 머리맡에 앉아서 환상적인 이야기를 들려주다가, 이야기를 끝낸 후 조용히 아무 말 없이 우두커니 앉아 있는 것을 보았다.

나는 그녀가 울고 있을 것이라고 생각했다. 그래서 나는 물었다.

"왜 울어요?"

"네가 크면 먼 나라도 여행하겠지. 그럼 나와 후안 앙헬도 데려갈 거지?"

"그럼, 물론이죠. 난 그 아름다운 공주가 있는 땅으로 갈 거예요. 그런데 그게 무슨 땅이죠?"

"아프리카란다."

펠리시아나는 이렇게 대답했었다. 나는 그날 밤 황금 궁전에서 달콤한 음악을 듣는 꿈을 꾸었었다.

44

신부님은 펠리시아나에게 종부 성사를 주었다. 나는 의사가 그녀와 함께 있도록 배려한 후, 장례에 필요한 물품을 준비하고 A씨에게 보내는 편지를 보내러 말을 타고 마을로 갔다. 내가 돌아왔을 때 펠리시아나는 전보다 덜 고통스러워하는 것 같았다. 그래서 의사는 한 가닥 희망을 갖고 있었다. 펠리시아나는 내게 가족 모두의 인사를 물어보고서 마리아에 대해 말했다.

"내가 죽기 전에 마리아를 볼 수 없을까?"

그러고서 이렇게 덧붙였다.

"마리아가 아니었다면 나와 내 아들은 어떻게 되었을까?"

밤이 되자 펠리시아나는 몹시 고통스러워했다. 다음 날인 토요일 오후 세 시경에 의사가 내 방으로 들어오면서 말했다.

"오늘 운명할 겁니다. 그런데 펠리시아나의 남편 이름이 무엇이죠?"

"시나르입니다."

나는 의사에게 펠리시아나 남편의 이름을 말해 주었다.

"시나르라고요? 혼수상태에서도 그 이름만 부르고 있어요."

그러나 나이의 이야기를 하면서 그 의사를 눈물에 젖게 할 시간적 여유는 없었다. 나는 즉시 펠리시아나의 방으로 갔다. 의사의 말은 사실이었다. 죽어 가면서도 그녀는 단지 그 이름만을 애타게 불렀다. 나는 가까이 가서 그녀가 들을 수 있게끔 이름을 불렀다.

"나이! 나이!"

그 이름을 듣자 그녀는 놀란 듯이 눈을 떴다. 그래서 나는 말했다.

"나이가 누군지 알죠?"

그녀는 그렇다고 고개를 끄덕였다.

"기도해 줄까요?"

그러자 또 고개를 끄덕였다.

다섯 시경에 나는 후안 앙헬에게 어머니 침대에서 물러나라고 말했다. 그녀의 아름다웠던 눈은 이미 광채를 잃었고, 안색은 예전의 아리따운 색이 아니었으며, 덕스러운 입술은 시커멓게 말라 있었다. 밤이 되자 그녀는 숨을 거두었다. 후안 앙헬은 침대 곁에서 세상을 떠난 자기 어머니 이마 위로 하염없이 눈물을 떨어뜨렸다. 그의 가슴은 슬픔을 이기지 못해 가엾은 신음까지 냈다.

밤이 깊어 갔다. 나는 슬픔에 못 견뎌 기진맥진한 후안 앙헬에게 잠시 눈을 붙이라고 했다. 그리고 내 방으로 갔다. 로사리오 기도를 올리는 여인들의 목소리와 들것을 준비하는 노예들의 마체테 소리로 잠을 설쳤다. 새벽 네 시경에도 후안 앙헬은 잠들어 있었다. 기도와 임종 미사가 끝나자 우리는 묘지로 향했다. 묘지는 이미 정리되어 있었다. 우리가 공동묘지 정문을 지날 때, 후안 앙헬이 자기 어머니를 부르며 달려왔다. 나는 묘 근처에 관을 놓았다. 그리고 후안 앙헬이 관을 묻는 것을 보지 못하도록 그를 껴안으며 말했다.

"지금 여기 네가 보고 있는 것은 네 어머니가 아니야. 네 어머니는 지금 하늘나라에 계신단다."

그러자 후안 앙헬이 소리쳤다.

"엄마! 왜 날 혼자 놔두고 가세요!"

"안 돼, 후안 앙헬! 여기에 내가 있잖아. 내가 너를 사랑했고, 또 앞으로도 사랑할 거야. 그리고 마리아도 있고 엠마도 있잖아. 우리 어머니도 계시고. 우리 모두가 네 어머니랑 마찬가지야."

관은 이미 묘 구덩이 깊숙이 들어가 있었다. 노예 중의 한 명이 첫 삽질을 하자, 후안 앙헬은 성난 듯이 달려들어

두 손으로 삽을 빼앗았다. 그 행동을 보면서 우리 모두는 눈시울을 적셨다. 오후 세 시경에 우리는 나이의 묘에 십자가를 새겨 놓고 집으로 돌아왔다.

45

일주일이 지나자 펠리시아나의 죽음 때문에 침통해 있던 우리 집은 조금씩 활기를 되찾기 시작했다. 우리 모두는 후안 앙헬의 고통을 덜어 주기 위해 정성을 다했다. 아버지는 그에게 비록 법에 의하면 앞으로 몇 년 동안 더 자기의 보호 아래 있어야 하지만, 그는 완전한 자유인이라고 말해 주었다.

내가 산타R로 가기 전날 밤에 있었던 일에도 불구하고, 마리아는 나를 예전처럼 대해 주었다. 우리는 정원과 과수원을 함께 거닐었고, 마리아는 내가 곧 여행을 떠나야 한다는 사실을 잊은 듯이 자기 앞치마로 꽃을 주우면서 어리광을 피웠다. 또 우리는 덩굴나무로 덮여 있는 벼랑에 앉아 굽이굽이 흘러가는 강물을 바라보기도 했다. 하지만 우리가 두려워하는 그 여행을 이야기할 때면, 마리아는 자기 팔을 내 손에서 빼고는 멍하니 생각에 잠겼다.

그러던 어느 날 저녁, 마리아는 갑자기 장미 숲속에 서서 내 창문을 바라보며 물었다.

"바로 여기에요. 난 지금 입은 옷을 입고 있었는데 기억나요?"

"그럼, 마리아."

나는 그녀의 손에 입을 맞추며 대답했다.

"그날 밤 나는 지금 당신과 하고 있는 것을 꿈꾸다가 잠을 깼어요. 심은 지 얼마 안 되는 저 장미가 보이죠? 당신이 날 잊으면 저 장미는 꽃을 피우지 않을 거예요. 하지만 당신이 변치 않고 날 사랑한다면 아주 멋진 꽃을 피울 거예요. 그 꽃을 보며 당신 마음을 알 수 있게 해 달라고 성모 마리아에게 기도했어요."

나는 그녀의 순진무구한 사랑에 감동하여 빙긋이 미소를 지었다.

"그렇게 되겠지요?"

마리아는 진지하게 물었다.

"그럼, 그렇고말고."

우리는 내 방 창문 쪽으로 갔다. 거기에서 마리아는 자기 팔을 내 팔에서 뺀 다음에 개울 쪽으로 갔다. 그리고 두 손을 모아 물을 떠 와서 내 발밑에서 싹 트고 있는 꽃에 그 물을 뿌리면서 말했다.

"이건 산에서만 자라는 백합이에요."

"이 백합, 네가 심은 거야?"

"그건 여기에는……"

"알아. 난 네가 잊어버렸는 줄 알았는데."

"잊다니요? 잊는 게 그리 쉬운 일인가요?"

마리아는 나를 쳐다보지도 않고 정색을 하면서 말했다.

"하지만 왜 여기서 백합을 볼 수 있었는지 알아?"

"어떻게 모를 수가 있겠어요. 그날 내가 당신 탁자에 다시는 꽃을 꽂지 않게 만든 사람이 있었기 때문이죠."

그녀는 내가 내민 손을 잡고 일어나면서 말했다.

"곧 어두워질 것 같아요. 그만 가요."

"왜 그 백합을 거기에 심었어?"

나는 집으로 돌아오는 길에 다시 물었다.

"새 화분에 왜 장미꽃이 있는지 알죠?"

"응."

"아마 그 백합도 비슷한 용도로 쓰일 거예요."

"그게 뭔데?"

"당신이 내 편지를 받을 때, 그 속에 백합이 들어 있으면 좋아할 것 같아서……"

"맞아!"

"이 꽃은 내가 글로 표현할 수 없는 그 무엇을 말해 줄 거예요. 난 아직도 글이 서투르거든요. 그래서 내 의사를 제대로 표현하기가……"

이런 대화를 나누면서 우리는 집에 도착했다. 후안은 두 팔을 벌리면서 마리아에게 다가왔다. 그러자 마리아는 후안을 번쩍 들어 안고서 방으로 들어갔다.

46

다음 날 아침 일찍 나는 호세 씨를 방문하고서 열두 시경에 산을 내려왔다. 햇빛이 모든 나뭇잎을 태울 것처럼 뜨겁게 내리쬈다. 바람 한 점 없는 날이어서 숲속의 나뭇잎은 미동도 전혀 하지 않았다. 그리고 새들의 날아가는 소리도 들을 수 없었다. 매미 소리만이 한 여름임을 알려 주고 있었다.

나는 멀리서 후안과 에스테파나와 함께 목욕 가던 마리아를 보았다. 나를 뒤쫓던 마요는 그들을 보자 꼬리 치며 달려가서 한데 어울렸다. 마리아는 사방으로 나를 찾으려 두리번거리다가 내가 과수원 담을 뛰어넘는 것을 보았다. 나는 그녀가 있는 곳으로 갔다. 그녀는 욕탕이 있는 오렌지 나무 밑에 에스테파나가 깔아 놓은 돗자리에 앉아 있었다. 내가 인사하러 가자 이렇게 말했다.

"해 좀 봐요. 해가 중천에 있어요. 그런데 왜 이렇게 늦었어요?"

"일찍 올 수가 없었어."

"항상 똑같이 얘기하네요. 내가 여기서 기다릴 테니 목욕할래요?"

"아니, 싫어."

"욕조에 필요한 것이 있으면 지금 내가 모두 준비해 놓을 수 있는데요……"

"장미꽃 말이야?"

"예. 잠시 후에 오세요. 그러면 장미꽃을 갖다 놓을게요."

그날 나는 트란시토와 루시아가 내게 준 백합 이외에도 길에서 예쁜 백합꽃도 주워 왔었다. 그중에서 가장 예쁜 꽃은 마리아에게 주었고, 나머지는 욕탕에 뿌렸다. 그러자 그녀는 소리쳤다.

"아, 이 예쁜 꽃들을 모두 버리다니! 너무 예쁜데!"

"물의 요정들이 연못에서 목욕할 때 이렇게 하곤 하지."

"요정들이 뭔데요?"

"너와 비슷하게 생긴 여자들이야."

"나랑 비슷하다고요? 어디서 보았는데요?"

"강에서."

그러자 마리아는 웃으면서 이렇게 말했다.

"곧 돌아올게요."

약 30분 정도 지난 후 마리아는 내가 기다리고 있던 거실로 들어왔다. 그녀의 눈은 반짝이고 있었고, 뺨은 욕탕에서 나올 때처럼 아름답고 은은한 붉은 색이었다. 나를 보자 마리아는 서서 말했다.

"아니, 여기 웬일이에요?"

"네가 이리로 올 줄 알았거든."

"그럼 나를 기다렸던 거예요?"

그녀는 내가 가리키는 소파에 앉고서 잠시 생각에 잠겼다. 그런 후에 말을 꺼냈다.

"왜 그렇죠?"

"뭐가?"

"항상 이런 일이 일어나는 것 말이에요?"

"그게 뭔데?"

"당신은 내가 생각하는 대로 행동해요. 며칠 전부터 이런 일이 일어나요. 그러니까 당신이 여기 없어도 당신이 무엇을 하는지 알 수 있는 것이…… 당신도 그렇겠죠? 그럼 이만 어머니 재봉실로 가요. 난 당신을 기다리느라고 오늘 아무 일도 못했어요. 어머니는 오후에 내게 바느질을 하라고 말했는데……"

"거기에 우리 둘만 있는 거야?"

"그리고 또 항상 둘만 있고자 하는 이유는 뭐죠?"

"날 거추장스럽게 하는 것이……"

"쉬!"

마리아는 손가락을 입술에 갖다 대며 말했다.

"봐요, 저기 조리실에 사람이 있잖아요. 그런데 그 요정들은 아주 예뻐요? 이름이 뭐예요?"

"그럼, 아주 예쁘지."

"산에서도 살아요?"

"아니, 강가에서만 살아."

"햇빛 아래 살아요, 아니면 물에 살아요? 그리 하얄 것 같지는 않은데요."

"커다란 숲속의 그늘에서 살아."

"거기서 뭘 하는데요?"

"나도 뭘 하는지 잘 몰라. 내가 알고 있는 것은 이제 더 이상 그런 요정들은 찾아볼 수 없다는 것뿐이야. 그런데 한 가지 고백할 것이 있어."

"그게 뭔데요?"

"요정들이 너한테 질투하는 것 같아."

"나한테 화가 나 있다고요?"

"응."

"나한테 말이에요!"

"전에 나는 항상 그런 요정들만 생각했는데 이제는……"

"이제는 어떻게 됐어요?"

"너 때문에 잊어버렸어."

"그럼 내가 자랑스럽게 생각해도 되겠네요."

그녀의 손은 벌써 내 의자의 팔걸이에 와 있었다. 그건 내게 손을 잡아 달라는 신호였다. 그녀는 계속해서 말했다.

"유럽에도 요정이 있어요?"

"응. 그녀들은 장미꽃으로 얼굴을 칠하고 브래지어를 입고 신발을 신어."

마리아는 바느질을 하려고 했지만, 그녀의 오른손은 머뭇거렸다. 그녀가 실을 풀면서 내게 말했다.

"욕탕에 뿌려 놓은 꽃들이 하수구로 흘러갈 텐데……"

"그러니까 내가 가서 주워 오란 말이지?"

"그냥 꽃을 버리는 게 아까워서 그래요."

"그 이상이겠지."

"정말로 아까워서 그래요. 그리고 우리 단둘이 있는 모습을 보이고 싶지 않아요. 엠마와 어머니가 곧 이리로 올 거예요."

47

내가 유학을 떠나기 전에 아버지는 칼리를 다녀오기로 했다. 이는 급한 사업 문제 때문이기도 했지만, 내 여행에 필요한 것들을 준비하려고 했기 때문이었다. 아버지는 칼리로 가기 전날인 1월 14일에 나와 함께 일을 한 후에 여행 가방을 가져오라고 했다. 어머니는 카펫 위에서 짐을 정리했고, 마리아와 엠마는 어머니를 도와주었다. 이제는 내 옷만 꾸리면 되었다. 마리아는 의자에 걸려 있는 내 옷을 보고는 물었다.

"이것도 꾸려요?"

어머니는 대답하지 않은 채 내 옷을 받아 가방에 넣으면서 손수건으로 눈물을 닦았다. 나는 가방에 넣어야 할 서류들을 가져오기 위해 그곳을 나갔다. 서류를 갖고 돌아오는데 마리아가 계단 난간에 기대어 서 있는 것을 보았다.

"웬일로 여기에 있어? 왜 울어?"

"울지 않으면 참을 수가……"

"내가 당신에게 약속한 것 기억나지?"

"예, 알아요. 용기를 내세요. 내가 당신이 가진 용기의 십분의 일만 있어도…… 하지만 난 어머니와 당신에게 울지 않겠다고 약속한 적은 없어요. 당신의 찡그린 얼굴이 이 눈물보다도 더 많은 것을 의미하기에……"

나는 손수건으로 그녀의 뺨으로 흘러내리는 눈물을 닦았다. 나는 마리아에게 기댔다.

"저것 좀 봐요."

마리아는 내게 어두워진 계곡을 가리켰다.

"밤이 얼마나 슬픈지 몰라요. 금년 8월쯤이면 당신은 어디에 있을까요? 당신이 보고타에서 이곳으로 돌아오지 않았다면, 유럽으로 가기 위해 이곳으로 오지 않았다면……"

"그게 오히려 더 나았을까?"

"뭐라고요? 내가 그렇다고 생각한 적이라도 있어요?"

"당신은 나도 그렇게 믿고 있지 않다는 사실을 알지?"

"하지만 아버지가 내 병에 대해 말하는 것을 들었을 때는 믿을 수밖에 없었어요. 당신은 그렇지 않았나요?"

"응. 그러리라고는 절대 믿지 않았어."

"내가 아팠던 그 열흘 동안에도 믿지 않았어요?"

"난 지금처럼 당신을 사랑하고 있었어. 하지만 아버지와 의사의 말은……"

"예, 어머니가 말해 주셨어요. 이 은혜를 어떻게 갚지요?"

"당신은 이미 그에 상응한 것을 내게 베풀어 주었어."

"그게 그 정도로 가치 있는 일인가요?"

"그 당시 내가 당신을 사랑했던 것처럼 당신이 나를 사랑하고, 내가 지금 당신을 사랑하는 것처럼 나를 사랑해 주면 돼."

"맞아요! 하지만 이것으로 당신에게 진 빚을 갚을 수 있을까요? 그 전에 말하고 싶은 것이 있는데…… 창피해서 말 못하겠어요. 아니, 이야기하지 않는 편이 더 나을 것 같아요."

"말해 봐, 마리아. 당신은 거의 내 아내와 다름없잖아?"

"그런데 아직 실감이 나지 않아요. 너무 오랫동안 불가능한 일이라고 생각해 와서 그런지……"

"아직도 그래? 아직도 그러냐고?"

"난 당신이 어떻게 될지, 그리고 나도 어떻게 될지 모르겠어요. 그런데 뭘 찾고 있어요?"

내 손이 그녀의 손을 잡자, 그녀는 물었다.

"이것이야."

나는 마리아가 왼쪽 손가락에 끼고 있던 그녀의 부모의 이름이 새겨진 반지를 빼면서 말했다.

"이 반지를 끼고 싶어요? 당신이 반지 끼는 것을 좋아하지 않는 것 같아서 주지 않았던 건데……"

"이 반지는 우리 결혼식 날 되돌려 줄게. 그동안 이 반지를 끼고 있어. 내가 보고타로 갈 때 어머니가 주신 반지야. 이 반지 안쪽에는 우리 이름이 새겨져 있어."

"좋아요. 하지만 나는 이 반지를 돌려주지 않을 거예요. 당신이 보고타로 떠날 때, 이 반지가 과수원 개울에 빠졌던 것 기억나요? 나는 이 반지를 찾기 위해 신발도 신지 않은 채 달려가서 개울물에 들어갔어요. 그리고 개울물에 흠

빽 젖어서 어머니한테 혼났었지요."

그때 우리 눈앞에 마리아의 머리카락처럼 어두운 물체가 휙 하고 지나갔다 마리아는 손으로 얼굴을 감싸더니 온몸을 떨면서 소리쳤다.

"저 까만 새!"

그녀는 떨면서 내 팔을 잡았다. 나도 몸을 움츠렸다. 그 불길한 새가 우는 소리는 더 이상 들리지 않았다. 마리아는 꼼짝도 하지 않고 서 있었다. 마리아의 외침 소리를 듣고 놀라서 어머니가 촛불을 들고 서재에서 뛰어나왔다. 마리아의 얼굴은 백짓장처럼 하얗게 변해 있었다.

"무슨 일이니?"

어머니가 물었다.

"에프라인 방에서 우리가 보았던 저 새 때문에……"

어머니 손에 있던 촛불이 흔들렸다. 어머니가 말했다.

"얘야, 그렇게 놀랄 필요는 없지 않니?"

"어머니는 모르세요…… 그런데 지금은 괜찮아요. 여기서 나가요."

마리아는 나를 쳐다보며 침착하게 말했다.

그때 식당의 종소리가 울렸고, 우리는 그쪽으로 갔다. 마리아는 어머니에게 가서 조용히 말했다.

"제가 이렇게 놀랐다고 아버지한테 말씀드리지 마세요. 저를 비웃을지도 모르니까요."

48

다음 날 아침 일곱 시경에 아버지의 짐은 이미 말에 실려 있었다. 우리는 외출복을 입고 커피를 마셨다. 나는 M 씨 농장까지 아버지를 배웅하기로 했다. 그것은 다른 이웃들과 마찬가지로 그 가족과도 작별 인사를 나누는 것이 예의였기 때문이다. 우리가 탈 말이 도착하자, 온 가족은 복도에 나와 우리를 배웅했다. 그때 엠마와 마리아가 내 방에서 나왔다. 나는 왜 두 사람이 내 방에서 나왔는지 이상하게 생각했다. 아버지는 어머니의 뺨에 입을 맞추고는 차례로 마리아와 엠마의 이마에도 작별의 입맞춤을 했다. 그리고 후안에게도 인사했다. 후안은 자기가 갖고 놀던 어린 말에 안장을 얹고 싶다면서 권총집이 달린 안장틀을 부탁했다.

아버지는 계단에서 내려오기 전에 마리아 앞에 멈추더니 한 손을 마리아의 머리에 얹으면서 조그만 목소리로 말했다.

"넌 성실하고 멋지게 살 수 있을 거야, 그렇지?"

마리아는 그렇다고 고개를 끄덕이며 대답했다. 부끄러워 빨개진 그녀의 뺨으로 눈물이 흘렀다. 그러자 그녀는 급히 눈물을 닦았다.

나는 오후에 돌아오겠다고 인사했고, 마리아는 아버지가 말을 타는 동안 내 곁에 와서 아무도 듣지 못하게 말했다.

"틀림없이 다섯 시 전에는 돌아와야 해요."

헤로니모 씨의 농장에는 카를로스만 있었다. 그는 나를 반갑게 맞이했다. 점심을 먹은 후 담배를 피우면서 카를로스는 말했다.

"오늘 이후로는 너를 볼 수 없겠구나. 여행을 떠나게 되어서 매우 슬프지. 열심히 공부해서 빨리 돌아오길 바란다."

"넌 빨리 결혼해야지?"

나는 그에게 물었다.

"나는 네 사촌 여동생과 결혼하려는 터무니없고 무모한 일을 저지른 이후에 보고타에서 좋아했던 말괄량이 마틸데와 결혼하려는 유혹을 뿌리칠 수 없었어. 나는 이제 그녀가 내 아내라고 믿고 있어. 그런데 그녀가 여기에 와 있는 모습을 생각하면 저절로 웃음이 나와."

"왜?"

"마틸데는 보고타의 전형적인 도시 생활에 물든 세련된 여잔데, 이 촌구석에 와 있어야 되니 말이야. 내가 그녀를 위해 무엇을 할 수 있을까?"

"평생토록 사랑해 주고, 가능한 한 세심히 보살펴 줘야지. 마틸데는 이 평원, 이 숲, 이 강들을 보지 못했잖아? 이런 자연을 보면서 서로 영원히 사랑할 수 있을 거야."

"넌 또 시인 같은 황당한 소리를 하는구나. 그건 그렇고, 넌 돌아오면 마리아와 결혼할 거야?"

"하느님이 그렇게 원하신다면……"

"그럼 내가 네 증인이 될 수 있을까?"

"물론이지."

"고마워. 그럼 이것은 우리끼리 이미 합의된 사항이다."

이 말을 듣자 나는 잠시 침묵을 지킨 후 카를로스에게 말했다.

"내 말 좀 가져오라고 시킬 수 있을까?"

"왜, 벌써 가게?"

"미안해. 여행 준비를 해야 하기 때문에 일찍 집에 가 봐야 할 것 같아. 그리고 오늘 에미그디오와 내 대부代父 쿠스토디오 씨에게도 작별 인사를 해야 되거든."

"30일에 떠나지?"

"응."

"보름 남았구나. 그럼 붙잡지 않을게."

나와 카를로스는 작별 인사 나누면서 서로 눈시울이 뜨거워지는 것을 숨길 수가 없었다.

내가 아마이메 강을 건너고 있을 때 갑자기 나를 부르는 소리가 들렸다. 그때 숲속에서 대부인 쿠스토디오 씨가 뛰어나왔다. 우리는 그의 집으로 향했다.

49

쿠스토디오 씨 집에 도착하자 그동안의 안부를 묻고서 우리는 부엌 뒤쪽에 있는 정원으로 나왔다. 그때 대모님이 소리쳐서 우리를 불렀다.

"너무 오래 있지 말아요. 저녁 식사가 곧 준비되니까."

쿠스토디오 씨의 딸인 살로메는 우리가 들어온 카카오 농장의 문을 걸어 잠그고 있었다. 푸른색 치마 밑으로 보이는 그녀의 발은 정말로 예뻤다. 물웅덩이에 가까이 오자, 살로메는 걸음을 멈추고 나뭇가지를 쳐다보았다. 그런 다음 자기의 발자국을 헤아리기라도 하듯이 천천히 자기 발을 바라보았다. 나는 그런 적막을 깨기 위해 그녀에게 물었다.

"나한테 뭔가 말하고 싶은 것이 있지?"

"예, 하지만 아무한테도 말하지 않는다고 약속해야만……"

"물론이지."

"내가 사랑하는 티부르시오가 갑자기 변덕을 부리더니

배은망덕해 졌어요. 한 달 전부터 우리 관계는 그리 좋지 못해요. 그는 나를 전혀 사랑하지 않는 것 같아요. 처음에 나는 왜 그가 수시로 나를 마구 대하는지 몰랐어요. 하지만 그것이 내가 모든 사람에게 친절히 대해 주기 때문이란 것을 알았어요."

이렇게 말하는 살로메의 눈에는 눈물이 맺혀 있었다. 그러고 나서 몇 발자국 걸어가더니 멈추어 눈물을 닦았다.

"울지 마. 난 이 모든 것이 남자의 질투 때문이라고 생각해. 어떻게 해결할 수 있는지 한 번 모색해 보자."

"사람들이 그를 신사라고 잘 대해 주니까 아주 거만해졌어요. 우리들과는 놀지도 않고, 안티오키아 도시 처녀들하고만 어울려 다녀요. 이게 모두 나를 화나게 만들려는 속셈임에 틀림없어요. 호세 씨가 그를 사람 취급하지 않으면 좋겠어요. 난 호세 씨가 그를 아끼고 있다는 것을 잘 알고 있어요. 그놈은 곧 루시아와 결혼할 거라던데요."

"하지만 루시아는 어렸을 때부터 브라울리오의 동생을 사랑하고 있어. 그러니 네 말은 어불성설 같은데."

살로메는 잠시 생각에 잠겼다. 우리는 걸어서 카카오나

무 숲 끝까지 왔다. 그녀는 나무둥치에 앉아서 말했다.

"어떻게 하는 것이 좋을까요?"

"내가 우리 대화 내용을 티부르시오에게 말해도 될까?"

"안 돼요! 그건 절대로 안 돼요."

"내가 보기에는 그것이 오해를 푸는 유일한 방법 같은데."

"그래도 그런 생각에는 동의할 수 없어요."

이런 대화를 나눈 후, 우리는 쿠스토디오 씨의 집으로 돌아왔다. 저녁 식사 동안 나는 살로메의 재능과 대모님의 요리 솜씨를 감상할 수 있었다. 살로메가 식당으로 왔다 갔다 하는 동안 나는 대부님에게 티부르시오의 문제를 이야기했다. 또 살로메와 그 사이의 불편한 관계를 해소할 수 있는 방법까지 제시했다.

대략 네 시경에 나는 살로메와 작별 인사를 나누었다. 그녀는 내 손을 꽉 쥐었다. 그러고는 나를 다정스럽게 쳐다보며 말했다.

"아직 작별 인사는 하지 말아요. 당신이 여행을 떠나는 날, 당신을 보러 가겠어요. 저를 잊지 마세요."

나는 그녀의 집을 나와 개울을 따라 걸었다. 그때 판초를 어깨에 걸친 티부르시오가 숲에서 불쑥 튀어나왔다.

"이 시간에 땀을 질질 흘리면서 여기를 지나가는 사람이 누구야! 웬일로 여기를 다 왔어?"

"여행 떠나기 전에 대부님께 인사드리고 오는 중이야."

"난 그 집에 가 본 지 꽤 오래되었는데."

"그래, 그게 언젠데?"

그는 고개를 숙이고 생각하더니 마침내 고개를 들고 대답했다.

"모든 잘못은 살로메한테 있어. 그녀가 뭐라고 말했어?"

"네가 배은망덕하고 질투심 많은 남자라고 하던데. 하지만 살로메는 너를 사랑하고 있어."

"그게 전부야? 가장 중요한 이야기를 빼놓은 것 같은데."

"그게 뭔데?"

티부르시오는 대답하기 전에 잠시 망설이더니 슬픈 표정을 지으며 말했다.

“에프라인. 나도 그녀를 무척 사랑해. 난 살로메와 결혼하기로 작정한 몸이야. 하지만 그러지는 못했지. 그 첫 번째 이유는 살로메가 항상 나를 심술궂게 대했고, 둘째는 쿠스토디오 씨가 내게 딸을 줄지 확신이 없었기 때문이야.”

“하지만 그녀가 나쁜 마음으로 그렇게 하지는 않았을 거야. 그리고 내 대부님 문제는 내가 알아서 처리할게. 오늘 저녁에 당장 살로메의 집에 가도록 해. 그리고 내가 너에게 아무 말도 하지 않은 것처럼 행동해. 난 살로메가 정직하고 예쁘며 아주 가정적인 여자라고 알고 있어. 그리고 내 대부님은 네 결혼에 반대하지 않을 거야.”

“그래, 알았어. 정말 그녀를 방문해도 괜찮을까?”

“네가 시간을 미루면 미룰수록, 살로메는 더욱 오해를 하게 될 거야. 그럼 너는 영영 그녀를 잃어버리는 거야.”

“그럼 지금 당장 갈게.”

“난 지금 내가 한 말을 확신하고 있어. 그러니 살로메 집을 찾아간 결과가 어땠는지는 내게 알려 줄 필요가 없을 거야. 벌써 다섯 시가 되어 가네. 그럼, 안녕.”

50

거실의 시계가 다섯 시를 가리켰다. 어머니와 엠마는 복도에서 서성거리며 나를 기다렸다. 마리아는 계단 층계에 앉아 있었고, 짙은 밤색 머리카락과 대조를 이루는 환한 초록색 옷을 입고 있었다. 후안은 두 갈래로 땋은 마리아의 머리카락을 졸면서 만지작거렸다. 내가 말에서 내리자 마리아는 일어났고, 후안은 말을 태워 달라고 졸랐다. 마리아는 후안을 안장에 앉히면서 말했다.

"정각 다섯 시네요. 항상 그렇게 도착하면 얼마나……"

"오늘 마리아와 뭘 하며 놀았지?"

나는 집을 나오자 후안에게 물었다.

"마리아는 하루 종일 멍하니 있었어."

"왜?"

"하루 종일 울고만 있었어."

"그럼 네가 좀 달래 주지 그랬어?"

"내가 뽀뽀도 해 주고, 꽃도 갖다 주었는데도 아무 소용이 없었어. 그래서 난 엄마한테 일렀어."

"어머니는 뭐라고 하든?"

"엄마는 마리아를 안아 주면서 달랬어. 마리아는 나보다 엄마를 더 좋아하는 것 같아. 내가 이렇게 일렀다고 말하지 마."

집에 도착하자 마리아가 후안을 말에서 내렸다. 나는 마리아에게 물었다.

"화분에 물 주었어?"

"아니요. 당신을 기다리고 있었어요. 잠시 어머니와 엠마와 대화를 나누세요. 그동안 나는 과수원에 있을 테니까요."

마리아는 작은 소리로 이렇게 말했다.

마리아는 엠마와 어머니를 향한 내 애정이 식어 가는 것이 모두 자기의 책임이라고 생각했다. 그래서 자기의 애정으로 그것을 채우려고 애썼다.

마리아와 나는 꽃에 물을 주었다. 그리고 우리는 개울 바로 옆에 있는 돌의자에 앉았다. 재스민꽃이 모든 사람의 시선에서 우리를 가려 주었다. 단지 후안만이 우리 옆에서 흥얼거리고 있을 뿐이었다. 우리는 카를로스의 이상한 취

향과 살로메의 집에서 있었던 일에 관해 이야기했다. 그러는 동안 마리아는 슬픈 미소를 지었다.

"나 좀 쳐다봐."

나는 마리아에게 말했다. 그녀의 시선은 아버지 침대에서 병간호를 하며 밤을 샐 때처럼 수척했다.

"후안이 거짓말하지는 않았군."

나는 이렇게 덧붙였다.

"뭐라고 말했는데요?"

"하루 종일 울면서 아무 일도 하지 않았다고 하던데. 후안이 너를 위로해 줄 수 없었을 정도였다고 말했어. 사실이야?"

"예. 당신과 아버지가 산으로 가자 갑자기 당신이 돌아오지 않을 것 같다는 불길한 예감이 들었어요. 그래서 당신 방으로 갔지요. 당신이 놓아 둔 물건을 보고서야 비로소 그렇지 않다는 확신이 들었어요. 그런데 불현듯 모든 것이 슬퍼졌고, 그날이 온다는 것이 두려웠어요. 말 좀 해보세요. 당신이 없는 몇 년 동안 나는 어떻게 해야 하죠? 당신은 공부에 전념할 것이고, 또 새로운 세계를 구경하며 여기 있는 모든 것들을 잊을 수 있지만, 나는 여기서 당신과 지냈던 모든 일을 떠올리면서 그 고통을 참아 내야만 돼요. 나를 두고 여기를 떠나니…… 난 죽고 싶은 심정이에요."

마리아는 왼손을 내 어깨에 올려놓았다.

"그렇게 말하지 마."

나는 울먹이는 소리로 말하면서 떨리는 손으로 그녀의 창백한 이마를 쓰다듬었다.

"마지막 남은 내 용기를 빼앗지 마."

"그래요? 당신은 아직 그런 용기가 남아 있군요. 난 며칠 전부터 모든 기운을 잃어버렸어요. 난 모든 고통을 내 가슴속에서 삭히기로 했어요. 당신은 즐겁게 여기를 떠날 테지만, 난 혼자 여기에 남아서…… 내가 예전처럼 즐거운 마음으로 살 수 있을까요? 왜 이곳으로 돌아와 나를 이렇게 만들었나요?"

나는 그녀의 마지막 말에 가슴이 찡해지는 것을 느꼈다. 나는 마리아의 손등에 머리를 기대고서 신음하는 그녀를 그대로 놔두었다.

잠시 후 마리아가 다정스럽게 말하기 시작했다.

"에프라인, 난 이제 울지 않을 거예요."

"마리아!"

나는 얼굴을 들면서 그녀 이름을 불렀고, 그녀는 나를 조용히 바라보았다.

"이곳으로 돌아온 나를 원망하지 마. 대신 이렇게 만든 하느님을 원망해."

"난 당신을 원망하지 않아요. 하지만…… 난 이제 아무도 원망하지 않아요."

그러고는 자기의 머리를 내 어깨에 기대면서 말했다.

"다시는 이런 말을 하지 않을게요. 당신은 내게 한 번도 화내지 않았는데……"

나는 그녀의 눈물을 닦아 주면서 이마를 덮고 있는 머리카락에 처음으로 입을 맞추었다. 마리아는 자기의 이마에 입맞춤하지 못하도록 손을 들고는 내 입술을 만졌다.

51

여행을 떠나기 이틀 전인 1월 28일에 나는 일찍 산으로 올라갔다. 브라울리오가 내 환송 파티를 자기 집에서 하고 싶다고 했기 때문이다. 우리가 도착했을 때 트란시토와 루시아는 브라울리오의 집 뜰에서 소젖을 짜고 있었다. 그들은 나를 보자 반갑게 맞이했다.

"우선 이 젖 짜는 일을 끝내도록 해. 내가 루시아와 함께 젖을 짜도 될까?"

나는 엽총을 나무 울타리에 기대어 놓으면서 말했다.

나는 우유 거품이 밑바닥에 조금씩 괴기 시작한 호리병을 들어 젖소의 젖 밑에 놓으면서 그 병을 다 채우자고 말했다. 젖을 짜는 동안 나는 젖소 밑으로 루시아를 쳐다보았다.

"아직 호세 씨의 조카들이 전부 결혼하지는 않았지? 난 브라울리오 동생이 브라울리오보다 더 멋있다고 알고 있는데…… 그리고 네가 어렸을 때부터……"

"그러니 천생연분이라고요?"

루시아는 이렇게 말하면서 내 말을 가로막았다.

"그래, 난 루이사 부인과 호세 씨에게 얘기해서 그 일을 추진하라고 말하겠어. 그럼 내가 돌아올 때쯤이면 얼굴을 붉히지 않아도 되잖아."

그러자 루시아는 "헤헤" 하고 웃었다. 나는 브라울리오가 사는 집 뜰을 떠나서 오리 떼가 졸고 있는 강가의 풀밭으로 갔다. 그곳에서 트란시토와 브라울리오에게 루시아의 결혼에 관한 내 생각을 말하기로 했다.

"루시아! 가방 속에 있는 손수건 좀 가져와!"

트란시토가 소리쳤다.

"아마 오지 않을걸."

나는 트란시토에게 말하면서, 루시아와 나눈 대화 내용을 그녀와 그녀의 남편인 브라울리오에게 말해 주었다.

우리 모두의 기대와는 달리 루시아가 손수건을 가져오자 우리는 웃기 시작했다. 그러자 루시아는 우리가 왜 웃고 있는지 짐작했다는 것처럼 내게 손수건을 건네주고 휭하니 고개를 돌렸다. 그리고 트란시토에게 가서 말했다.

"커피 좀 보러 가. 탈지도 모르겠어. 그리고 그만 좀 웃어."

"벌써 커피가 다 끓었어?"

트란시토가 물었다.

"이미 한참 전부터 끓고 있었어."

우리 모두는 본채로 갔다. 트란시토는 커피 맛 좀 보라면서 내게 커피를 대접했다. 이 커피는 후안 앙헬이 타 주는 커피처럼 기가 막히게 맛있었다. 그런 다음 브라울리오와 나는 호세 씨와 루이사 부인과 함께 점심을 먹기 위해 그들을 부르러 갔다. 호세 씨는 다음 날 시장에 갖다 팔 채소를 꾸리고 있었고, 루이사 부인은 점심에 먹을 카사바 빵을 오븐에서 구워서 꺼내고 있었다. 우리 모두는 브라울리오의 부엌에서 점심을 먹었다. 트란시토는 주부로서의 역할에 흐뭇해하는 것 같았다. 루시아는 나를 흘낏 쳐다보면서 식사를 했고, 두 노인 부부는 내가 그들과 함께 있는 시간을 쓸쓸하게 보내지 않도록 내 여행에 대해서는 일언반구도 하지 않았다.

열한 시경에 나는 호세 씨와 브라울리오와 함께 옥수수를 심기 위해 새로 개간한 농장을 둘러보고, 다시 브라울리오의 조그만 거실에 모였다. 그 가족은 모두 작별의 시간을 원치 않는 것 같았다. 우리 모두는 한마디 말도 없이 조용히 있었다. 마침내 나는 시계를 보면서 자리에서 일어났다. 엽총을 들고 방을 나서면서 나는 브라울리오에게 말했다.

"사냥에서 정확한 조준을 하게 되면, 항상 나를 기억해 줘."

브라울리오는 목이 메어 인사도 제대로 하지 못했다. 루이사 부인은 옥수수 알을 떨어내면서 울었다. 트란시토와 루이사는 문 양쪽에 서서 흐느꼈다. 호세 씨는 감정을 숨기려고 연장을 찾아야겠다면서 다른 쪽으로 갔다.

"루이사 부인, 저를 위해 기도해 주세요."

나는 그녀를 안으며 이렇게 작별 인사를 했다.

방을 나가자 브라울리오와 호세 씨가 밖에서 기다리고 있었다.

"내일 내가 집으로 가지."

호세 씨가 악수를 하면서 말했다. 하지만 나는 그가 오지 않을 것이라는 사실을 알고 있었다. 브라울리오와 인사하자, 호세 씨는 옷소매로 눈물을 닦으며 풀을 깎아 정리한 길을 향해 떠났다. 나는 마요와 함께 브라울리오에게 잘 가라고 손을 흔들며 호세 씨의 반대쪽 길로 갔다.

52

나는 천천히 산에서 내려왔다. 골짜기에서는 새들의 노랫소리와 강물 소리만이 산의 정적을 깨고 있었다. 나는 내가 알고 있는 모든 장소와 일일이 마음속으로 작별을 고했다. 그리고 개울가에 앉아 발을 담그고서 나와 이별을 슬퍼하며 눈물을 흘린 사람들을 생각했다. 그러자 지난 6개월간의 행복했던 나날들이 떠올랐다. 나는 내 마음 깊은 곳에서 눈물이 흘러나오는 것을 어쩔 수가 없었다.

약 30분 후 나는 집에 도착해서 어머니의 재봉실로 들어갔다. 거기에는 어머니와 엠마만이 있었다. 우리가 이제는 모두 어린아이가 아니었지만, 그곳은 어머니가 항상 따뜻한 사랑으로 우리의 응석을 받아 주었던 장소였다. 나는 한 시간 동안 그곳에 머물렀다. 그러나 마리아가 보이지 않자 이상하게 여겨 엠마에게 물어보았다. 그러자 엠마가 대답했다.

"마리아와 함께 기도실에 있었어요. 마리아는 이제부터 자주 기도를 하자고 했어요. 그리고 조리실로 갔는데, 돌아왔는지 모르겠네요."

내가 집에 돌아오면, 마리아는 얼마 안 있어 항상 모습을 드러냈다. 그래서 나는 그녀가 혹시 다시 병들어 누운 게 아닌가 걱정했다.

방에서 한 시간쯤 보낸 후에 후안이 저녁 식사를 하라면서 방문을 두드렸다. 방에서 나오자 재봉실 문 앞에 기대어 있는 마리아를 보았다.

"어머니가 부른 게 아닌데."

후안은 나를 보고 웃으면서 말했다.

"누가 이런 거짓말을 하라고 가르쳤어? 마리아가 이런 걸 알면 용서하지 않을 거야."

"마리아가 그렇게 하라고 시켰는데."

후안은 그녀를 가리키며 말했다.

나는 마리아에게 돌아서서 사실을 확인하려고 했으나, 그녀는 싱긋이 웃고만 있었다. 그녀의 빛나는 눈은 고통스러웠던 우리의 사랑 때문에 사라졌던 기쁨을 다시 나타내고 있었다. 그리고 뺨은 붉게 물들어 있었다.

"왜 그런 슬픈 표정을 지어요? 난 오늘 그렇게 슬프지 않았는데."

"난 네가 용기 있게 살기를 원해. 그런데 내가 집에 온 지 한 시간이 지나도 나오지 않은 것은 무엇 때문이지?"

"열두 시가 산에서 내려올 시간이에요? 게다가 난 몹시 바빴어요. 당신이 내려오는 것을 보았어요. 엽총도 들지 않았고, 마요는 한참 뒤에 떨어져 오고 있었는데……"

"할 일이 많았어? 무슨 일을 했는데?"

"많이 기도했어요."

"엠마가 벌써 다 이야기해 주었어."

"내가 슬퍼서 성모 마리아님께 이야기를 하면, 그분은 항상 내 말을 들어주세요."

"그걸 어떻게 알지?"

"내 슬픔을 덜어 주고, 당신 여행에 대한 걱정도 덜어 주세요. 성모 마리아상은 가져갈 거죠?"

"응."

"오늘 저녁 기도실에 함께 가면, 내가 말한 것이 사실이라는 것을 알게 될 거예요."

"그리고 또 무슨 일을 했지?"

"나쁜 짓이요."

"나쁜 일을 했다고?"

"오늘 저녁에 나와 함께 기도하면 말해 줄게요."

"좋아."

"하지만 어머니한테 말하면 안 돼요. 화내실 거예요. 난 다림질을 하고 있었어요."

"당신이?"

"예. 어머니 모르게."

"어머니한테 이야기하지 않는다고 약속할게. 그런데 어머니 모르게도 일 잘하네."

"아주 어쩌다가 한 번씩 하는데……"

"그런데 왜 다림질하면서 당신의 고운 손을 그렇게 막 다뤄?"

"난 당신이 내가 다린 옷을 가져가게 하고 싶어요. 내가 고맙지요?"

"누가 다림질하는 법을 가르쳐 주었어? 어떻게 그런 일을 할 생각을 했어?"

"어느 날 후안 앙헬이 당신 옷을 잘못 다렸다고 지적하면서 되돌려 보낸 적이 있어요. 난 그 옷을 유심히 살펴보았고, 마르셀리나에게 더 잘 다리도록 도와주겠다고 했어요. 그녀는 옷에 별로 흠이 없다고 생각했지만, 내 말을 듣고 아주 완벽하게 다림질을 했지요. 그 이후부터 당신이 옷을 되돌려 보내는 경우는 없었어요."

"그래도 난 당신이 다림질할 기운이 있다고는 생각지 않아."

"그 다리미는 아주 조그만 것이에요. 손수건으로 손잡이를 잘 싸면 손을 데지 않아요."

"그래, 그럼 손 좀 보여 줘."

"두 손 모두 괜찮아요."

"내 두 눈으로 직접 봐야 할 것 같아."

"자, 보세요."

나는 그녀의 손을 잡고 융단처럼 부드러운 그녀의 손등을 쓰다듬었다.

"내 손이 어때 보여요?"

"내 손처럼 까칠까칠해진 것 같아."

"난 그렇게 생각하지 않아요. 호세 씨의 집에서는 뭘 했어요?"

"난 그들이 나와의 이별을 그토록 슬퍼할 줄 몰랐어. 그리고 나도 브라울리오와 다른 식구들과 작별하면서 몹시 슬펐어."

"루시아와 트란시토가 뭐라고 말했어요?"

"그녀들은 눈물로 목이 잠겨서 제대로 말을 못했어. 그런데 왜 그렇게 슬퍼하는 거지? 그러면 건강에 안 좋은데. 난 당신이 우리 둘이 함께 보낸 마지막 시간을 생각하면서 오늘처럼 행복한 얼굴로 지내기를 원해."

"알았어요."

그녀는 눈 속에 몰래 고인 눈물을 닦으며 말했다.

"난 항상 행복한 얼굴로 살 거예요. 단지 내일 하루만 남았어요. 내일은 일요일이니 하루 종일 함께 있을 수 있겠지요. 당신이 여기 도착해서 얼마 되지 않았을 때 읽어 준 책을 함께 읽고 싶어요."

"지금 심정은 어때?"

"괜찮아요. 이제 곧 저녁 식사를 하라고 부를 거예요. 그럼 나중에 봐요."

그렇게 말하면서 마리아는 사라졌다.

53

29일 밤 열한 시경이 되어 나는 거실에서 가족들과 헤어졌다. 난 내 방에서 새벽 한 시까지 잠을 이루지 못했다. 그 시간은 내가 두려워하던 바로 그날의 첫 시간이었다. 시계가 두 시를 알리자, 입고 있던 옷을 그대로 입은 채 침대에 누웠다. 베개 위에는 마리아의 눈물이 젖어 있고 향수 냄새를 풍기는 손수건이 놓여 있었다. 나는 그 손수건에서 솟아나는 샘물처럼 그치지 않는 눈물을 닦았다.

여행 전에 있었던 날들을 회상하면 눈물이 펜을 적셔 이 이야기를 제대로 적을 수 없다. 우리 사랑에 숨겨진 비밀을 이야기하는 것이 내게는 참으로 고통스러운 일이지만, 내가 적고 있는 이 글은 감정이 풍부한 사람이나 메마른 사람을 막론하고 아주 아름다운 이야기로 느껴질 것이다. 우선 나는 고통의 시간과 기쁨의 시간이 지나간다고 해도 사랑의 고통이 항상 우리에게 기쁨을 주는 것이 아니라는 사실을 말하고 싶다.

그날 밤 나는 잠을 자다가 두세 번 화들짝 놀라서 잠을 깼다. 잠을 깨면 내 눈은 여행 준비로 엉망이 된 방을 쳐다보면서 지난날을 머릿속으로 그렸고, 그날들이 매일 우리의 삶을 밝혀 주기를 바랐다. 내 공부를 끝마치고 다시 이곳으로 오는 날, 아름답고 불그스레한 뺨의 마리아와의 첫 데이트를 꿈꾸면서 잠자려고 했다. 그녀는 내가 사랑의 비밀을 털어놓을 때처럼 항상 조용하고 사색에 잠겨 있었다. 그녀는 사랑을 고백할 때 말을 별로 하지 않았지만, 눈과 미소로 자기 마음을 고백했다. 마리아가 조용하면서도 떨리는 목소리로 자기의 순결한 사랑을 내게 고백하는 장면, 드디어 내 눈을 피하지 않는 순간 등이 내 머릿속을 주마등처럼 지나갔다. 하지만 그날 밤 울면서 헤어지던 마리아가 꿈속에서 보이자, 나는 다시 잠에서 깨어났다.

내가 고통스런 밤의 흔적을 보이지 않으려고 단장했을 때는 다섯 시도 채 되지 않은 시간이었다. 그런 후 나는 어두컴컴한 복도를 어슬렁거렸다. 나는 마리아 방의 창살 사이로 불빛이 보이는 것을 보았다. 그리고 잠시 후 후안이 그녀를 부르는 소리가 들렸다.

그날의 첫 햇살이 산꼭대기에서 넓은 평원에 이르는 광대한 베일처럼 짙게 깔린 안개를 거두어 내고 있었다. 저 멀리 보이는 서쪽 산 위로 칼리의 교회가 희미한 모습을 드러냈고, 그 밑에는 무리를 지어 풀을 뜯는 소 떼가 보였다.

앙헬은 커피를 가져왔다. 또 묶여 있던 말은 불안한 듯이 오렌지 나무 밑의 잔디밭을 짓밟고 있었다. 후안 앙헬은 이미 그 말에 안장을 얹은 후에 내 방문에 기대어 울면서 내가 나오기만을 기다리고 있었다. 손으로는 박차를 들었고, 팔에는 내 승마 바지를 걸고 있었다. 내가 바지를 입자 그의 눈에서는 굵은 눈물방울이 떨어졌다.

"울지 마."

나는 힘들게 내 자신을 진정시키며 말했다.

"내가 돌아오면 넌 어른이 되어 있을 것이고, 그 후엔 서로 헤어지지 않아도 될 거야. 내가 없는 동안 모두가 너를 돌봐 줄 거야."

마침내 내가 굳게 마음을 먹어야 할 시간이 다가왔다. 거실로 들어가자 아무도 보이지 않았다. 난 어머니의 반쯤 닫힌 재봉실 문을 열었다. 어머니는 앉아 있던 의자에서 일어나 나를 껴안았다. 그녀는 자기의 슬픔이 내 의지를 약하게 만들지도 모른다고 생각했는지, 흐느끼면서도 마리아에 대해 이야기했고, 둘과의 약속은 무슨 일이 있어도 지키겠다고 재차 약속했다.

우리 가족 모두는 나를 껴안고 울면서 작별을 했다. 엠마는 나와 작별 인사를 하면서 내가 찾고 있는 것이 무엇인지를 알았다는 듯이 기도실 문을 가리켰다. 나는 기도실로 들어갔다. 제단 위에는 두 개의 촛불이 환하게 밝혀져 있었다. 마리아는 카펫 위에 앉아 있었는데, 특히 그녀의 흰 옷이 눈에 띄었다. 그녀는 내 인기척을 느끼자, 가볍게 흐느끼면서 고개를 푹 숙였다. 그리고 내게 얼굴을 묻으면서 손을 잡아 달라고 했다. 나는 그녀의 손을 잡고서 반쯤 꿇어앉은 자세로 함께 울었다.

내가 일어서자 그녀는 내가 떠나는 것을 실감하고 놀랐는지, 갑자기 벌떡 일어나 마구 울음을 터뜨리면서 내 목을 껴안았다. 그러자 나도 모르게 가슴에서 울컥 눈물이 솟았다. 나는 그녀의 이마에 입을 맞춰 주었다. 마리아는 고개를 숙이고서 흔들더니 얼굴을 내 가슴에 묻었다. 그러고는 한 손으로 제단을 가리켰다. 그때 엠마가 들어와 너무나 울어서 기운이 빠진 마리아를 안아 주었다. 그리고 내게 제발 좀 떠나라고 애원했고, 나는 떠나야만 했다.

54

런던에 온 지 보름이 지난 어느 날 밤에 나는 가족의 편지를 받았다. 떨리는 손으로 아버지의 서명이 된 봉투를 찢었다. 거기에는 마리아의 편지가 들어 있었다. 편지를 펼치기 전에 나는 내 코가 잘 알고 있던 그녀의 향내를 맡았다. 그 봉투 안에는 백합 꽃잎이 들어 있었다. 나는 갑자기 눈시울이 뜨거워져서 첫 줄을 읽으려고 했지만 제대로 읽을 수가 없었다. 가슴이 답답해졌다. 그래서 발코니로 나갔다. 내 사랑을 이야기하는 장미꽃! 아메리카의 산! 그리고 푸른 밤!

런던이라는 크고 번잡한 도시는 안개에 가려져 잿빛 하늘의 두꺼운 커튼 아래 잠자고 있는 것 같았다. 갑자기 북풍이 내 얼굴로 몰아쳤다. 나는 놀라서 발코니의 문을 닫고 방으로 들어왔다. 그리고 그날 밤 어둠 속에서 사랑의 고통으로 한참을 울었다.

마리아의 편지는 이렇게 씌어 있었다.

"저녁 식사 후 모두가 커피를 마시며 담소하고 있는데, 난 당신 방에서 이 편지를 쓰고 있어요. 이곳이 유일하게 내가 혼자 울 수 있는 방이에요. 그리고 여기에 있으면 당신을 바라보며 함께 이야기하는 것처럼 느껴져요. 모든 것이 당신이 놓아둔 그대로 있어요. 어머니와 내가 그렇게 두길 원했기 때문이지요. 내가 당신 탁자에 꽂아 놓은 마지막 꽃은 시들어서 떨어졌어요. 이젠 한 송이도 남아 있지 않아요. 의자도 원래 자리에 있고, 책도 당신이 마지막 시간에 읽었던 그대로 그 페이지가 펼쳐져 있어요. 사냥복은 당신이 마지막으로 사냥하면서 돌아올 때 걸어 놓은 바로 그곳에 있어요. 그리고 달력도 1월 30일을 가리키고 있지요. 그날이 오는 것을 그토록 두려워했는데, 이젠 모두 지나갔어요. 지금 당신 방 창가에 핀 장미는 당신을 찾으려고 향기를 마음껏 내뿜고 있고, 내가 당신이 돌아올 거라고 말하면서 앉으면 장미는 파르르 떨곤 해요.

당신은 지금 어디에 있을까요? 지금 무엇을 하고 있을까요? 당신이 여행할 목적지를 지도에서 여러 번 가르쳐 주었지만 지금은 하나도 생각이 나지 않아요. 나는 모든 사람이 부러워하는 대서양을 생각하면 겁이 나요. 난 항상 당신이 그 바다 한가운데 있는 것 같아서 괴로워요. 런던에 도착하면 그곳 이야기를 들려주세요. 당신 집 주위의 경치는 어떤지, 당신 방에는 어떤 가구가 있고 어떤 장식품이 걸려 있는지 적어 주세요. 또 날마다 무엇을 하고, 밤에는 어떻게 보내며, 몇 시에 공부하고, 몇 시에 쉬고, 언제 마리아를 생각하는지도 말해 주세요. 그리고 이곳과 몇 시간이나 차이가 나는지도 다시 한 번 알려 주세요.

호세 씨 가족은 당신이 이곳을 떠난 다음에 세 번이나 집에 찾아왔어요. 트란시토와 루시아는 당신에 관해 말하지는 않지만, 가끔씩 당신을 생각하면서 눈물을 머금곤 해요. 참으로 다정하게 나를 대해 줘요. 그들은 당신에게 편지를 쓰면 당신이 받아 볼 수 있느냐고 묻기에 그렇다고 대답했더니 아주 기뻐했어요. 그리고 내게 자기들을 대신해서 안부를 전해 달라고 신신당부했어요.

마요도 당신을 잊고 있지 않아요. 당신이 떠난 다음 날 마요는 당신을 찾으며 온 집과 과수원을 헤매며 돌아다녔어요. 산으로도 갔고, 기도실에도 들어왔어요. 그러고는 언덕에 쭈그리고 앉아 마구 짖어 댔어요. 그런 다음에 당신 방문 앞에 누웠어요. 내가 방문을 열어 주자 즐거워 어쩔 줄 모르면서 방안으로 들어갔지만, 그곳에도 당신이 없자 당신 방 냄새를 맡으면서 계속 킁킁거렸어요. 그러더니 매우 슬픈 표정으로 내게 가까이 와서 당신이 어디에 있느냐고 묻는 것 같았어요. 내가 당신 이름을 부르자 당신이 들어오는 것을 바라보는 것처럼 고개를 방문 쪽으로 돌렸어요.

어젯밤에는 엠마와 어머니가 나를 찾았기 때문에 이 편지를 끝마칠 수 없었어요. 그들은 내가 당신 방에 있는 것이 내 건강에 좋지 않다고 생각하는 것 같아요. 내가 당신 방에 들어가는 것을 금지하면 난 어떻게 해야죠?

오늘 아침에 후안은 당신이 돌아왔느냐고 물었어요. 어젯밤에 내가 잠자면서 당신 이름을 부르는 것을 들었나 봐요.

우리의 백합은 첫 꽃을 피웠어요. 이 편지 안에 그 꽃잎 하나를 넣어 보내요. 당신은 이 백합이 결코 꽃을 피우지 않으리라고 확신한 것은 아니겠지요? 난 그렇지 않으리라고 믿어요. 그리고 우리 장미도 정원에서 가장 아름다운 꽃을 피울 거라고 믿어요."

55

일 년간 나는 매달 두 통씩 마리아의 편지를 받았다. 최근의 편지는 깊은 우수와 슬픔에 젖어 있었다. 요즘의 편지들과 비교해 보면, 내가 받은 첫 편지는 우리가 행복한 나날을 보내는 중에 쓴 것 같았다. 나는 이런 슬픔이 그녀의 건강을 해칠 것이라고 하면서 용기를 내라고 말해 주었다. 하지만 나도 이런 노력이 쓸데없는 것이라는 사실을 알고 있었다.

"나는 당신을 볼 날이 멀지 않았다는 것을 알아요. 당신을 보는 날부터 난 다시 웃을 거예요. 그리고 항상 당신 곁에 있을 거예요. 아무도 우리를 헤어지게 하지는 못할 거예요."

이런 내용을 담은 편지가 최근 두 달 동안 받은 유일한 편지였다. 6월 말경에 파리에서 막 도착한 A 씨가 나를 찾아왔다. 나는 그를 지난겨울 이후 만나지 못했었다.

"여기 네 집에서 보낸 편지가 있다."

그는 나를 감싸 안으면서 인사했다.

"그동안 밀린 세 통인가요?"

"아니다. 하나다. 그 전에 나와 얘기 좀 하자."

그는 편지를 건네주는 것을 멈추더니 말했다.

나는 그의 얼굴에서 심상치 않은 일이 일어나고 있음을 알았다.

그는 잠시 방 안을 서성이더니 말을 꺼냈다.

"난 네가 콜롬비아로 다시 돌아가게 도와주려고 왔다."

"카우카로요!"

나는 너무 뜻밖이라 이렇게 외치고 말았다.

"그렇다. 하지만 그 이유를 짐작하겠지?"

"그럼 어머니가……"

나는 별안간 당황해서 말했다.

"아니다. 어머니는 건강하시다."

"그럼 누가?"

나는 그가 들고 있던 편지 봉투를 낚아채면서 소리쳤다.

"아무도 죽지 않았다."

"그럼 마리아가! 마리아가!"

나는 그녀가 내 목소리를 들을 수 있는 것처럼 소리쳤다. 그런 후 맥없이 의자에 털썩 주저앉았다.

"자, 그래서 내가 이곳에 온 것이다. 네가 제시간에 도착한다면 마리아는 목숨을 건질 것이다. 이 편지를 읽어 봐라. 여기 마리아의 편지가 있다."

"이리 오세요. 빨리 오세요. 안 그러면 난 당신에게 안녕이란 말도 못한 채 죽을 것 같아요. 당신에게 사실대로 말할 게요. 난 사실 일 년 전부터 병을 앓으며 서서히 죽어 가고 있었어요. 단지 당신과의 사랑으로 잠시 며칠간 치료된 것이었어요. 우리의 행복이 계속되었더라면, 난 당신을 위해 영원히 살 수 있었을 텐데요.

만약 당신이 오신다면…… 난 당신을 볼 때까지는 견뎌 낼 수 있을 거예요. 만약 당신이 오신다면 마리아의 모습을 볼 수 있을 거예요. 난 죽기 전에 당신을 안아 보고 싶어요. 만일 내 의지보다 더욱 강한 그 무엇이 당신을 보지 못하게 만들고, 당신이 내 눈을 감겨 주지 못하게 한다면, 엠마에게 내가 보관한 모든 것들을 남겨 놓을게요. 내 머리카락과 당신의 머리카락, 그리고 우리 어머니의 머리카락이 있는 상자, 당신이 가기 전에 내 손에 끼워 준 반지, 그리고 당신의 편지 모두 말이에요.

하지만 내가 왜 이런 소리를 하면서 당신을 슬프게 만드는지 나도 모르겠어요. 만약 당신이 오신다면, 그리고 당신 목소리를 듣고 당신 눈이 내게 말하는 것을 볼 수 있다면, 난 살 수 있을 거예요. 또한 예전처럼 돌아갈 수 있을 거예요. 난 죽고 싶지 않아요. 난 죽을 수 없어요. 그리고 당신을 혼자 이 세상에 영원히 홀로 놔두고 싶지 않아요."

"자 그만 읽어라."

A 씨는 내 발 밑에 떨어진 아버지의 편지를 주우며 말했다.

"더 이상 시간을 지체할 수는 없다."

아버지는 내가 너무 잘 알고 있는 내용을 전하고 있었다. 의사는 마리아를 구할 수 있는 유일한 방법은 내가 돌아오는 것뿐이라고 말했다. 그런 필요성을 느끼자 아버지는 전혀 주저하지 않았다. 내게 빨리 돌아오라고 했고, 그런 일이 발생하기 전에 이와 같은 조치를 취하지 못한 것에 대해 용서를 빌었다.

나는 두 시간 후 런던을 떠났다.

56

7월 28일, 황금과 루비 빛으로 수평선을 물들인 태양이 중남미 바다의 구름 낀 저쪽으로 넘어가고 있었다. 내가 파나마에서 승선한 '에밀리아 로페스' 호는 잔잔히 불어오는 바닷바람을 타고 양탄자를 건듯이 부드럽게 바다를 향해한 끝에 콜롬비아의 부에나벤투라 항구에 정박했다. 해안가에서 보니 그 예쁜 범선은 아름다운 옷을 입고 밤에 파티가 열리는 곳을 꾸미기 위해 농장에서 급히 꽃을 줍는 시골 아낙네의 모습과 비슷했다.

나는 갑판에 기대어 고국의 산들을 바라보자, 새로운 희망이 솟구치는 것을 느꼈다.

17개월 전에 나는 그토록 돌아다녔던 고향 땅과 작별했다. 그때 그곳의 고독과 정적은 내 고통과 조화를 이루었었다.

나는 떨리는 손으로 파나마에서 받은 마리아의 편지를 쥐었다. 석양이 질 때 나는 그 편지를 다시 읽었다. 내 눈은 그 편지를 훑어 읽어 내려갔다. 아직도 그때 묻은 내 눈물이 촉촉이 젖어 있는 듯했다.

"당신이 돌아온다는 소식에 나는 다시 기운을 차렸어요. 나는 당신이 돌아올 날만 손꼽아 세고 있어요. 하루하루가 지나갈수록 당신을 볼 날이 점점 가까워 오니까요.

오늘 아침은 참으로 아름다웠어요. 마치 당신이 잊지 못하는 그날처럼 아름다웠어요. 난 엠마에게 과수원으로 데려다 달라고 부탁했어요. 그리고 당신과 함께 있었던 그 장소로 갔지요. 개울가의 꽃들로 둘러싸인 돌의자에 앉아서 흐르는 물을 보니 병이 거의 다 나은 것 같았어요. 당신이 돌아온다는 생각만 해도…… 당신이 돌아온다는 소식만으로도 이런데, 당신이 돌아와 나와 함께 있으면 어떻게 다 낫지 않을 수 있겠어요?

난 우리의 백합과 장미를 성모 마리아상 앞에 꽂았어요. 성모 마리아가 평소보다도 더 달콤하게 나를 쳐다보며 웃는 것 같았어요.

하지만 식구들은 우리가 도시로 가길 원해요. 거기에는 나를 더 잘 치료할 의사가 있대요. 그렇지만 내가 원하는 것은 당신이 영원히 내 곁에 있는 거예요. 난 여기서 당신을 기다리고 싶어요. 난 당신이 사랑한 이 모든 것을 버리고 싶지 않아요. 당신이 내게 그렇게 해 달라고 부탁한 것 같고, 다른 곳에서는 당신이 날 여기처럼 사랑할 것 같지 않다는 생각이 들기 때문이에요. 난 아버님께 도시로 치료하러 가는 계획을 미루어 달라고 부탁할 거예요. 그동안 당신은 이곳에 도착하겠지요. 안녕."

편지의 마지막 줄은 눈물로 지워져 거의 읽을 수가 없었다.

범선이 닻을 내리자 세관원을 태운 배가 해안을 출발해 배로 가까이 왔다.

"로렌소!"

나는 경비대장과 세관장 사이에 서 있는 늠름한 검둥이를 알아보고 소리쳤다. 그는 나의 친한 친구였다.

"그쪽으로 갈게."

그는 이렇게 대답했다.

그는 계단을 급히 올라와서 나를 껴안으며 인사했다.

"울지 말자."

그는 소매 끝으로 눈물을 훔치면서 웃으려고 애썼다.

"지금 세관원들이 우릴 보고 있어. 그들은 얼음장처럼

차가운 사람들이야."

그는 어물거리면서 내가 가장 알고 싶어 하는 것에 관해 말했다. 마리아는 그가 집에서 나올 때 아주 좋은 상태였다고 했다. 비록 그것이 보름 전이었지만 그는 자기가 가져온 편지 이외에는 받은 편지가 없다고 했다.

로렌소는 노예가 아니었다. 그는 아버지가 사업 때문에 출장을 갈 때 함께 가는 충실한 사람이었다. 우리 가족은 모두 그를 좋아했고, 집에서는 농장 지배인이자 친구로 대접을 받았다. 그의 외모는 그가 솔직하고 활달한 사람임을 보여 주었다. 검은 눈썹과 아름다운 눈, 멋진 치열, 다정한 미소, 그리고 활력에 차 보이는 수염의 소유자였다.

세관 검사를 마치자 그는 내 짐을 조그만 배 위에 올려놓았다. 나는 선장과 배에서 사귄 친구들과 작별하고 그 배를 탔다. 우리가 해안가에 다다르자 날은 어둑어둑해졌다. 검은 파도는 다시 어둠 속에서 산산이 부서지고 있었고, 수많은 반딧불이 해안가를 날아다녔다. 나이가 지긋해 보이고 뚱뚱하며 불그스레한 세관장은 아버지의 친구였다. 육지에 도착하자 그는 자기 집으로 나를 데려가서 준비해

두었던 방에 묵게 했다. 그는 크고 향내 나는 그물 침대를 걸어 주고는 이렇게 말하면서 나갔다.

"난 지금 네 짐을 통관시킬 준비를 할 것이다."

내가 입고 온 옷을 갈아입는 동안 세관장은 다시 나를 찾았다. 그는 공식적인 일을 할 때 입는 제복 대신 흰 바지와 재킷을 입고 있었다.

"여행을 해야 하니 이틀 동안 푹 쉬도록 해라."

그는 멋진 병에서 브랜디 두 잔을 따르며 말했다.

"하지만 쉴 필요는 없을 것 같아요."

"이 브랜디 좀 마셔 봐. 그 유명한 마텔이야. 이것이 싫으면 다른 것을 마시도록 해라."

"로렌소가 내일 아침 일찍 출발할 수 있도록 배와 노를 준비해 놓을 것으로 알고 있습니다."

"글쎄, 한번 기다려 보자고. 진을 좋아하나? 아니면 압생트*가 좋은가?"

"아무것이나 주십시오."

* 프랑스에서 유행했던 술로 향쑥이 주원료로 사용된다. 19세기에 작가와 예술가들이 좋아했던 술이다.

"그럼 한잔 들지."

그는 술잔을 단숨에 비우고는 "이 술이 더 낫지는 않지?"라고 두 눈을 찡그린 채 쩝쩝 소리를 내며 물었다. 그리고 이렇게 덧붙였다.

"자네는 영국에서 맛있는 술을 많이 맛보았겠군."

"그런데 갈증이 나네요…… 내일 아침 일찍 떠날 수 있을까요?"

"모두 농담이었네."

그는 그물 침대에 펄썩 드러누우면서 인도 비단으로 만든 커다란 숄로 이마와 목에 난 땀을 닦으며 말했다.

"이틀간 쉬라는 것은 농담이었어. 네 아버지가 네가 가능한 한 빨리 집으로 돌아오게 해 달라고 한 것을 잊은 줄 알았나? 로렌소가 이미 보름 전에 이곳에 왔고, 일주일 전부터 지붕 있는 배가 준비되어 있어."

"정말로 고맙습니다."

그는 큰 소리로 웃더니 그물 침대에서 일어나며 말했다.

"고약한 놈 같으니라고!"

"그게 아니라 전 여기서 쉴 여유가 없어요. 지체할 시간이 없습니다. 제가 아주 급하게 집에 도착해야 할 일이 있어서……"

"그래, 다 알고 있어. 여기서 쉬라는 것은 아마도 내 생각만 한 것이겠지."

그는 이제 진지하게 말하고 있었다.

"저희 집 일 좀 아세요?"

"집에 있는 한 아가씨의 병이…… 그런데 내가 파나마로 보낸 편지는 받았지?"

"예, 고맙습니다. 배를 타기 직전에 받았습니다."

"그 편지에 그 아가씨가 더 나아졌다고 적혀 있지 않던가?"

"예, 그렇게 적혀 있었습니다."

"그런데 로렌소는 뭐라고 말하던가?"

"편지에 적힌 것과 똑같은 말을 했습니다."

그런 후 우리 사이에는 침묵이 흘렀다. 그러자 세관장은 그물 침대에 다시 누우며 소리쳤다.

"마르코스! 저녁 어떻게 됐어?"

그러자 하인 한 명이 들어와 저녁 식사가 준비되었다고

말했다.

“자, 밥 먹으러 가세. 자네는 지금 몹시 시장할 걸세. 브랜디를 한잔 마셨으면 더 식욕이 날 텐데……”

우리가 식당으로 들어가자 그는 하인과 내게 말했다.

“누가 우릴 찾아오면 집에 없다고 해. 그리고 에프라인은 아침 일찍 일어나야 하니까 일찍 자도록 해.”

나는 식탁의 상석에 앉았고, 그와 로렌소는 내 양쪽 옆에 앉았다. 저녁 식사를 하는 두 시간 동안 세관장은 마냥 흐뭇한 표정이었다. 아홉 시경이 되어서야 그는 내가 식당에서 나가는 것을 허락했고, 내일 새벽 네 시에 내 방으로 와서 선창가까지 동행할 것이라고 말했다.

57

새벽 네 시에 세관장이 내 방문을 두드렸다. 나는 한 시간 전부터 떠날 채비를 하고 그를 기다리고 있었다. 그와 로렌소, 그리고 나는 브랜디와 커피로 아침 식사를 했다. 그러는 동안 뱃사공들은 내 짐을 배로 옮겼다. 잠시 후 우리는 해안가로 갔다.

크고 둥그런 보름달이 이제는 조금씩 기울고 있었다. 달은 구름 속에서 얼굴을 내밀면서 붉게 너울거리는 광채를 내뿜으며 해안가의 나무들과 맑은 바다를 비추었다. 이 광경은 마치 장의사의 대리석 제단 위에 놓인 관을 비추는 촛불의 불빛 같았다.

"이제 언제 다시 너를 볼 수 있을까?"

내가 작별의 포옹을 하자 세관장이 이렇게 말했다.

"아마 곧 다시 볼 수 있을 거예요."

"그럼 다시 유럽으로 돌아가나?"

"아마 그럴 것 같습니다."

천성적으로 쾌활하고 명랑한 세관장은 그 순간 매우 울적한 표정을 지었다.

나와 로렌소가 타고 있는 배가 해안에서 멀어지자 그는 "여행 잘해!"라고 소리쳤다. 그리고 두 뱃사공들에게 "코르티코! 라우레안! 에프라인을 잘 보살펴!"라고 당부했다. 그러자 두 흑인 뱃사공은 "예, 주인님"이라고 큰 소리로 대답했다.

우리가 다과에 도착할 때까지 달빛은 음산하고 누르스름했다. 나는 선실 문 앞에 서 있었다. 내 선실은 긴 작대기와 등나무, 그리고 야자수 나뭇잎으로 만든 긴 둥근 지붕이 씌워져 있었다. 로렌소는 대나무로 만든 침대를 정리한 후에 머리를 무릎에 대고 쭈그리고 앉아 졸았다.

코르티코는 흑인들의 노랫가락을 흥얼거리며 노를 젓고 있었다. 라우레안의 늠름한 체격은 이제는 거의 모습을 감춘 빨간 달빛 노을에 젖어 거인처럼 보였다.

강의 물살은 우리가 가는 반대쪽으로 가고 있었다. 돛 줄로 동여맨 철판에서는 삐꺽거리는 소리가 들렸고, 가끔씩 코르티코는 강 저쪽으로 가야 한다는 신호로 노로 배를 탁탁 때렸다. 점차로 어둠이 짙어 갔다. 바다 저쪽에서는 먼 천둥소리가 들렸고, 우리는 이내 태풍처럼 큰 소리를 갑자기 들을 수 있었다. 굵은 빗방울이 떨어지기 시작했다. 나는 로렌소가 마련해 준 침대에 기댔다. 로렌소가 성냥으로 불을 켜려고 하자 코르티코가 말했다.

"불 켜지 마세요. 불만 보면 난 눈이 아른거려서 뱀이 올라오는 것도 구분해 낼 수 없어요."

비가 뱃지붕을 강하게 내리쳤다. 나는 여행하는 동안 만난 모든 사람들에게 내 의지와는 상관없이 상냥하게 대해 주어야 했다. 그런 내게 이런 적막과 어둠은 더 없이 좋은 시간이었다. 그 순간 지나간 날의 달콤한 추억과 슬픔이 내 가슴속에서 교차되었다. 이제 닷새만 있으면 내가 그리도 원하던 마리아를 만날 수 있을 것이고, 그녀를 평생 내 품 안에 안고 살 수 있을 것이다.

예전의 내 목소리와 사랑은 고통과 죽음 앞에서 감당해낼 수 없는 것일까? 현대 과학이 그녀의 병을 치료할 수 없기에, 나는 그녀를 사랑으로 치유해 주어야 할 사명을 띠고 있었다.

내 머릿속에는 그녀가 마지막 쓴 편지의 글귀가 맴돌았다.

"당신이 돌아온다는 소식에 나는 다시 기운을 차렸어요. 난 당신을 혼자 이 세상에 영원히 홀로 놓아둔 채 죽을 수는 없어요."

갑자기 왼쪽 강가에 배가 멈추었다.

"무슨 일이야?"

로렌소가 물었다.

"모래밭에 배가 빠졌어요."

"뭐라고! 그런데 저건 밀수선이잖아!"

코르티코가 소리쳤다.

"손 들어!"

강가에서 얼마 떨어져 있지 않은 곳에 잠복해 있던 한 사람이 소리쳤다.

그런데 두 뱃사공은 갑자기 너털웃음을 터뜨렸다. 코르티코가 말했다.

"파블로! 너 때문에 놀라서 죽을 뻔했잖아. 안셀모 하사님, 그렇게 잡초 속에 매복하고 있으면 신경통으로 죽을지도 몰라요. 내가 이쪽으로 온다고 누가 말해 주었죠?"

"구렁이하고 귀신이 말해 주더군. 그런데 뭘 가지고 오는 거지?"

"우리는 사람을 실어 나르고 있어요."

로렌소는 불을 켰고, 하사는 배로 들어와 애정의 표시로 로렌소의 등을 탁탁 두드린 후 내게 인사했다. 그러고는 배를 둘러보았다. 그가 세관 허가서를 보자, 라우레안과 코르티코는 침실 입구에서 킥킥거리며 웃었다.

코르티코의 비명 소리는 강가에 있던 수색대 전원을 긴장시켰다. 그래서 잠을 설친 얼굴을 하고 장총을 든 두 병사가 안셀모와 파블로가 배에서 내리려고 할 때 도착했다.

그들이 웃으면서 농담을 하며 작별을 할 무렵에 비는 이미 그쳐 있었고, 해가 밝아 오기 시작했다. 우리는 여행을 계속했다. 항해는 갈수록 힘들었다. 우리가 카예라르가에 도착했을 때는 이미 열 시였다. 왼쪽 강가로 두꺼운 말뚝 위에 지은 초가집이 한 채 서 있었다. 그 집은 강가에 인접한 모든 집처럼 습기를 피하기 위해 물 위로 높게 지어져 있었다. 그렇게 지으면 홍수도 가뿐히 피할 수 있고, 살무사의 위험에서도 벗어날 수 있기 때문이다.

로렌소가 그 집에서 점심을 준비하는 동안 나는 맑은 강물에서 수영하려고 배 안에 남았다. 그리고 모기가 있다는 것도 잊고서 수영하려고 물에 들어갔지만, 모기 때문에 금방 나와야만 했다. 흑인들의 검은 피부는 이런 모기떼에도 전혀 아랑곳하지 않도록 탄탄하게 만들어진 것 같았다. 로렌소가 코르티코와 함께 점심을 배 안으로 가져왔다.

우리는 산시프리아노 항구에 아무리 늦어도 저녁때에는 도착해야 했다. 그래서 피로하고 지친 몸이었지만 뱃사공들은 힘든 항해를 계속했다. 예정대로 저녁때 산시프리아노 항구에 도착했다. 오른쪽 강가의 잎이 무성한 바나나 나무 사이로 집이 한 채 보였다. 그 집도 이곳에서 가장 훌륭한 집 가운데 하나였다. 그 집은 복도를 지나자 거실이 나왔는데, 양쪽 벽은 야자수로 되어 있어서 다과의 풍경과 산시프리아노의 조용한 풍경을 엿볼 수 있었다. 거실을 지나자 침실이 나왔고, 침실 옆으로는 부엌이 있었다.

그 집에 도착하자마자 나는 내 그물 침대를 걸었다. 그리고 거기에 누워서 저녁의 마지막 태양이 비춰 주는 먼 산과 푸르고 누런색이 어울려 비단벌레 같은 색깔을 내고 있는 다과의 물결을 볼 수 있었다.

저녁 여덟 시경에 우리 모두는 잠을 자기 위해 각자 잠잘 자리를 정리했다. 로렌소는 정성 들여 내 그물 침대를 정리해 주고서 자기 그물 침대에 누웠다.

58

로렌소는 새벽에 내 방문을 두드렸다.

시계를 보니 세 시였다. 달빛 때문에 새벽 날씨는 매우 흐려 보였다. 네 시경에 우리는 집주인의 작별 인사를 받으며 배에 올랐다.

"이곳은 사마귀가 많이 우는 곳이야."

배를 타고 가다가 갑자기 라우레안이 코르티코에게 말했다. 하지만 그런 건 전혀 문제가 되지 않았다. 우리 배에는 덮개가 있어서 별 문제는 없었지만, 가장 큰 위험은 살무사가 배 안으로 들어올 경우 뱃사공 중의 하나라도 물린다면 배가 난파될 수도 있다는 사실이었다.

점심은 전날과 같았다. 점심 식사 후부터의 항해는 더욱 더 험난했다. 그래서 다과에서는 불가능한 것이 없다는 속담이 실감 나게 느껴졌다.

오후 두 시경, 우리는 강가에서 간식을 먹으며 잠시 휴식을 취했다. 라우레안은 간식을 먹지 않고 숲으로 들어가더니 잎사귀 몇 개를 따서 가져왔다. 그는 그것을 물컵에 넣어서 물이 초록빛을 띨 때까지 담가 놓았다. 그리고 그 물을 자기 모자에 부어 마셨다. 냄새가 역겹게 나는 잎사귀였는데, 해안이나 강가에 사는 사람들이 가장 두려워하는 열병을 치료하는 데 특효가 있다고 알려졌고, 특히 흑인들 사이에서는 널리 알려진 잎사귀였다.

강을 내려갈 때 돛 줄은 충돌을 피하기 위해 유용하게 쓰였지만, 이제 강을 거슬러 올라가는 우리에게는 아주 거추장스런 존재가 되어 있었다. 플레코를 지나서면서부터 강변을 이쪽저쪽으로 바꾸어 올라갈 때마다 코르티코와 라우레안은 배 안으로 스며드는 물을 퍼내야만 했다. 그런 일을 수없이 한 까닭에 두 뱃사공은 기진맥진해 있었다.

라비보라와 델피나 산에서 흘러나오는 깨끗한 강물이 다과의 격렬한 물살과 합쳐지는 곳에서 우리는 마지막 여분으로 남았던 노를 부러뜨리고 말았다. 한 시간 전부터 내린 소나기로 강에는 잡초가 둥둥 떠다니고 있었고 물살도 세어졌기 때문에 노가 부러진 것이었다. 지나가는 다른 배에 부탁해서 간신히 노를 얻고서야 우리는 다시 강을 거슬러 올라갔다.

로렌소와 내가 약속한 두둑한 상여금 때문인지 두 뱃사공은 그날 훈타스에 도착하기 위해 안간힘을 썼다. 그래서 대략 네 시경 우리는 '반달'이라고 불리는 커다란 바위가 있는 지역을 통과했다. 끝없는 항해를 계속한 후 배는 훈타스에 도착했다.

그곳에는 아버지의 옛날 부하였던 D 씨가 나와 우리를 기다리고 있었다. 산시프리아노에서 우리를 본 우편배달부에게서 그날 오후에 우리가 그곳에 도착할지도 모른다는 소식을 듣고서 우리를 마중 나온 것이었다. 그는 나를 자기 집으로 데려갔고, 거기서 로렌소와 두 뱃사공을 기다렸다. 이들은 D 씨의 대접에 몹시 만족스런 표정을 지었다. 우리는 다음 날 아침에 일찍 출발해야 했다. 그래서 단지 코냑 두 잔만 마시고 그에게 세관장의 편지를 전해 주었다.

59

나는 저녁 식사가 준비된 식탁에 앉자 D 씨에게 가능하면 그날 밤에 여행을 강행하고 싶다고 말했다. D 씨는 로렌소에게 의사를 타진한 후, 마을에는 가축들도 많이 뛰어놀고 또 달빛이 환하게 비추고 있으니 떠나도 괜찮을 것이라는 의사를 밝혔다. 나는 우리가 계속 여행할 수 있도록 준비하라는 지시를 내렸다.

잠시 후 로렌소는 말을 타고 가는 데 필요한 장비를 내주면서, 훈타스에서 밤을 새지 않게 되어 매우 기쁘다고 말했다. 나는 내 짐을 그곳까지 가져오고 또 집까지 가져가는 데 필요한 돈을 D 씨에게 지불하도록 모든 조치를 취해 놓고서 D 씨와 작별 인사를 했다. 그러고서 우리를 시중들 하인과 함께 말에 올랐다. 하인은 자기의 안장과 내 옷과 도시락을 갖고 있었다.

우리가 푸에르타의 오르막길을 반쯤 지났을 때 해가 졌다. 나는 우리가 떠나온 분지를 내려다보면서 흡족한 마음을 금할 수 없었다. 그래서 신선한 공기를 흠뻑 들이마셨다. 런던에서 떠나온 후 처음으로 나는 이제 배가 아니라 말을 타고 갔고, 그래서 내가 마음먹기에 따라 마리아와 떨어져 있는 거리를 줄일 수 있다고 느껴졌다. 이제 이틀만 더 가면 마리아를 볼 수 있다는 생각을 하자, 내가 타고 가는 말처럼 다른 노새 세 마리도 지쳐 쓰러질 정도로 강행군을 시키고 싶었다. 그러나 그렇게 급하게 갈 경우 발생될지도 모르는 일을 경험을 통해 익히 잘 알고 있던 로렌소는 자기가 안내자 역할을 할 테니 속도를 줄이라고 충고했다. 그리고 산꼭대기를 넘기 조금 전에 나를 앞질러 갔다.

우리가 오르미게로에 도착했을 때는 달빛만이 오솔길을 비추고 있었다. 로렌소가 말에서 내렸고, 그래서 나도 말을 멈추어야만 했다.

마을의 개들이 놀라 짖기 시작했다. 로렌소는 내 말의 목에 기대더니 웃으면서 말했다.

"여기서 자고 가는 게 어때? 이곳 사람들은 착해. 그리고 말들도 풀을 뜯어야 되니까."

"난 졸리지 않아. 말들도 아직은 괜찮은 것 같은데……"

"너무 서두르지 마."

로렌소가 말고삐를 잡으면서 말했다.

"나는 이 말들이 너무 피곤해서 지치지 않게 바람을 좀 쏘이자고 말하는 거야. 우리가 푸에르타에서 만난 후스토는 오늘 밤 오하스까지 도착하지 못하면 산타나에서 자는 것이 좋을 것이라고 말해 주었어. 그러니 그곳에서 초콜릿 한잔 마시고 잠잘 곳을 구하는 것이 어때?"

"좋아, 하지만 내일 오후까지는 칼리에 도착해야만 해."

"이 속도로 가면 내일 칼리의 성 프란시스코 대성당에 도착할 수 있을 거야. 하지만 내 속도로 가도 성 안토니오 성당까지는 넉넉히 갈 수 있어."

이렇게 말하면서 우리는 말에게 물을 주어 목을 적시게 해 주었다. 그런 다음 그는 담뱃불을 켰다. 담배를 피우면서, 그는 우리 앞을 지나가던 한 소년이 몹시 발길이 무거운 말을 몰고 있다고 말했다. 그러고서 쉬고 있던 곳을 떠나 다시 앞으로 나아가기 시작했다.

오하스까지의 길은 좋았다. 그러나 우리 생각과는 달리 열 시가 지나서야 그곳에 도착할 수 있었다. 저 언덕 꼭대기로 흰 천막이 희끄무레하게 보였다. 우리는 거기서 후스토와 만나 인사를 나누고, 뜨거운 초콜릿을 한잔 마신 후, 열한 시경에 그와 헤어져 산타나로 발길을 재촉했다.

60

다음 날 오후 네 시경에 칼리 근교의 성 십자가 고개에 도착했다. 나는 말에서 내려 작별을 고했던 내 고향 땅을 밟았다. 나는 멋지면서도 가련한 카우카의 땅을 다시 보았다. 내가 얼마나 꿈꾸어 왔던 땅인가! 나는 이것이 꿈이 아니라는 것을 확인하기 위해 주위를 둘러보았다. 조금만 있으면 마리아를 내 품에 안을 수 있다는 생각을 하자, 내 가슴은 마구 두근거렸다. 또 내 귀는 그동안 잃어버린 마리아의 목소리를 애타게 기다렸다. 나는 우리 집이 희미하게 보이는 먼 산 밑을 바라보았다.

그때 로렌소는 내가 마지막 남은 15킬로미터를 타고 갈 흰색 말을 데려왔다.

"이봐, 내일 이 시간쯤이면 저기에 우리가 있을 거야."

이렇게 말하면서 로렌소는 내가 계속 멍하니 쳐다보던 산의 하얀 지점을 가리켰다.

"그런데 뭣 때문에 저길 가려는 거지?"

"뭐라고!"

"네 가족은 지금 칼리에 있어."

"그런데 왜 내게 아무 말도 해 주지 않았어? 왜 칼리에 있는 거지?"

"후스토가 어젯밤에 마리아의 병이 심상치 않은 것 같다고 말해 주었어."

로렌소는 나를 똑바로 쳐다보지도 못하면서 말했다. 나는 앞이 캄캄해졌다.

나는 그가 건네준 말을 타고서 자갈길로 된 산길을 쏜살처럼 달려 내려갔다. 내가 몬타뉴엘라스의 마지막 산마루를 돌았을 때는 이미 날이 어두워지고 있었다. 강하게 불어오는 서풍이 말갈기를 헝클어뜨렸고, 내 귓속에는 그 바람 소리가 울렸다. 왼쪽으로 보이는 지평선에는 산기슭에서 보았던 집이 시야에서 사라져있었고, 오른쪽으로는 번개가 우일라*의 산을 비추었다. 이 모든 자연도 내가 사랑한 사람을 사랑했기 때문에 내 사랑은 절대 파괴될 수 없을 것이라고 나는 내심 생각했다. 이런 생각에 잠겨 나는

* 콜롬비아의 카우카와 인접한 주.

칼리로 들어섰다.

나는 있는 용기를 다 내서 칼리에 있는 우리 집 문을 두드렸다. 하인이 문을 열자 나는 말에서 뛰어내렸다. 그리고 그에게 고삐를 넘겨주고 급히 현관으로 들어갔다. 집은 어둠에 덮여 있었다.

조금 더 안으로 들어가자 누군가 나를 보고 소리쳤고, 나는 그녀를 껴안았다.

"마리아! 내 사랑 마리아!"

나는 그녀의 머리를 껴안으며 소리쳤다.

"아니야, 하느님, 오 하느님!"

그녀는 울먹이는 채 이렇게 말하면서 내 몸에서 떨어져 나와 소파에 주저앉았다. 그녀는 다름 아닌 엠마였다. 그녀는 검정색 상복을 입고 있었고, 달빛에 그녀의 눈물 자국이 보였다.

나는 즉시 어머니 방으로 달려갔다. 어머니는 울먹이며 나를 어루만져 주었다. 그러고는 나를 안고 엠마가 조용히 앉아 있는 소파로 데려가서 앉게 했다.

"어디 있어요? 마리아는 어디 있어요?"

나는 소파에서 벌떡 일어나면서 물었다.

"아이고, 내 아들아!"

어머니는 다시 나를 자기 가슴에 안으며 다정스럽게 말했다.

"마리아는 하늘나라에 있단다."

나는 차가운 칼날 같은 것이 내 머리를 찌르는 것 같은 충격을 받았다. 앞이 캄캄해지고 숨도 제대로 쉴 수 없었다. 나를 이런 고통으로 몰아넣은 것은 다름 아닌 그녀의 죽음이었다.

61

나는 잠에서 깨어났다. 나를 둘러싼 많은 사람들과 물건들이 희미하게 보였다. 나는 그동안 내게 도대체 무슨 일이 일어났는지 알 수가 없었다.

내 옆에 있는 등불은 조용한 방을 희미하게 비추었다. 나는 일어나려고 했지만 그럴 수가 없었다. 나는 누군가를 불렀다. 그때 내 손을 누군가가 잡아 주는 것을 느꼈다. 내가 힘없이 그 이름을 다시 부르자, 대답 대신에 울음소리만 들려왔다.

나는 울음소리가 나는 곳을 바라보았다. 그곳에는 걱정 어린 눈길로 나를 쳐다보며 울고 있는 어머니의 모습이 보였다. 그녀는 작고 다정한 목소리로 내 몸이 나았는지 확인하는 질문을 했다.

"사실이에요?"

그날의 마지막 기억이 희미하게 떠오르자 나는 어머니에게 물었다.

그녀는 대답 대신에 내게 얼굴을 갖다 댔다. 잠시 후 나는 어머니에게 이렇게 말했다.

"모두가 날 속였어요! 뭣 때문에 날 오라고 했나요?"

"그럼 나는 어쩌란 말이니?"

어머니는 눈물로 내 목덜미를 적시며 말했다. 그러나 어머니의 사랑과 애정도 내 눈에서 눈물이 흘러나오는 것을 막지는 못했다.

어머니는 나의 복받친 감정을 피하려고 안간힘을 썼다. 아버지가 다가와 악수를 하면서, 나를 밤새 지켜보느라 부스스해진 눈을 비볐다.

의사가 내 건강이 천천히 회복될 것이라는 말을 남기고 떠나자, 어머니와 엘로이사와 엠마는 그날 밤 번갈아 가면서 나를 간호했다. 그들이 정성을 다해 나를 돌봐 주었지만 나는 잠을 이룰 수가 없었다. 어머니가 피로에 지쳐 잠들자, 나는 내가 집에 도착한 지 만 하루가 지났다는 사실을 알았다.

엠마는 내가 알지 못하는 사실을 알고 있는 유일한 사람이었다. 나는 마리아의 마지막 날에 관한 이야기와 그녀의 마지막 순간, 그리고 그녀가 남긴 마지막 말을 알고 싶었다.

하지만 나는 그런 비참한 사실을 듣기에는 아직 용기가 나지 않았다. 그러나 이런 고통스런 사실을 알고자 하는 욕망을 참을 수가 없어서 엠마에게 많은 질문을 했다. 엠마는 요람에서 아기를 재우는 어머니의 말투로 이렇게 대답했다.

"내일 말해 줄게요."

그러고는 손으로 내 이마와 머리를 쓰다듬었다.

62

집으로 돌아온 지 석 주가 지났다. 그동안 엠마와 어머니는 내 건강이 나쁘다는 핑계로 나를 자기들 곁에 두었다. 벌써 마리아가 죽은 지 두 달이 되고 있었지만 나는 그녀를 위한 기도도 제대로 못하고 있는 실정이었다. 아직도 나는 우리의 사랑을 기억하는 집과, 내 눈에서 마리아를 숨겨 놓고 그녀를 포옹조차 하지 못하게 만든 무덤을 찾아갈 엄두가 나지 않았다. 그러나 바로 그 장소에서 마리아가 나를 기다리고 있음은 분명했다. 그곳은 그녀가 이 세상을 떠날 때 마지막으로 고한 슬픈 순간과 죽음이 그녀의 입술을 차갑게 만들 때까지 우리 첫 키스의 추억이 서려 있던 곳이었다.

엠마는 내 가슴속에서 영원히 지워지지 않을 마리아에 대한 비밀을 천천히 말해 주었다. 내 가슴에서 눈물이 터져 나오지 못하도록 해야 한다는 의사의 충고를 받았지만, 나중에는 내 눈물을 닦을 손수건마저 동이 나자 나와 함께 오랫동안 울었다.

마리아가 내게 마지막 편지를 보낸 다음 날 오후에 엠마는 방에서 마리아를 찾았지만 보이지 않았다. 한참이 지난 후 그녀가 정원의 돌의자에 앉아 있는 것을 발견했다. 마리아는 거기서 울고 있었다. 그리고 흐르는 물을 바라보는 그녀의 눈은 병으로 움푹 패고, 여위고 창백한 뺨은 눈물로 가득 적셔져 있었다. 그녀는 너무 울어 목이 메어 흐느꼈다.

"오늘은 왜 여기에 혼자 왔어?"

엠마가 마리아 옆에 앉으면서 말했다.

"난 어제처럼 너랑 함께 있고 싶었는데……"

"응, 알아. 그런데 오늘은 혼자 오고 싶었어. 난 내가 꿋꿋하게 견뎌 내리라고 믿었는데…… 걷게 좀 도와줄래?"

엠마는 마리아를 부축해서 내 창문 앞에 있는 장미 숲으로 향했다. 마리아는 그곳에서 미소 띤 얼굴로 장미를 바라보더니 가장 싱싱한 장미 두 송이를 꺾으며 말했다.

"이게 마지막 장미가 될 것 같아. 꽃봉오리가 얼마나 예쁜지 쳐다봐. 꽃이 피기 시작하면 가장 예쁜 것들을 골라서 성모 마리아상 앞에 놓아 줄 수 있지?"

마리아는 가장 크게 꽃이 핀 장미에 자기 얼굴을 갖다 댔다 그리고 울고 있는 엠마를 향해 덧붙였다.

"안녕, 내 장미야! 넌 그 사람의 변함없음을 증명해 주는 상징이야. 넌 내가 최선을 다해 보살폈다는 것을 말해 줄 수 있겠지?"

엠마는 마리아를 정원에서 데려가기 위해 말했다.

"왜 그렇게 슬퍼해? 칼리에 가는 것을 미루겠다고 아버지가 말씀하셨잖아? 이제 매일 여기로 오자. 넌 지금 좀 괜찮아진 것 같지 않니?"

"여기에 좀 더 있고 싶어."

마리아는 이렇게 대답하더니 내 창문 쪽으로 서서히 다가갔다. 엠마가 있다는 것도 잊은 채 창문을 멍하니 바라보고는 자기 화분에 있는 백합꽃을 모두 땄다. 그러고는 엠마에게 말했다.

"에프라인에게 이 백합은 꽃을 피우지 않았다고 말해 줘. 자, 그럼 이제 가자."

마리아는 개울가에 서서 잠시 바라보더니 엠마 품에 안겨 혼잣말로 중얼거렸다.

"난 에프라인을 보지 않고는 죽을 수가 없어!"

그날 마리아는 전에 없이 더 슬퍼 보였고 말이 없었다. 오후에는 내 방에 있었는데, 그 후에는 보이지 않았다.

그녀는 아침에 딴 백합꽃을 자기 머리카락으로 묶어서 에프라인의 방에 있는 꽃병에 꽂았다. 어둑어둑해질 무렵 엠마는 바로 거기에서 마리아를 찾을 수 있었다. 마리아는 창가에 팔을 괴고 있었고, 헝클어진 머리는 그녀의 얼굴을 덮고 있었다.

"마리아."

엠마는 조용히 마리아를 쳐다보고서 말했다.

"밤바람은 건강에 해로워."

그녀는 처음에 깜짝 놀라서 엠마의 손을 잡고는 그렇다고 대답했다. 잠시 후 엠마의 손을 잡아끌더니 자기 옆에 있는 소파에 앉으라고 손짓했다.

"이제 아무것도 날 아프게 할 수는 없어."

"기도실에 가지 않을래?"

"응, 나중에. 지금은 여기에 좀 더 있고 싶어. 너한테 할 말도 많고……"

"다른 곳에서 말하면 안 될까? 넌 의사의 처방에 지금까지 잘 응해 왔는데, 이러면 우리 모두의 노력을 헛되게 하는 거야. 이틀 전부터 넌 예전과 달라졌어."

"아무도 내가 죽을지도 모른다는 사실을 모르잖아."

마리아는 엠마를 가슴으로 껴안고 흐느끼면서 말했다.

"죽는다고? 에프라인이 오기 전에 죽을 거야?"

"그를 보지도 못하고, 한마디 말도 못한 채…… 그를 기다리지 못하고 죽을 것 같아. 물론 이 말은 경박스럽게 들릴지도 모르지만 사실이야. 지금 느끼는 발작 증세는 전에는 느껴 보지 못했던 거야. 나는 이런 말도 못할 지경에 이르기 전에 네게 나의 마지막 말을 해 주고 싶어. 나는 에프라인이 내가 지금 느끼고 있는 그대로였으면 좋겠어. 저 조그만 상자에 그의 편지와 마른 꽃, 그의 머리카락과 내 어머니의 머리카락이 담겨 있는 상자를 놔 줘. 그리고 에프라인이 떠나기 전날 준 반지와 내 머리카락을 저기 있는 파란색 앞치마에 싸서 그 상자에 넣어 주었으면 좋겠어. 그렇게 슬퍼하지 마."

마리아는 이렇게 말하면서 엠마의 차가운 뺨을 어루만

졌다.

"난 에프라인의 아내가 될 수 없어. 하느님! 저를 이 고통과 죽음에서 제발 구해 주세요. 나는 그에게 마지막 인사도 하지 못한 채 죽을 수는 없어요. 나를 대신해서 에프라인을 안아 주고, 나도 마지막까지 최선을 다했다고 전해 줘. 그리고 나는 죽는 것보다도 혼자 있는 외로움이 더 괴로웠다고……"

마리아는 더 이상 말을 잇지 못한 채 엠마의 품 안에서 흐느꼈다. 엠마는 마리아에게 위로의 입맞춤을 해 주었다. 바로 그때 마리아의 입술이 굳어 있다는 사실을 발견했다. 그래서 소리쳐서 도와 달라고 요청했다.

의사는 모든 노력을 기울였지만 그녀를 그 상태에서 회복시키지 못했다. 이튿날 의사는 그녀가 살 가망은 전혀 없다고 말했다. 그 후 열두 시경에 교구 신부가 도착했다.

마리아의 침대 앞에는 정원에서 가장 아름다운 꽃들로 장식된 탁자와 기도실에 있던 그리스도 수난상이 놓여 있었고, 두 개의 대형 초가 그녀를 밝혔다. 그렇게 만들어진 조그만 제단 앞에서 노신부는 한 시간가량 무릎을 꿇고 기도를 올렸다. 그리고 일어서면서 초 하나를 아버지에게 주고, 다른 초는 마인 박사에게 건네준 다음, 모두 환자의 침대로 가까이 오라고 했다. 어머니와 내 동생들, 루이사와 몇몇 하인들은 그 의식을 지켜보기 위해 무릎을 꿇었다. 사제는 마리아의 귀에 대고 이렇게 말했다.

"우리의 딸이여, 주님이 당신을 방문하러 오십니다. 당신은 이 방문을 허락합니까?"

마리아는 깊이 잠든 것처럼 아무 말도 없었다. 그리고 움직이지도 않았다. 사제는 마인 박사를 쳐다보았다. 그 시선의 의미를 이해한 마인 박사는 마리아의 맥박을 짚더니 즉시 작은 목소리로 말했다.

"고통이 시작된 지 적어도 네 시간은 된 것 같습니다."

사제는 그녀에게 은총을 내리고 성유를 따랐다. 어머니와 내 동생들, 호세 씨의 딸은 흐느껴 울었다.

그 의식이 끝난 후 한 시간이 지나자, 후안이 침대로 가서 마리아를 보기 위해 우뚝 멈추어 까치발을 했다. 하지만 침대에 닿지 않자 울음을 터뜨렸다. 어머니는 자기 팔로 후안을 안아서 침대에 앉혔다.

“지금 자고 있어?”

아무것도 모르는 후안은 마리아가 누워 있는 베개에 머리를 갖다 대고 울었다. 그러고는 그녀의 머리를 손으로 어루만졌다.

오후 다섯 시경, 침대 머리맡에서 마리아를 끊임없이 살펴보던 마인 박사가 갑자기 일어났다. 그의 눈은 마리아의 고통이 끝났음을 말해 주었다. 마인 박사가 흐느끼자, 엠마와 어머니가 급히 침대로 달려왔다. 그녀의 모습은 마치 편안하게 잠자는 것 같았다. 하지만 영원히 잠이 든 것이었다…… 내 입술이 그녀의 마지막 호흡에 키스도 못하고 내가 그녀의 마지막 작별 인사도 듣지 못한 채, 그리고 후에 내가 그녀의 무덤 앞에서 흘릴 눈물을 그녀의 이마에 흘리지도 못했는데, 마리아는 하느님의 품 안에 안긴 것이었다.

어머니는 마리아가 숨을 거두었음을 알자, 열린 창문으로 들어오는 저녁노을을 등지고 서 있는 사제 앞에서 이미 굳어 버린 그녀의 손에 입을 맞추었다. 그러고는 울음 섞인 목소리로 이렇게 외쳤다.

"마리아야! 왜 우리를 두고 혼자만 가니! 난 더 이상 네 목소리를 들을 수…… 내 아들이 돌아와서 너에 대해 물어보면, 난 뭐라고 대답하지? 어떻게 해야 하느냐 말이야? 왜 신음 소리도 내지 않고 죽었어!"

하얀 천이 덮인 기도실의 장례 제단이 마리아의 사랑과 죽음을 이야기해 주는 것 같았다. 촛불은 티 없이 맑은 그녀의 이마와 커다란 눈 위에서 밝은 빛을 비추고 깜빡거렸다. 이제는 창백해진 그녀의 입술은 얼어붙은 웃음을 짓고 있는 것 같았다. 그리고 얼굴은 아직도 숨을 쉬고 있다는 인상을 주었다. 흰 두건으로 반쯤 동여맨 목에는 머리카락이 드리워져 있었고, 가슴에 고이 얹혀 있는 양손에는 그리스도 수난상이 놓여 있었다.

엠마는 마리아가 부탁했던 것을 모두 다 정리하고 돌아왔다. 바로 그때 마리아는 그런 모습을 하고 있었던 것이다. 시계가 새벽 세 시를 알렸다. 장미 향과 밀감 향을 풍기는 밤바람이 이미 다 타 버린 촛불을 마구 흔들었다.

"그녀의 머리카락을 자를 때만 해도 나는 내가 머리카락을 빗겨 줄 때처럼 마리아가 머리를 내 치마에 갖다 대고서 다정한 눈으로 쳐다볼 줄 알았어요. 난 그녀의 머리카락을 성모상 앞에 갖다 놓고 마지막으로 그녀의 뺨에 키스를 했어요. 그런데 내가 잠을 자고 두 시간 후에 일어났을 때 마리아는 거기에 없었어요."

엠마는 이렇게 내게 말했다.

브라울리오와 호세 씨, 그리고 다른 네 명이 마리아의 관을 들었다. 그들은 평원을 지나 브라울리오의 결혼식 날 나와 함께 행복한 아침을 보냈던 숲속으로 관을 가져갔다. 아버지와 신부는 그 행렬을 뒤쫓아 갔고…… 마치 나이가 죽었을 때의 그것처럼!

아버지는 그날 정오경에 혼자 천천히 집으로 돌아왔다. 말에서 내리자 그는 흘러나오는 눈물을 감추려고 애썼다.

그는 엠마와 어머니와 아이들이 있는 거실에 앉아서 자기의 고통을 털어놓았다.

"난, 난 에프라인에게 그 빌어먹을 여행을 하라고 시킨 장본인이야. 내가 마리아를 죽게 한 거야. 만일 살로몬이 자기 딸을 내놓으라고 하면, 난 뭐라고 대답하지? 그리고 에프라인은…… 아! 뭣 때문에 그를 오라고 했지? 그러면 내 약속이 지켜지나?"

그날 오후 우리 가족 모두는 산속에 있는 집을 떠나 아버지 농장으로 향했다. 그리고 다음 날 그곳에서 칼리로 여행했다. 브라울리오와 트란시토는 우리 가족이 집을 비워 둔 동안 그곳에 머물러 집을 지키고 있었다.

63

마리아가 죽은 지 두 달째가 되는 날인 9월 10일, 나는 엠마가 그동안 이야기해 주지 않은 이야기의 마지막 부분을 들었다. 때는 늦은 밤이었고, 후안은 내 무릎에서 잠자고 있었다. 그것은 내가 돌아온 이후부터 후안에게 생긴 새로운 습관이었다. 아마도 내가 마리아의 모성애를 대신해 줄 수 있으리라고 믿었기 때문인 것 같았다.

엠마는 산에 있는 우리 집에 보관된 마리아의 옷과 그녀가 내게 주려고 보관했던 모든 것이 간직된 장롱 열쇠를 주었다.

다음 날 새벽에 나는 아버지가 보름 전부터 머물고 있고,

그달 18일에 유럽으로 돌아가는 내 짐을 놓아둔 산타R로 길을 떠났다.

12일 오후 네 시경에 나는 아버지와 작별 인사를 했다. 나는 아버지에게 이튿날 칼리로 일찍 돌아가기 위해 카를로스의 농장에서 머물겠다고 거짓말을 했다. 내가 아버지와 작별의 포옹을 하자, 아버지는 내게 봉해진 편지를 건네주며 말했다.

“킹스턴으로 보내는 편지다. 여기에는 살로몬이 보낸 마지막 편지와 마리아의 지참금이 들어 있다. 내가 너를 크게 키우겠다는 야심 때문에 너를 마리아와 떨어지게 했고, 그것이 그녀의 죽음을 재촉한 것인데…… 네게 미안하구나. 네가 아니면 누가 이 일을 하겠니?”

나는 그의 마음에서 우러나오는 진정한 사과의 말을 들었다. 아버지는 나를 팔로 껴안았다.

아마이메 강을 건너자 나는 후안 앙헬에게 산 쪽으로 길을 잡으라고 말했다. 그는 내 지시를 받자 놀란 듯이 나를 쳐다보았다. 그러고는 내가 오른쪽으로 방향을 틀자, 가까이 따라오려고 안간힘을 다했지만, 나를 금방 따라오지는 못했다.

나는 곧 사발레타스의 물소리를 들을 수 있었다. 나는 멈추어 서서 언덕을 쳐다보았다.

2년 전, 그러니까 지금의 내 고통과는 상관없이 내 행복이 싹틀 무렵, 어느 날 오후 거기서 나는 불빛이 새어 나오던 우리 집을 바라보았다. 마리아는 그때 거기에 있었는데…… 이제 그 집은 굳게 닫혀 있었고 아무 소리도 나지 않았다. 그 집에서 내 사랑이 싹텄고, 내 사랑이 사라져 갔던 것이다. 조금 더 가자 나는 우리가 함께 책을 읽을 때 의자로 썼던 큰 바위를 보았다. 또 내 사랑이 시작된 과수원도 보였다. 비둘기와 개똥지빠귀가 오렌지 숲 속에서 울었고, 집 앞 계단에 수북이 쌓인 마른 잎은 바람에 흩날렸다.

나는 말에서 뛰어내려 마리아의 귀여운 목소리와 사랑스런 시선이 내게 작별을 고하던 그 계단에 앉았다. 얼마나 시간이 흘렀을까? 밤이 이슥해질 무렵 나는 내 주변에서 발소리를 들었다. 마구간에서 뛰어노는 내 말을 본 늙은 하녀가 말의 주인이 누군가 알아보려고 왔던 것이다. 내 충견인 마요가 그녀를 뒤따랐다. 행복했던 시절에 내 귀여움을 독차지했던 마요를 보자, 내 가슴은 흐느끼기 시작했다. 마요는 내게 쓰다듬어 달라면서 자기 머리를 갖다 댔다. 그리고 장화에 붙은 먼지를 핥았다. 그런 후 내 발밑에 쭈그리고 앉아 슬프게 짖어 댔다.

늙은 하녀는 내게 집 열쇠를 건네주면서 브라울리오와 트란시토는 집으로 돌아갔다고 알려 주었다. 나는 거실로 들어갔지만 눈물이 괸 내 눈에는 아무것도 보이지 않았다. 나는 마리아에게 사랑을 고백한 이후 항상 함께 앉았던 소파에 앉았다.

내가 고개를 들었을 때는 한밤중이었다. 나는 어머니 침실의 문을 열었다. 차가운 죽음의 냄새가 풍기는 방에 내 발자국 소리가 울려 퍼졌다. 나는 고통을 잊으려고 기도실로 향했다. 나는 하느님께 기운을 주십사 하고 기도를 드리려고 했지만, 하느님조차 그녀를 이 땅에 돌려보낼 수는 없지 않은가!

나는 내 입술이 그녀의 이마에 첫 키스를 했던 그곳과 내가 그녀를 처음 안았던 그곳에서 그녀를 찾으려고 안달했다.

달빛이 반쯤 닫힌 창살로 스며들어 내가 찾아야 할 것을 비추었다. 그녀의 관이 놓였던 탁자에 반쯤 둥그렇게 말려 있는 장례식 천, 그리고 그녀의 관을 비추던 촛불. 하지만 그런 모든 것이 내 고통 앞에서 침묵을 지키고 있었다.

나는 어머니 침실에서 흘러나오는 불빛을 보았다. 후안 앙헬이 막 도착해서 탁자의 초에 불을 밝힌 것이었다. 나는 그에게 혼자 있고 싶다는 손짓을 하고서 마리아의 방으로 향했다. 그곳은 아직도 그녀의 향내를 풍기고 있었다. 그녀의 영혼이 살아서 아직도 나를 기다리는 듯했다. 그리스도 수난상은 식탁 위에 놓여 있었고, 시든 꽃도 받침돌 위에 그대로 있었다. 그녀가 숨을 거둔 침대는 시트가 벗겨져 있었다. 그리고 거기에는 종부 성사 때 주었던 성유의 흔적을 아직도 볼 수 있었다.

나는 장롱을 열었다. 우리가 서로 사랑할 때의 향기가 아직 남아 있었다. 나는 내 눈에 익은 마리아의 옷을 보자 가슴이 뭉클했다. 그리고 엠마가 말해 준 서랍을 열었다. 작은 상자는 바로 그곳에 있었다. 그러자 내 가슴에서 다시금 눈물이 솟아 나왔다. 마리아의 머리카락을 보자 눈물이 앞을 가렸다.

한 시간 후…… 맙소사! 나는 그녀를 부르면서 과수원을 마구 헤맸으며, 오렌지 숲 사이로 그녀를 돌려 달라고 외치면서 마리아의 이름을 하염없이 부르며 마냥 돌아다녔다.

장미로 덮인 채, 안개가 뿌옇게 낀 것 같은 물이 흐르는 개울가에서 나는 잠시 울음을 멈추고 나를 놀라게 하는 어떤 소리를 들었다.

장미 숲 속에서 내 이름을 부른 여자는 바로 트란시토였다. 내게 가까이 다가오면서 그녀는 무척이나 놀란 표정을 지었다. 아마도 이토록 정신없이 미친 듯이 방황하는 바람에 흐트러진 내 몰골 때문인 것 같았다.

그녀는 제발 여기를 떠나라고 내게 애원했다. 그 순간 나는 그녀에게 내 생애 최고로 심한 저주의 말을 내뱉었다. 그러자 그녀는 잠시 울더니 슬픈 목소리로 이렇게 말했다.

"당신은 이제 브라울리오도, 나도, 그리고 내 아들도 보고 싶지 않단 말이죠?"

"울지 마, 트란시토. 미안해. 그런데 모두들 어디에 있지?"

트란시토는 눈물도 닦지 않은 채 나를 껴안고는 정원으로 난 복도로 데려갔다. 그곳에는 그녀의 남편인 브라울리오가 나를 기다리고 있었다. 브라울리오가 나를 껴안았고, 트란시토는 내 무릎 위에 6개월 된 귀여운 아기를 올려놓았다. 나는 그들의 사랑의 결실인 그 아기를 어루만졌다.

64

내가 어린 시절과 사춘기를 보낸 집에서의 마지막 밤은 잊으려 해도 잊을 수가 없었다.

나는 태풍에 깃털이 빠진 새가 자기가 살던 그늘진 숲을 그리워하며 날다가 태풍이 지나간 후 돌아가지만, 산산조각 난 나무 주위를 헛되이 돌며 보금자리를 찾는 것처럼, 몇 시간 동안 꿈꾸면서 집을 배회했다.

잎이 무성한 오렌지 나무와 푸른 버드나무, 마리아의 장미와 백합…… 이제 그 누가 그런 것들을 돌볼 것인가? 나는 더 이상 과수원의 향기를 맡지 못할 것이고, 냇물 소리와 바람 소리도 더 이상 들을 수 없지 않은가!

자정이 될 무렵 나는 내 방에 와 있었다. 모든 것은 내가 놓아둔 그대로 있었다. 단지 마리아가 내가 돌아올 것에 대비해 불필요한 것을 없앤 흔적만이 있었다.

마리아가 마지막으로 꽂아 놓은 백합은 시들고 벌레 먹은 채 꽃병에 꽂혀 있었다. 그 탁자 앞에서 나는 죽을 때 내게 보냈던 편지 봉투를 열었다. 이제 그녀에게 내 말을 편지로 쓸 수 없다는 생각이 들자 눈물이 흘러내려 편지가 지워졌다. 나는 그녀의 답장에서 내가 쓴 편지에 대한 대답을 읽었다. 그러고는 영원히 죽지 않을 것처럼 희망에 차서 썼지만, 죽음이 우리를 가로막은 그런 대화를 머릿속으로 그렸다.

내가 마리아의 머리카락을 들고서 엠마가 마지막으로 마리아의 말을 들었던 그 소파에 기대자 시계가 두 시를 알렸다. 내가 런던으로 여행을 떠나기 전날의 괴롭고 슬펐던 밤에도 같은 시각에 울린 시계였다.

나는 마리아가 내 아내가 되는 꿈을 꾸었다. 그런 기쁨은 내 영혼의 유일한 안식처였다. 그녀는 부푼 흰옷을 입고 푸른색 앞치마를 두르고 있었다. 그 모습은 마치 하늘이 선사한 옷을 입고 있는 것 같았다. 그 앞치마는 바로 마리아가 꽃을 꽃병에 꽂을 때면 항상 걸치던 것이었다. 마리아는 항상 허리에 그 앞치마를 예쁘게 맸다. 그리고 바로 거기에 마리아의 머리카락이 싸여 있었다. 마리아는 내 방문을 살며시 열고는 옷 소리가 나지 않도록 조심하면서 소파 밑에 깔린 카펫에 무릎을 꿇었다. 그러고는 나를 조용히 쳐다보고 웃었고, 융단처럼 부드러운 입술로 내 이마에 키스했다. 그런 다음 카펫에 앉고는 책을 읽으면서 베개에 놓인 내 손을 자기 뺨에 갖다 댔다. 내가 손을 움직이자 마리아는 사랑에 가득 찬 눈길을 보내며 살포시 웃었다. 그리고 자기 머리를 내 가슴에 묻으면서 내 눈을 바라보았다. 나는 그녀의 비단결 같은 머리를 어루만지면서 마리아의 향내를 마음껏 맡았다.

갑자기 나는 소리를 지르며 잠에서 깼다. 현실은 나의 행복한 꿈이 백 년이라도 지속된 것처럼 질투를 하면서 나를 괴롭혔다. 등불은 이미 꺼져 있었고, 창문으로는 새벽의 찬 바람이 들어왔다. 추위에 곱은 내 손은 마리아의 유일한 유물이자 우리의 참된 사랑을 말해 주는 머리카락을 꽉 움켜잡았다.

65

그날 오후 나는 내가 더 이상은 보지 못할 나를 사랑했던 모든 장소를 돌아보았다. 그리고 내 여행을 준비하기 위해 칼리로 가는 도중에 동네 공동묘지에 들러 마리아의 무덤을 둘러보기로 마음먹었다. 후안 앙헬과 브라울리오는 벌써 나를 기다리고 있었다. 호세 씨와 루이사 부인, 그리고 딸들은 나를 에워싸고서 배웅했다. 그들은 내가 초대한 기도실로 들어가서 무릎을 꿇고 울면서 우리가 사랑한 사람의 명복을 위해 기도했다. 호세 씨는 이런 엄숙한 기도 후에 찾아 온 적막 속에서 순례자와 항해자를 보호해 달라는 기도문을 낭독했다.

복도에서 작별 인사를 받은 트란시토와 루시아는 바닥에 펄썩 주저앉아 얼굴을 감싸고 울음을 터뜨렸다. 루이사 부인은 이미 어디론가 사라지고 없었다. 호세 씨는 눈물을 가리기 위해 다른 쪽으로 고개를 돌리고는 계단에서 말을 준비하며 나를 기다렸다. 마요는 꼬리를 흔들면서 메추리를 사냥하러 나가던 날처럼 잔디밭에 누워 내 행동을 주의 깊게 살폈다. 나는 호세 씨와 그 가족들에게 다정한 말 한 마디조차 제대로 할 수가 없었다. 아마 내가 그 말을 했더라도 그들 역시 내 작별 인사에 대답할 수 없었을 것이다.

집에서 얼마 가지 않아 나는 산을 내려가기 전에 내가 살던 집을 다시 한 번 되돌아보고 싶었다. 그래서 발길을 멈추었다. 내가 그 집에 살았던 행복한 시간 중에서 오직 마리아와의 행복했던 기억만 되살아났다. 그러자 그녀의 무덤과 함께 그녀가 내게 남겨 준 물건들이 내 뇌리를 스쳤다. 그때 마요가 따라와서 내가 막 건넌 개울가에 피곤한 듯이 주저앉았다. 마요는 두 번에 걸쳐 개울을 건너려고 했지만 두 번 모두 뒤로 물러서야만 했다. 그러더니 잔디밭에 앉아 구슬프게 짖어댔다. 그 울음소리는 사람 목소리 같았고, 나를 얼마나 사랑했으며 또 자기가 늙어 버리자 왜 버렸느냐고 나를 질책하는 울부짖음 같았다.

한 시간 반가량 가자 나무 울타리가 쳐진 과수원의 대문처럼 생긴 것이 나타났다. 바로 마을 공동묘지의 입구였다. 나는 말에서 내렸다. 브라울리오는 내 얼굴에 드러난 격한 감정을 이해한다는 듯이 말의 고삐를 받아 들고는 문을 열고서 잠시 서 있었다. 죽은 사람 앞에 놓은 잡초와 나무로 만든 십자가가 쌓인 곳을 지났다. 해 질 녘의 태양은 뒤얽힌 나뭇가지를 통과해서 무덤가의 나뭇잎과 가시덤불 사이에서 노란빛을 발하고 있었다. 무성한 타마린도 나무숲을 돌자 그 위로 쇠로 만든 십자가가 놓여 있었다. 나는 그쪽으로 가까이 갔다. 양귀비가 반쯤 덮인 검은 비명碑銘이 나왔다. 나는 거기서 "마리아……"를 읽기 시작했다. 죽음 앞에서 그런 글귀를 읽자 내 영혼은 그녀에게 물어보고 저주하며 애원했다. 그리고 혼자 그녀를 외쳐 불렀다. 하지만 나의 이런 부름에 무덤은 차갑고 냉담하게 아무 말 없는 대답으로 일관했다. 나는 팔로 그 무덤을 붙잡으면서 눈물로 범벅이 되었다.

낙엽 위를 걷는 발자국 소리에 나는 소스라치게 놀라 머리를 들었다. 브라울리오가 내게 가까이 와서 트란시토가 선물한 장미와 백합으로 만든 화관을 건네주었다. 그러면서 이제는 떠나야 할 시간이라고 말하는 표정으로 그 자리에 섰다. 나는 십자가에 화관을 걸고 나서 그 십자가를 꼭 껴안았다. 그리고 마리아에게 마지막 안녕을 고했다.

내가 말을 타자 브라울리오는 내 손을 잡았다. 그때 우리 머리 위로 새 한 마리가 날아갔다. 그 새는 내가 들어 본적이 있는 기분 나쁜 울음소리를 냈다. 나는 그 새가 마리아의 십자가 위를 날면서 음산한 노래를 부르며 날개를 펄럭이는 것을 보았다.

그러자 나는 몸을 움츠렸다. 그리고 밤이 되어 어둑어둑해지기 시작한 고독한 평원으로 말을 타고 달려갔다.

|작품 해설|

1.《마리아》– 중남미 최고의 낭만주의 소설

《마리아》는 호르헤 이삭스(Jorge Isaacs, 1837–1895)가 1867년에 콜롬비아의 수도인 보고타에서 출간한 소설이다. 이 소설은 라틴아메리카 낭만주의 소설의 백미라고 일컬어지고 있으며, 현재까지 스페인어로 출간된 소설 중에서 《백년의 고독》과 더불어 가장 많은 찬사를 받고 가장 널리 읽힌 작품이다. 그리고 출판 이후 거의 150년이라는 세월이 지났지만, 아직도 라틴아메리카 젊은이들이 가장 선호하는 소설이기도 하다.

이 작품은 마리아와 에프라인의 사랑을 노래한다. 에프라인은 콜롬비아의 카우카에 사는 대농장주의 아들이다. 그가 여덟 살일 때 그의 아버지는 세 살 먹은 마리아를 양녀로 들인다. 마리아는 아버지의 사촌이자 친구였던 살로몬의 딸이다. 마리아는 에프라인의 가족이 되지만, 그녀는 에프라인의 남매가 아닌 사촌이다. 에프라인이 열네 살이 되자 그는 보고타로 공부하러 떠난다. 그리고 6년 후에 고향 땅인 카우카로 돌아와 마리아를 만나게 된다. 그는 마리아에게서 자기가 꿈꿔 온 이상형의 여인상을 발견한다.

그러나 그들의 행복한 미래는 마리아의 병으로 인해 위협받으며, 또한 에프라인의 친구인 카를로스가 마리아에게 청혼을 하면서 사태는 악화된다. 이런 모든 어려움을 이겨 낸 마리아와 에프라인은 그들의 사랑을 확인하면서 결혼을 약속한다. 하지만 에프라인의 아버지는 에프라인에게 런던으로 가서 의학 공부를 마치도록 종용하며, 공부를 마치고서 고향으로 돌아와 마리아와 결혼하라고 요구한다. 에프라인이 런던으로 유학을 떠난 후 마리아는 다시 병이 재발하여 앓아눕는다. 그리고 마리아의 위급한 상황을 알게 된 아버지는 급히 에프라인에게 귀국하도록 하지만, 그가 돌아오기 전에 마리아는 숨을 거둔다. 그러자 에프라인은 그들이 함께 지냈던 곳을 회상하며, 마리아의 무덤을 찾아간다.

이 작품은 출판 당시부터 지식인들과 비평가들 사이에서 큰 호평을 받았지만, 서점에서의 판매량은 그 인기에 부합하지 못했다. 출간된 지 2년이 지나서야 비로소 2쇄를 찍었고, 3쇄를 찍기까지는 11년이란 세월을 기다려야만 했다. 하지만 이후 라틴아메리카 지식인들이 이 작품을 당시 최고의 작품으로 평가하면서부터 상황은 완전히 달라진다. 1900년까지 50쇄를 거듭하는 등 독자들의 폭발적인 인기를 누리기 시작한 것이다. 20세기에는 반낭만주의 성향을 보이는 사실주의와 모더니즘 소설이 지배하게 되지만, 이 작품의 독자는 줄지 않고 오히려 늘어가는 기이한 현상을 보인다. 출판 100년이 되는 1967년까지 공식적으로 등록된 것만 해도 150종류가 된다. 이 소설은 언어의 장벽을 초월해 영어, 프랑스어, 포르투갈어, 독일어 등 세계 각국의 언어로 번역되어 외국의 독자들에게도 커다란 호응을 얻는다.

이와 같이 《마리아》는 현재까지 라틴아메리카에서 가장 많이 읽힌 작품 중의 하나이며 동시에 라틴아메리카 소설에 가장 큰 영향을 끼친 소설이다. 이 작품은 모든 낭만주의 소설처럼 이성보다는 감성을 중시한다. 바로 이 점이 현대의 실증주의 정신과 유물론 사상에 염증을 낸 지식인들과 일반 독자들에게 참신한 느낌을 불러일으키면서 현재까지 폭넓게 수용되는 가장 큰 이유의 하나로 평가된다.

즉, 인간의 감정을 찬양함으로써 비인간화된 현대 문명사회에서 인간성 회복을 일깨우고 있으며, 메말라 가는 현대 사회에 경적을 울리면서 인간의 감성이 얼마나 중요한가를 새삼 알려 주고 있다. 이 소설에서 다루는 감성의 문제는 이제는 유행이 지나 유치한 것으로 보일 수도 있다. 그러나 이 소설이 다루는 기본적인 문제인 사랑과 죽음과의 투쟁은 시대를 초월해 인간이 이 세상이 존재하는 한 영원한 과제임을 보여 준다.

2.《마리아》와 유럽의 낭만주의 소설

일반적으로 호르헤 이삭스의《마리아》는 유럽의 낭만주

의 소설과 같은 맥락에서 이해된다. 특히 이 소설의 문학적 출처는 많은 비평가들의 관심을 끌었던 것 중의 하나이다. 흔히들 이 작품에 영향을 준 소설로는 샤토브리앙(Chateaubriand)의 《아탈라》와 베르나르댕 드 생피에르(Bernardin de Saint-Pierre)의 《폴과 비르지니》가 주로 언급된다. 이와 더불어 라마르틴(Alphonse de Lamartine)의 《그라지엘라》도 영향을 끼쳤다는 주장이 있다.

흔히들 낭만주의 소설의 특징으로는 우수(憂愁)와 멜랑콜리, 이국적인 자연의 시적 묘사, 가톨릭의 찬양, 1인칭 서술 기법, 은은한 에로티시즘과 불행한 종말을 들고 있다. 위에 언급한 세 유럽 소설과 호르헤 이삭스의 《마리아》도 이 범주에 속해 있음을 우리는 쉽게 알 수 있다.

우선 샤토브리앙의 《아탈라》가 작중인물인 마리아와 에프라인이 선호하는 작품으로 등장하는 것을 보면 직간접적으로 《마리아》에 영향을 끼친 것은 틀림없는 사실이다. 이 소설은 특히 《마리아》에 삽입된 〈나이와 시나르〉의 이야기에 큰 영향을 주고 있다고 보인다. 그러나 전체 소설의 구조와 주제에까지 깊이 영향을 끼치는 것으로 보이지는 않는다.

한편 베르나르댕 드 생피에르의 《폴과 비르지니》는 주인공과 관련된 이야기 전개 방법과 문학 기법에서 매우 흡사한 면을 보인다. 이야기 전개 방법에서 이 두 소설은 어린 주인공이 어머니가 죽는 뜻밖의 재앙으로 인해 어린 시절부터 또 다른 어린아이와 함께 자라나게 되는 것으로 시작한다. 이들은 울창한 자연 속에서 오누이처럼 자란다. 십대 후반이 되자 그들은 서로에 대한 사랑을 고백하고 결혼하려고 한다. 부모들은 그들의 결혼에 반대하지는 않지만 그들이 경제적 능력을 갖게 될 때까지 결혼을 보류하려고 한다. 그런데 남자 주인공은 사회적·경제적 지위 향상을 위해 보다 나은 지식을 습득하려고 여행을 떠난다. 두 연인은 이 여행이 자기들을 영원히 헤어지게 할지도 모른다는 예감으로 몹시 두려워한다. 마침내 이 여행 때문에 여자 주인공은 죽고, 남자 주인공은 애인의 죽음에 충격을 받아 중병을 앓게 된다. 그리고 병에서 회복되자 우수에 젖어 애인과 함께 다녔던 곳을 돌아다니다가 그녀의 무덤을 찾아간다. 그 후 이 주인공도 자기 애인과의 사랑을 잊지 못해 죽게 된다.

문학 기법에서도 이삭스의 《마리아》와 《폴과 비르지니》는 매우 유사하다. 이 두 소설은 대칭 구조를 사용한다. 이것은 마리아 – 에프라인, 후안 앙헬 – 에스테파나, 브라울리오 – 트란시토, 티부르시오 – 살로메 등의 구조에서 찾아볼 수 있다. 또한 대칭 구조에서 가장 중요한 숫자인 '2'도 이 작품 내에서 매우 부각되어 있다. 가령 두 번에 걸친 사냥(호랑이와 사슴), 두 사람의 개종과 개명(펠리시아나와 마리아), 두 명의 학교 친구(에미그디오와 카를로스), 두 번의 장례식(펠리시아나와 마리아), 에프라인과 마리아의 사랑을 상징하는 두 꽃(장미와 백합) 등을 들 수 있다.

이와 같은 점으로 미루어 볼 때 《폴과 비르지니》는 이삭스의 《마리아》에 결정적인 영향을 끼친 작품이라고 평가될 수 있다. 하지만 이 작품 이외에도 다른 프랑스 낭만주의 소설가들과도 흡사한 점이 있다. 그중에서도 특히 라마르틴과의 관계를 무시할 수 없다.

《마리아》와 라마르틴의 《그라지엘라》는 우선 자전적 요소가 결합된 회상 형식을 통해 이야기를 전개한다는 점에서 일치한다. 또한 두 소설 모두 매우 많은 장(章)으로 구분되어 있으며, 여자 주인공의 이름을 소설 제목으로 채택한다는 점도 동일하다. 내용 면에서는 두 소설 모두 여주인공이 애인과 함께 사는 고아이며, 그들은 주로 집 안에 있는 아이들을 돌보는 것이 주된 일이다. 또 그라지엘라는 《폴과 비르지니》의 이야기를 자기 애인에게서 듣고, 마리아는 에프라인에게서 《아탈라》를 듣는다. 이 책을 읽어 주는 도중에 남자 주인공들은 자기 애인을 자기가 읽는 소설의 여자 주인공들과 동일시한다. 그리고 죽기 전에 편지를 쓰며, 머리카락을 유산으로 남긴다는 점도 일치한다. 이 두 사람 모두 성모 마리아가 새겨진 목걸이를 하고 있으며, 편지에 꽃을 넣어 보내는 점도 동일하다.

이렇듯 《마리아》가 프랑스 낭만주의 소설의 영향을 크게 받았지만, 이 작품이 유럽 소설의 단순한 모방이라고 보는 것은 커다란 오류이다. 작가인 호르헤 이삭스는 콜롬비아의 살아 숨 쉬는 전통 문화를 낭만적 묘사와 함께 구사한다. 또한 자전적 요소와 부차적인 인물들의 소설화를 통해 지역적 색채를 부각시키면서 라틴아메리카 전통을 보여 주는 낭만주의 소설을 창조하고 있기 때문이다.

3. 《마리아》와 사회 현실

흔히들 낭만주의 소설은 이상화된 세계를 통해 모든 사람은 선하고 고귀하다는 점을 강조하기 때문에 사실주의 소설가들로부터 현실성이 결여된 '도피 소설'로 간주된 것이 사실이다. 하지만 이삭스의 《마리아》에서 전형적인 낭만주의 인물로 부각되는 사람은 마리아와 에프라인의 어머니 두 사람뿐이다. 《마리아》는 이 두 명의 작중인물 속에서 낭만적 요소를 강하게 풍기지만, 그 안에는 사실주의적 요소도 내재하고 있음을 부인할 수 없다.

사실주의 소설은 현대 사회 현실의 객관적 묘사를 통해 하층민의 삶을 그리면서, 사회적 불평등을 개혁하려는 의지를 강하게 보여 줌으로써 인간애를 추구한다. 《마리아》에서는 우리가 살고 있는 세계가 이상화된 세계가 아니라는 점을 잘 보여 준다. 이것은 특히 소설 전반에 걸쳐 나타

나는 노예제도를 통해 잘 드러나는데, 이런 노예제도의 문제점은 42장과 43장에 걸쳐 삽입된 〈나이와 시나르〉의 이야기 속에서 구체적으로 나타난다. 여기에서는 노예제도의 참혹성, 적에게 포로를 노예로 팔아넘기는 아프리카 족장들, 가족과 헤어지는 노예들의 고통과 괴로움, 노예 수송선의 비참한 상황 등이 그대로 그려져 있다. 이런 점에서 《마리아》는 비인간적인 것을 고발하는 사실주의 소설이 보여 주는 사회 고발적 측면도 강하게 보여 주는 작품이다.

4. 번역 후기

한 가지 덧붙일 점은 1867년에 《마리아》가 출간된 후 정확히 100년이 지난 1967년에 콜롬비아에서는 20세기의 세계 문학을 휩쓴 작품이 발표된다는 것이다. 그것은 다름 아닌 가브리엘 가르시아 마르케스의 《백년의 고독》이다. 1982년에 가르시아 마르케스에게 노벨상의 영예를 안겨 주는 데 결정적인 역할을 한 이 작품은 우연히도 '백년'이라는 제목을 달고 있다. 여기서 의미하는 '백년의 고독'은 사랑을 찾아 헤매는 에프라인이 백 년의 방황 끝에 부엔디아 가족으로 다시 태어나는 것은 아닐까? 물론 이것은 황당무계한 옮긴이의 상상이다. 그러나 가르시아 마르케스가 가장 좋아하는 작품이 《마리아》라는 사실을 떠올리면 그리 틀리지도 않을 것 같다는 생각이다.

또 한 가지를 사족으로 덧붙이자면 번역 텍스트로 사용한 판본은 작가인 호르헤 이삭스가 1891년에 수정한 《마리아》의 결정판이다. 현재 이 결정판 원고는 보고타에 있는 문학과 언어학 전문 연구 기관인 '카로 이 쿠에르보 연구소' 도서관에 보관되어 있다. 한글 번역본은 도널드 맥그래디(Donald McGrady)가 책임 편집한 Jorge Isaacs, *María*(Madrid: Cátedra, 1986)을 사용하였으며, 옮긴이가 작품의 전체 내용이 손상되지 않는 한에서 독자들이 쉽게 읽을 수 있도록 축약한 것임을 밝혀 둔다.

|작가 연보|

1837 4월 1일 콜롬비아의 칼리에서 출생.

1848 로렌소 마리아 예라스가 설립한 성신(聖神) 학교에서 공부하기 위해 보고타로 감.

1853 학업을 마치지 못한 채 고향인 칼리로 돌아옴.

1854 멜로 장군의 혁명군에 대항하기 위해 군에 입대함.

1856 11월 19일 펠리사 곤살레스 우마냐와 칼리에서 결혼함.

1860 모스케라 장군이 이끄는 혁명군에 대항해 정부군에 자원입대. 이때부터 시를 쓰기 시작함.

1861 3월에 아버지가 사망함. 가족의 농장을 경영함.

1863 농장 경영에 실패하고 보고타로 이사함.

1864 5월에 보고타 지식인들의 모임인 〈엘모사이코〉 그

룸에서 자신의 시를 낭송하여 호평을 받음. 《마리아》를 집필하기 시작함. 칼리에서 부에나벤투라까지 연결되는 도로 공사의 책임자로 근무함.

1865 11월에 말라리아를 앓은 후 칼리로 돌아옴. 계속해서 《마리아》를 집필함.

1867 6월에 《마리아》를 출간함. 7월부터 12월까지 보수당 신문인 《라레푸블리카》의 편집인으로 일함.

1869 보수당에서 자유당으로 당적을 바꿈. 프리메이슨 그룹에 가입함.

1870 칠레 주재 콜롬비아 대사관 영사로 근무함.

1873 칠레에서 귀국하여 〈과야보 네그로〉라는 농장을 구입하지만, 다시 경영에 실패하고 수년간 법정 투쟁을 벌임.

1876 사촌인 세사르 콘토와 함께 《자유당 프로그램》이라는 신문을 발행함. 혁명적 성격의 정부에 가담하여 보수당과 투쟁함.

1877 카우카 지방의 서기장으로 임명됨.

1878 압력에 못 이겨 서기장 직책을 사임함. 보고타의 연

방 의회로 복귀.

1879 《새 시대》라는 정치 신문을 발행함.

1880 1월 30일에 자신을 스스로 안티오키아 주지사로 선언함. 하지만 주 의회의 지지를 얻지 못해 3월 9일에 사임함. 같은 달에 의회에서 혁명 활동을 했다는 이유로 체포됨. 자신의 정치사상을 〈안티오키아의 급진적 혁명〉이라는 글에서 밝힘. 후에 이바게로 이주함.

1881 9월에 대서양 연안의 미개발 지역 광물 탐사 연구 위원으로 임명됨. 그후 수년간 광물 탐사에 전념하여 석탄 광산을 발견함.

1884 아르헨티나의 훌리오 로카 대통령이 초청하지만 초청을 수락하지 않음.

1886 발견한 석탄 광산의 채굴 독점권을 인정받지만 필요한 자본을 구하지 못해 작업을 시작하지 못함.

1887 막달레나 주의 원주민에 관한 연구를 발표함.

1893 3부작으로 된 역사 소설을 쓰기 시작함.

1895 4월 17일 이바게에서 세상을 떠남.

송병선

한국외국어대학교 스페인어과를 졸업하고, 콜롬비아의 카로 이 쿠에르보 연구소에서 석사 학위를, 하베리아나 대학교에서 문학 박사 학위를 받았다. 하베리아나 대학교와 콜롬비아 국립 대학교에서 전임 교수로 일했으며, 현재는 울산대학교 스페인·중남미학과 교수로 재직 중이다.

저서로는 《보르헤스의 미로에 빠지기》, 《영화 속의 문학 읽기》, 《라틴아메리카 문학과 한국전쟁》 등이 있으며, 옮긴 책으로는 《거미 여인의 키스》, 《콜레라 시대의 사랑》, 《내 슬픈 창녀들의 추억》, 《내일 전쟁터에서 나를 생각하라》, 《픽션들》, 《알레프》, 《말하는 보르헤스》, 《염소의 축제》, 《판탈레온과 특별봉사대》 등이 있다. 제11회 한국문학번역상을 수상했다.

마리아 | **고려대학교청소년문학시리즈 027**

초판발행·1쇄 2018년 11월 30일 | 지은이 호르헤 이삭스 | 옮긴이 송병선

펴낸곳 고려대학교출판문화원 | www.kupress.com kupress@korea.ac.kr

02841 서울특별시 성북구 안암로 145 | Tel 02-3290-4230, 4232 Fax 02-923-6311

찍은곳 한국컴퓨터인쇄정보

값 11,000원 ISBN 978-89-7641-967-5 04890 | ISBN 978-89-7641-639-1 (세트)

* 잘못 만들어진 책은 바꿔드립니다.